红沙发

叶兆言 著

山东人民出版社 · 济南
国家一级出版社 全国百佳图书出版单位

图书在版编目(CIP)数据

叶兆言散文精选. 红沙发 / 叶兆言著.—济南 ：山东人民出版社，2018.4

ISBN 978－7－209－11365－6

Ⅰ. ①叶… Ⅱ. ①叶… Ⅲ. ①散文集－中国－当代Ⅳ. ①I267

中国版本图书馆 CIP 数据核字(2018)第 047612 号

红沙发

叶兆言　著

主管部门　山东出版传媒股份有限公司

出版发行　山东人民出版社

社　　址　济南市英雄山路 165 号

邮　　编　250002

电　　话　总编室(0531)82098914

　　　　　市场部(0531)82098027

网　　址　http://www.sd－book.com.cn

印　　装　三河市华东印刷有限公司

经　　销　新华书店

规　　格　16 开(155mm×225mm)

印　　张　16.75

字　　数　210 千字

版　　次　2018 年 4 月第 1 版

印　　次　2018 年 4 月第 1 次

ISBN 978－7－209－11365－6

定　　价　42.00 元

目录

过 年

1

我很怕过年，“年”是全年中最大的节日，各种人情世故风俗，都会在这时候集中反映。民谚有“赔不尽的闺女，过不完的年”，过年实在是一件事，一件很能麻烦人的大事。过去常说小孩子盼过年，小孩子嘴馋，过年能有好吃的。又说穷人怕过年，“初一当作平常过，莫对孩子讲过年”。年前是讨债的日子，穷人过年如过关口，许多穷人不得不在年三十贴过对联以后，再借点钱买肉过年。民谚因此有“小辫扣铜钱，要吃猪肉顶过年”之说，习惯上，只要是门上贴了红对联，就算到了新年，这时候就不能再讨债了。

我自然不是欠人债怕过年，一个作家在中国的地位，谈不上穷也说不上富，和普通人没什么区别。怕过年，只是因为我生性不喜欢热闹，生性害怕敷衍。快到过年，总是不由自主地感到恐惧。年是躲不过的，不想过，也得过。今年年前，我正写着小说，想象中年前一定能把它写完，年关一天天逼近，小说终于没有完成。我知道没完成的原因是因为恐惧，日子还没到，已经在一天天地算计了。我的思想老是情不自禁要开小差。一想到过年要被各式各样的事打扰，就心烦得什么也不想干。

写作者最害怕的事，莫过于被打断写作。思路突然中断，仿佛有人在脑袋里，用锋利的剪子铰了一下，一切都乱了套。在过年前，我就想好，尝试着在新年里写一篇不怕中断的稿子。我将采取忙里偷闲的方式，随时随地把有关过年的感想和话题记录下来，我将改变那种天天在约定时间里进行写作的习惯。

新年里肯定会有朋友来拜年，有很欢迎的朋友，自然也有很不欢迎仍然称之为朋友的朋友。肯定会说一些十分投机的话，肯定也会说一些完全是应酬不得不说的废话。不管和谁见了面，一定会说一声“恭喜发财”。尽管好话和屁一样不值钱，正因为是过年，谁又能不说。

自己不信鬼神，可以不放爆竹，但是只要是个什么时间，爆竹声便会不绝于耳。大年三十，开始吃年夜饭了，算是请什么神，有理无理，先狂放一阵爆竹。再下来的高潮是夜里十二点，整个城市仿佛遭受多国部队空袭的巴格达。即使是把门窗关紧了，还是有很浓的烟火味钻进来。都说现在过年期间的电视节目不好看，有先见之明的，早早地吃了年夜饭，桌布一摊，打起麻将来，一干就是通宵。干到半夜，输的人抱怨手气不好，趁上厕所的功夫，溜到晾台上放起爆竹。大年初一请财神，迟放早放都是放。张家放了，李家也不肯示弱，虽然是半夜，今年南京的天气出奇的冷，照样有人从热被窝里跳出来，冻得浑身乱颤地在晾台上放爆竹。我住在一楼，天亮时，从窗子里望出去，满地红红绿绿的纸屑。翻开送来的报纸，知道就这么吵吵闹闹一晚上，南京人民已经损失了四百万。想想偌大的中国难怪会穷，人太多，一人炸几个爆竹，算算钱就是天文数字，且不说还有噪音污染、环境污染。《扬子晚报》上有这么一条消息：

南京人今年春节燃放烟花爆竹花费八百万元

本报讯 记者从南京市消防支队获悉，今年春节期间，南京城区和郊区总共燃放了价值约八百万元的烟花爆竹，比去年增加1倍。烟花爆竹消费每户约十元，每人约三元。因燃放烟花爆竹引起的火灾共三十八起，与去年持平，燃放烟花爆竹所造成的人身伤害事故比往年明显减少。

看见一条报道上说，台湾人因为吃得太铺张，每年吃掉两条高速公路。过年的重要话题是吃，大吃大喝。台湾人大陆人都是龙的子孙，优点和毛病都差不多。不知道大陆人每年要吃掉几条高速公路。台湾人敢吃，是因为成了四小龙，口袋里有钱，有了钱就要摆阔。大陆人敢吃，重要的原因是公家有钱，吃公家的胃口必然会好，白吃反正不会把自己吃穷。今年的过年很有些喜洋洋，是个单位，多多少少都发了些年货，商场里大发礼品券，因为有回扣，谁都卖力气。去商场转一转，人山人海，礼品券不用白不用，等于买东西不要钱，大包小包往家搬就是了。

南京至上海正在修建高速公路，据说其代价，相当于新盖的五层楼一个接一个连起来。我始终有些想不明白，既然中国人的住房这么紧张，为什么不多盖一些五层楼让大家住，何苦劳民伤财地去建高速公路。也许把高速公路吃掉是好办法，要不干脆把高速公路变成礼品券送给大家。

2

我们所说的“年”，它的本义是收成。《穀梁传·桓公三年》：“五谷皆熟，为有年也。”《论语·颜渊》：“年饥，用不足。”年的异体字可以写成“𥝩”，它的甲骨文的意思，是人背着稻禾。

今天过年的“年”，和它的本意相去已经很远。民间有种种传说，其中流行的说法就是：“年”是太古时候的一种怪兽，每到寒冬将尽新春快来之时，便跑出来吃人。古人为了使自己不变成“年”的口中之物，便聚在一起，燃起篝火，投入竹子，让燃烧的竹子爆裂出巨响，把“年”吓跑。据说“年”的体形像骆驼，比骆驼大得多。

过年的习俗中，我觉得藏族的新年更有趣一些。藏族的年夜饭叫“古突”，有着很强烈的游戏味。所谓“古突”，是用面疙瘩、羊肉、人参果煮成的稀饭。家庭主妇在煮饭前悄悄在一些面疙瘩里塞进石头，羊毛，辣椒，木炭，硬币等物品，吃团圆饭的时候，谁吃到这些东西，必须当众吐出来。这些东西预兆了人的命运和心地，石头代表心狠，羊毛代表心软，木炭代表心黑，辣椒代表嘴巴不饶人，硬币代表财运亨通。大家就此相互议论哈哈大笑。然后全家合力，用糌粑捏成一个魔女和两个碗，把吃剩的“古突”和骨头等残渣倒入糌粑碗里，由一个妇女捧着魔女和残羹剩饭，跑出去扔在室外，一个男人点燃一团干草紧跟其后，口里念着“魔鬼出来，魔鬼出来”，让干草和魔女一起烧成灰烬。孩子们则同时在一旁放起爆竹，意味着恶魔已去，吉祥的新年来到。

我们汉族也有类似的行为，只是显得有些滑稽，请看《扬子晚报》上的另一篇报道：

包饺子放进幸运币 五龄童咬得满嘴血

南京轧钢厂王庆顺来信反映，他的一位朋友小李大年初二包饺子时往一个饺子里悄悄放进一枚硬币，以图吉利。哪知这枚硬币竟差点把他五岁儿子的门牙崩掉，小家伙大哭大闹，满嘴鲜血。眼看元宵节将至，特向大家提个醒。

汉族过年，给我留下的太多印象是忌讳。俗话说“小孩子嘴里讨实话”，小孩子无所顾忌，见到什么说什么，看见谁家的“福”贴倒了，便说：“福倒了。”于是皆大欢喜，因为福倒意味着福到。

然而小孩并不一定都说吉利的话，口无遮拦，随随便便就可冒出一句祸来。因此有的地方行的规矩，在年三十的晚上，用草纸把小孩的嘴擦一擦，意思是小孩说话和放屁差不多，说了坏话不算数。

根据任聘先生所著的《中国民间禁忌》记载，仅仅在大年初一这一天，各种千奇百怪的特殊禁忌，便有三十四条。其中有几条十分有趣，譬如忌在被中打喷嚏，以为这喷嚏一打，会病一年。同理，忌拜年于床前，若受拜者卧床未起，不大吉利，年内定有病灾。

禁忌显然是出于人们一念之差的误会，如过年时对灰尘的忌讳。“灰”与“毁”“晦”谐音，“尘”与“陈”谐音，因此打扫灰尘就有去晦气破旧立新的意思。年初一天亮前忌大声说话，更不能直呼其名地把人喊醒，否则被喊醒的人会患红眼病，而且会把臭虫叫来。因此大年初一清早大放爆竹，除了恭请财神，也有惊醒人的意思。

今天的人看起来，禁忌中太多荒唐。然而从荒唐中，也能看到古人的苦心。中国的古训讲究早起，仔细琢磨一下，新年第一天的禁忌中，有好几条就是让人不要睡懒觉。以上提到的几条都是这样。一年里第一天的行为象征着一年内的行为，除了催人早起之外，还忌睡午觉。民俗以为男人在这一天午睡，田畦就会崩溃，女人在这一天午睡，厨房就会倒塌。实际上，不过是变着法子让人遵守古训“禁昼寝”而已。

我曾在医院里度过两个春节。一次是在1976年，我因为青光眼发作，疼得成天捧着个脑袋，不得不困守在病房里，记得时间是周恩来去世不久，耳边老能听到播放着的哀乐。那时候过年也放爆竹，但是远没有今天热闹，并不是因为不许放爆竹，主要的原因是大家囊中羞涩，口袋里没什么钱。1976年是“文革”中最具有戏剧性的一年。小平同志复出，又在反击右倾翻案的浪潮中被打下去。“四人帮”在这一年得志到了顶点，也恰恰是在这一年完了蛋。继周恩来之后，朱德和毛泽东也在这一年逝世。还有骇人听闻的唐山大地震。

这一年我被病魔折磨得够呛，先在南京住医院，以后又到上海去住医院。既尝试着用中医治疗，在头上到处乱扎金针，又接受西医的手术。1976 年是我一生中最糟糕的年头，那时正在一家小工厂里当钳工，因为眼睛不好，不得不考虑改行。我和父亲经常讨论的话题，是什么样的工作对于我的未来更为有利。我曾经十分向往上大学，工农大学生的名额与我无缘。我喜欢搞摄影，医生说我的眼睛最不适合在暗室里工作。我心灰意懒，不知道自己该干什么。父亲建议我去公园养花，因为这工作不费眼睛。

我的手术很不成功，医生说开一刀能解决问题，结果一切照旧。到第二年过年，旧病又复发了，而且这一次来势更凶猛，说不行，就已经不可收拾。于是只好再上手术台，这一次是彻底解决问题，索性将眼球摘除。为我做手术的是当时上海最有名的眼科专家，曾经留学奥地利。人要是倒了大霉，最好的医生也帮不了你的忙。杀鸡岂用牛刀，眼球摘除这样的手术，实习医生都能轻而易举地做好。

我第二次在医院里过年，是 1985 年，那是在北京，和祖父一起过的。这一次是为了照顾祖父。那时候祖父已是九十多岁的老人了，我正在读研究生。祖父住的病房十分高级，冰箱彩电卫生间一应俱全。住在祖父隔壁的是屈武先生，一个极有趣的老头子，也是九十岁出头的人，年三十那天，端了一杯黄酒来，非要和祖父干杯。

祖父那天晚上很高兴，屈武走了以后，病房里就我和他两个人。我们很吃力地说了一会儿话，祖父的耳朵已经很背，跟他说话得像哄孩子一样大声叫。然后便是看电视。祖父眼睛不好，一向是不看电视的，所谓看电视，不过是他坐在那，我一边看，一边向他解释。

那一年的电视节目中，新兴起了摇奖。奖券在街上到处都有的卖，一下子卖出去了成千上万张，然后大家坐在电视机前，伸长了脖子等待，看谁的运气好。我当时很有些书呆子气，觉得大过年的，看电视就是看电视，为什么非要到电视上来摇奖。我又没有买奖券，凭什么在电视上浪费我的时间。把这牢骚说给祖父听，祖父立刻赞同。作为“五四”那一代知识分子的代表，他最反对那种靠运气发财的心理。

于是祖父让我把自己的感想写下来，当然也要把他的想法写出来，用他的名义发表出去。祖父是个作家，年纪太大了，已不能再伏案工作，因此突然心血来潮让我代笔。

当时钟敲响十二点时，北京城里爆竹响成一片。我踌躇满志地构思那篇文章，临了终究没写。没写的原因是我觉得写了跟没写一样，如果是用祖父的名义写了，在《人民日报》显眼的位置上登出来没问题，可是一篇小文章又有什么用处。即使有点用，尽管发表的是个人观点，却难免有受人指使的嫌疑。祖父曾发表过一篇不相信耳朵能听字的文章，结果引起了很多深信特异功能的人的不满和非议。有人相信邪门歪道，愿意相信运气，愿意花钱买奖券，那是别人的自由；自己不相信耳朵能听字，不去花那个冤枉钱买奖券也是自由。大家都是自由，我们何苦去干涉别人的自由呢。

3

最后谈一谈，过年祭祖宗。

祭祖宗又叫摆供。有的风俗志上记载，摆供是在吃过团圆饭以后，全家人重新梳洗，然后在祖先堂供桌上摆设供品。《海州民俗志》上写着：

> 有的地方要把所有家珍通通摆在供桌上。一般须摆五碗素菜、五盘糕点、五碟干鲜果品、五个白面馒头、五杯酒、五双筷子，每样供品上覆盖新鲜菠菜，插上彩色纸花，整个供桌庄严活泼，生机盎然。供品摆好后，点红烛烧满炉香，全家人按辈分次序，向祖宗亡人牌磕头。此后三天，香炉内昼夜不断香火。一炷香烧完了，只能说“香尽了”，不能说“烧光”或

“烧完”。至正月初二晚上，全家重新点烛烧香，磕头礼拜，破酒破菜，撤下供品，叫“结供”。

摆供时，还有栽摇钱树的习俗。这习俗很有些像外国人准备的圣诞树。一般是放在供桌的左端，放一碗干饭，叫聚宝盆，盆内插带叶的柏树枝，柏枝上系满各种干鲜果品，结供时，撤下摇钱树，果品分给小孩子吃。也有的人家索性用一根完整的鲜竹，深深地插在院子里，竹枝上除了喜庆果品，再系上些铜钱以及纸票等，大年初一早晨用力摇晃竹竿，家人便在竹下拾取掉下来的“钱”，谁拾得多，谁就会发大财。

摆供的习惯在眼下的农村，不少地方还保留着，不过大都改良过了。江南地区，据我所知，都是在吃年夜饭前，象征性地供一供。把酒菜都放在吃饭桌上，摆好碗筷，点上香和红烛，就算开始。时间正好是一炷香，中途添三次酒，化点纸钱。快结束时，大家按顺序磕头，然后把菜撤下去热一热，坐下来吃团圆饭。

如今这种仪式在农村是公开的，不像“文化大革命”中偷偷摸摸地关起门来供。记得那一年上海姨妈回来，摆供时，我的表弟恶作剧地用上海话说，看见供桌边坐着一个高高瘦瘦的人，说得神乎其神，把大家吓得不轻。据说小孩子的眼睛最毒，能看见常人看不见的东西。外婆深信不疑，一口咬定这高高瘦瘦的影子，就是我们已经死去二十年的外祖父。

我的表弟那一年刚上小学，他所以乱说，不外乎是因为诱供。因为早在摆供前，我的外婆已经在无意中做了种种暗示。他不过完全是出于调皮，随口说了一句谎话，然而这句谎话，至今还在农村广为流传。人们说起过年应该祭祖宗，很自然就会拿我表弟的话来证明摆供的必要。老年人学着表弟的上海口音，谆谆告诫年轻的一代：

“既然能看见我们的先人，逢年过节，供一供还是必要的。”

我觉得摆供实在没什么必要。不过我想，不管能不能见到我们的先人，搞个不是太过分的仪式，纪念纪念先人，完全应该。怎么说也比乱炸爆竹好，怎么说也比大吃大喝好。当然仪式的目的不只是求先人保佑，而是希望我们自己能做一点让先人满意的事。我们应该借这个机会，好好想一想，新的一年里，我们应该如何好自为之。

旧式的情感

三年前，纪念祖父一百周年诞辰，我有一点想不明白，为什么人们对整数总是特别有兴趣。莫名其妙，就成了习惯。记得祖父在世时，对生日很看重，尤其是“文化大革命”后期，一家老小，都盼过节似的惦记着祖父的生日。是不是整数无所谓，过阴历或阳历也无所谓，快到了，就掰着指头数，算一算还有多少天。

有时候，祖父的生日庆祝，安排在阳历的那天，有时候，却是阴历，关键看大家方便，最好一个休息日，反正灵活机动，哪个日子好，就选哪一天。祖父很喜欢过生日。喜欢那热闹，有一年，阳历和阴历都适合过生日，他老人家便孩子气地宣布，两个生日都过。

想一想也简单，老人乐意过生日，原因是平时太寂寞。老人永远是寂寞的，尤其一个高寿的老人。同时代的人，一个接一个去了，活得越久，意味着越要忍受寂寞煎熬。小辈们一个个相对独立，有了自己的小家，下了乡，去了别的城市，只有老人过生日这个借口，才能让大家理直气壮堂而皇之走到一起。

老人的寂寞往往被我们所忽视。我侄女儿的小学要给解放军写慰问信，没人会写毛笔字，于是自告奋勇带回来，让祖父给她抄写。

差不多相同的日子里，父亲想要什么内部资料，想要那些一时不易得手的马列著作，只要告诉祖父，祖父便会一笔不苟地抄了邮来。有一段时间，问祖父讨字留作纪念的人，渐渐多起来，闲着也是闲着，祖父就挨个地写，唐人的诗、宋人的词、毛主席的教导，一张张地写了，寄出去，直到写烦了，人也太老了，写不动为止。

我记得常陪祖父去四站路以外的王伯祥老人家。这是一位比祖父年龄更大的老人，他们从小学时代就是好朋友，相濡以沫，风风雨雨，已经有几十年的友谊。祖父坚持每星期都坐着公共汽车去。祖父订了一份大字《参考》，王伯祥老人虽然是著名的历史学家、一级研究员，似乎还没有资格订阅，于是祖父便把自己订的报，带去给他看。每次见面大约两个小时，一方郑重其事地还报纸，另一方毕恭毕敬地将新的报纸递过去，然后就喝茶聊天，无主题变奏。

说什么从来不重要。有时候，聊天也是一种寂寞，老人害怕寂寞，同时也最能享受寂寞。明白的老人永远是智者。我不得不承认自己在这些老人的寂寞中，学到了许多东西。我从老派人的聊天中，明白了许多旧式的情感。旧式的情感是人类的结晶，只有当真正失去时，我们才会感到它的珍重。老派的人所看中的那些旧式情感，今天已经不复存在。时过境迁，生活的节奏突然变快了。寂寞成了奢侈品，热闹反而让人感到恐惧。

老人最害怕告别，送君千里，终有一别，祖父晚年，每次和他分手，我心里特别难受。大家都不说话，在房间里耗着，他坐在写字桌前写日记，我站在一边，有报纸，随手捞起一张，胡乱看下去。那时候要说话，也是一些和分别无关的话题，想到哪里是哪里，海阔天空。祖父平时很喜欢和我对话，他常常表扬我，说我小小年纪，知道的事却不少，说我的水平超过了同龄人。

我记得他总是鼓励我多说话，说讲什么并不重要，人有趣了，说什么话，都会有趣。早在还是一个无知的中学生时，我就是一个善于和老人对话的人。我并不知道祖父喜欢听什么，也从来就没有想过这些问题。我曾经真的是觉得自己知道的事多，肚子里学问大，后来才知道那是源于老人的寂寞。

最堪思何物

多年前吴亮兄来南京，海阔天空聊天，说起最喜欢。我说我真是很无聊，基本上废了，思来想去，竟然已无所谓“最”。人生热情早不知何处去，天下事都不在乎，都在可与不可之间。不由想起一个很有情调的老太太，爱憎分明风风火火，说事最喜欢用一个“最”，能一口气说出最喜欢看的电影、最喜欢吃的小吃、最心仪的男人是谁、最讨厌的女人又是谁。

很认真检讨过自己，是事皆有原因，为什么我的人生态度会如此消极。常有人问，你最喜欢的书是什么，我坦白说不知道，很多书都喜欢，偏偏没有一个最。八十年代初，看中了祖父案头的一套《管锥编》，这是钱鍾书先生的扛鼎之作，因为喜欢，我便自说自话地据为己有。祖父叹气说，这书你也未必看得懂，不过既然喜欢，就拿去吧。我想起码在这一点上，自己受了老人的暗示和影响。祖父的观点向来是君子使物，不为物使，天下好东西太多，不可能归一人所有，有就是没有，没有就是有。人生无所谓得失，有些缺憾，没什么大不了。

祖父曾为我刻过一方章。有一次，他兴冲冲说给你刻个图章吧。

那是“文化大革命”后期，我高中刚毕业，不知天高地厚，不相信他还会干这事。他倒是说干就干，从一大堆旧章中随手找了一个，将上面的字磨了，然后在纸上写了几个字，问我喜欢哪种风格。我胡乱点了一个，他皱着眉头想了一会，说你还有些眼光，这个确实不错，就用它了。

我光知道祖父会写毛笔字，因此首先是觉得好玩，原来图章就是这么刻出来的。他当时已经八十岁，一个劲儿抱怨手上力气不够，又嫌刻刀钢火不好，不顺手，索性改用案头的一小锥子帮忙。记得还返过一次工，又磨了重头新开始，前后到底用了多少时间，已忘了。终于把图章刻好，问喜欢不喜欢，我怎么回答也记不清，反正觉得好玩，沾了红红的印泥，在纸上乱盖。

多年以后，看别人的纪念文章，才知道祖父从小就玩篆刻，年轻时下过苦功夫。求教一位喜欢篆刻的朋友，他把玩了许久，说祖父的篆刻很了不起，并不比他老人家的书法差。这位朋友千叮万嘱，让我将印章好生保存，说以后会值大价钱。这话十二分荒唐，我再没出息再没能耐，也不可能拿出去换银子。

一转眼，祖父过世快二十年。这印章一直伴随那段记忆，也许因为亲身经历，差不多就是最堪思之物。忽然间有些担心，自己喜欢，偷着乐就行，何苦要将它公之于世。这些年数次搬家，担心乱中遗失，格外小心珍重。我知道，自己喜欢的东西最容易损失，书借走不还，影碟借走没踪影，都是吹嘘卖弄的后果。

2007 年 1 月 29 日　河西

对《雨花》的一次回首

1

为了庆祝我的伯父八十岁，出版社要为他出散文集，分配给我的任务，是帮他找一下发表在《雨花》杂志上的旧散文。由于这个原因，我把能找到的杂志都翻了一遍，还缺两本，当然只是翻目录，见到有伯父的名字，就记下来，然后送去复印。所查找的《雨花》，从时间上来说，一九七九年到一九九二年，原因很简单，这段时间，我的父亲和《雨花》有着工作关系，而伯父的文章也是基于这种联系。打开一本本过了期的杂志，灰尘扑鼻，过去的岁月迎面而来。从资料室出来，我忍不住一路胡思乱想，回到家，心里仍然久久不能平静。

记忆那玩意儿，不知不觉地便从角落里钻了出来。我想起父亲当年正准备去《雨花》当副主编的情景，那情景仿佛就是昨天发生的事情。这是方之的主意，记得当时母亲很犹豫，“文革”的惨痛阴影，在她脑海里还没有完全散去，问方之这差使究竟好不好，方之笑着说：“当然好，老叶老在剧团里耗着干什么?”母亲还是有些不放心，她印象中，父亲和方之难兄难弟，是一对书呆子，这两人成天在一起，弄不好就又要吃苦头了，就又要闯祸。

一九七九年，我在大学里已经待了一年。那时候，狂得不知天高地厚，根本不把《雨花》这么一本文学刊物放在眼里。父亲去《雨花》工作，没有征求我这个儿子的意见，他知道我当时迷恋的只是外国文学，谈中国文学和我说不到一块去。他知道我狂，而且他自己也特别狂，看同时期别人的小说，总觉得人家写得并不好，总觉得中国的小说这么写不对，那么玩更糟。他跟玩儿似的就走马上任，担当起《雨花》的副主编。去了就管事，就一本正经地编稿子。我想他当时敢当这个副主编的理由十分简单，既然有一帮“探求者”的铁哥们撑着他的腰，让他编刊物，起码可以不愁缺稿子。干什么活也是干，父亲从来就不是个有大主意的人，如果我没有记错的话，他正式编辑的第一期刊物，打头的就是后来轰动一时得到了全国奖的《李顺大造屋》，另外有一篇，是方之的旧稿《南丰二苗》，这是“文革”前写的旧稿子，还没发表便被造反派抄了去，以后落实政策，从档案袋里发现了这篇小说。

父亲去《雨花》之际，正是酝酿“右派”平反之时，当年“探求者”的一帮人仿佛出土文物，一个个扬眉吐气，开始从四面八方汇聚南京，没一个不是潦倒者形象，没一个不是揣着一身苦难。记得高晓声看着我们家的一台彩电，问这玩意儿多少钱，父亲说差不多三千块，高晓声叹气说：“这么多钱，在乡下可以盖三间房子了！”那时候，改革开放还没有起步，三千块钱的确是一笔不小的数目。我母亲的工资比较高，在刚过去的“文化大革命”中，有许多年，我的父母进牛棚、扫厕所，只拿生活费，后来落实政策，退还被扣的工资，父亲拎着我上学的军用黄书包去拿钱，那时候没有一百元的大票子，全是五块十块的，也就七八千块钱，然而在当时，几乎就是一书包，立刻成了暴发户，一时间都不知道钱怎么用。

“探求者”的弟兄们常常在我家聚会，方之三天两头到我家来，当时他人已从下放的地方调回南京了，因为分配给他的房子只是人家的一间厨房，祖孙三代挤在里面，挤得喘不过气来，便成天在我们家聊天。高晓声也是常客，很快落实了政策来到南京，但是家并没有过来，好像是让他住集体宿舍。反正那一阵子，我们家的饭桌上，常常见到父亲的这帮弟兄。方之和高晓声之外，还有梅汝恺，还有陈椿华，他们也从“流放之地”回到南京，陆文夫从苏北农村返回苏州，一年里也要来南京好几次。那时候我母亲身体还好，家里有一个烹饪技术尚可的保姆。后来母亲回忆往事，总说父亲不负责任，最喜欢在吃饭的关键时刻，把难兄难弟招来，那时候临时抱佛脚，勉强还能忙得过来，换到现在，无论如何也应付不了。母亲记忆中，当时的方之还容易打发，有荷包蛋就行了，高晓声来了便要喝酒，虽不讲究什么菜，一喝就是几个钟头，说不完的话，中午喝过了，到晚上继续喝。

让我难忘的是“探求者”弟兄们当时的友谊，他们的友谊从来就不是拉帮结派。风水轮流转，三十年河东三十年河西，他们那种突然时来运转的喜悦，深深地留在我记忆最深处。“探求者”同仁之间的友谊是苦难的结晶，父亲屡屡提到方之自杀的故事，方之自己对这件事讳莫如深。有一次在饭桌上，说笑之间，他突然十分沉痛地提起往事，结果把大家的眼泪都引了下来。作为小辈，对于父亲的这一帮弟兄，我永远有一种崇敬的心情。我喜欢他们，并不是因为他们是作家，在我眼里，他们首先是普通人，是我的叔叔们，然后才是作家。他们的名声在建立以前，我已经熟悉他们。由于有了那段共同的苦难，我觉得他们不是亲兄弟，却应该胜似亲兄弟。父亲先走了一步，我想父亲在天之灵，一定会希望当年的友谊长存，希望仍然健在的叔叔们，千万不要为了一些微不足道的小事，伤了和气，伤了心。

父亲病重的时候，“探求者”的弟兄都去看过他。在“探求者”同仁中，父亲年龄最大，却是一个最不成熟的老好人。小父亲好几岁的方之最先走，接下来是我的父亲. 陆文夫专程从苏州赶来，高晓声从广州赶来，梅汝恺夫妇和陈椿华也分别从自己居住的地方，赶来探视父亲。父亲已经失去了理智，似乎还能认识这些有着患难之交的老朋友，然而他已失去了与之正常对话的能力。父亲提到陆文夫就伤心地流泪，提到高晓声就哈哈大笑，这只是父亲本能的一种流露，时空在父亲的思维中发生了紊乱，他的记忆停留在早已消逝的往事上。

2

没有“探求者”的这帮兄弟，父亲大约根本就不会去《雨花》。父亲是个书呆子，他总是把文人之间的友谊看得很重，看得很值钱。不是因为友谊，他绝不会想到去《雨花》。当时的主编顾尔镡伯伯，并不是“探求者”成员，然而他也是父亲的好朋友之一。顾尔镡是个著名的“大炮”，喜欢说一些走出边界的话，最有代表性的行为，便是八十年代初期的那次《也谈突破》的发言。这话在当时无疑过了些头，故而他被毫不留情地解职。记得那时候，有位领导常到我们家来，要父亲表态，要父亲去党校学习，并暗示会有重要安排。记得我曾老气横秋地站出来插话，结果那位领导耿耿于怀地对父亲说：“你怎么这么不明白事，我会让你白去党校吗？你儿子也是，他懂什么？”

父亲选择了去北京，他借口要帮祖父整理文集，请了两年假。这是他表明自己态度的一种方式。父亲从来就不是个复杂的人，他觉得这么做，自己的心里舒服，他是为了自己，不是为了别人。父亲对文人之间的拉帮结派深恶痛绝，他最讨厌牛党李党之争，讨厌那些开口就是你的人或者他的人的谈话。但是父亲重义，他觉得是人心头上就应该有杆秤，应该明辨是非，知道什么该做，什么不该做。他常常会在公共场合说一些不合时宜的话，结果无意中得罪了一些本来完全没有必要得罪的人。他喜欢直来直去，对那些有着复杂背景的事情，感到说不出的无聊。

《雨花》曾经狠狠地火爆过一阵。如果说这种火爆和父亲的一份辛劳有关，难免有贪功之嫌。《雨花》的崛起，直接原因是有了“探求者”这帮兄弟。首先有一份功劳的应该是方之，这不仅因为他是作者，而且是因为他比我父亲更善于发现新作者。最初的几期稿件中，有两期的带头稿，是方之无私提供的，譬如有一篇叫《月亮圆了》的小说，又譬如徐乃建的《杨泊的污染》。《雨花》当年的火爆得力于大气候，完全是因为有了方之、高晓声、陆文夫这些老“右派”，是这些昔日的毒草，又成了“重放的鲜花”，使得《雨花》光彩夺目起来。巧妇难为无米之炊，人都喜欢凑热闹，“探求者”同仁大闹《雨花》，结果引得一大批并不是“探求者”的人，都以这些人为同志。众人拾柴火焰高，“探求者”成了一个由头，当时文学界的空前大团结，造成了江苏文学的繁荣。

《雨花》是一本有着悠久历史的老刊物，显然有着不同的辉煌时期，我之所以在这篇文章里大谈“探求者”，丝毫没有贬低别人功劳的意思。刊物依靠的是集体智慧，事实上，光靠几个“探求者”，就算有三头六臂也翻不了天。我所以在这篇文章中大谈父亲和他的难兄难弟，是因为我熟悉“探求者”这些人，知道许多关于他们的人和事。在还没有步入文学这个圈子之前，我知道的也就是这些“探求者”。“探求者”是个圆心，在它的周围，集结了一大批志同道合的文学同行。重翻《雨花》目录，借题发挥，我想的最多的，是已经过世五年多的父亲，我想起他走马上任时的自以为是，为得到一篇好稿子时的得意忘形。我想起他和那几位老朋友谈起刊物时的神情，大家煮酒论英雄，指点江山，议论着已经发表或正准备发表的稿子。我想起他为某些好文章，几经折磨，最后还是不能发表出来而感到巨大遗憾。成功的喜悦中，总是离不了遗憾，有一段时期，写诗的北岛转行写小说，他的小说经过我的手，几次投稿《雨花》，有一篇已经定下来要用，可是最后还是被撤了稿。

我当然也忘不了因为发了我的一篇小说，而被人讥为“衙内文学”后的沮丧。我们父子显然都被深深地伤害了，此后的多少年里，我们一直避免谈到这件事。父亲大约是恪守内举不避亲的教条，在一九八〇年的“江苏青年文学专号”上，刊发了我的一篇用笔名发表的小说《无题》。这小说用现在的眼光来说，当然写得不太好，但是高晓声那时候看中了，说这篇可以用，一点不比其他的几篇差。父亲脑子一发热，也就同意用了。为了避嫌，十分虚心地将这篇小说排名最后。虚心有时候也会变成心虚，这期刊物上，不仅有我的小说，还有方之儿子李潮的小说，有顾尔镡儿子顾小虎的小说，我们三位之外，父辈和文学有关系的还有好几位，这样一期刊物被讥为“衙内文学”根本就不奇怪。如今回想起来，真是没必要太当真，要是我们的小说都写好了，别人说什么也没关系，如果我们真是花拳绣腿，就活该让人说。

3

重翻《雨花》目录，我见到了许多熟悉的名字，譬如吴亮，譬如苏童，又譬如林白，他们都是在成名之前就在《雨花》上亮了相。有趣的是，吴亮已经成为我的好朋友，然而有一点我从来不知道，这就是他竟然会在《雨花》上发表那么多文章。这说明一个最简单的事实，我并不是《雨花》的好读者，我的兴趣在很长一段时间内，都花在了与当代中国文学没有多少关系的所谓的学问上。其次，《雨花》始终是一本现实主义的文学刊物，从“探求者”开始，似乎更注重所谓的思想性，像吴亮的评论，苏童和林白的小说，要想在《雨花》上打响，委实不太容易，因为刊物在读者的印象中，已经形成了一种定式。不能说《雨花》没有重点推出，事实上，苏童的《石码头》和林白的那篇小说，在当时都发表在头条的位置。我不知道他们是怎么想的，反正我的小说第一次发头条时，我都不敢相信这是事实。对于一个尚未成名的小说家来说，自己的小说能发表在头条位置上，这是一件多么让人赏心悦目的好事情。

我一直觉得遗憾的，是方之的代表作《内奸》没有在《雨花》上发表。这是肥水流入外人田的一个典型例子。当然这是父亲去《雨花》工作之前的事情，事隔多年，我真怀疑方之力主父亲去《雨花》与对此愤愤不平有关。方之曾把自己的这篇小说称之为“两投不用之稿”，还把这几个字郑重其事地写在了稿子上端，这说明这样一篇具有经典意义的小说，在当时连发表都有些困难。方之因此一直耿耿于怀，说自己被“文化大革命”这么一搅，可怜连小说都不会写了。汪曾祺先生的《异秉》，是他老人家复出之后的第一篇小说，通过林斤澜伯伯转到父亲手上，记得父亲和高晓声当时赞不绝口，然而在推出的时间上，却显得有些迟疑和不果断，结果汪曾祺的另一篇小说《受戒》，反而抢了先手，先于《异秉》发表出来，并且被《小说月报》转载，引起极大轰动。

父亲大约不止一次想到，要让《雨花》重振七十年代末八十年代初的雄风。然而父亲对于机遇这两个字，向来缺乏正确的认识。一个刊物的成功，离不了大气候，我总觉得父亲的性格，并不适合于当现代杂志的主编，他只能编同仁刊物，哥们兄弟地凑在一起，大家轮流写轮流编，轰轰烈烈地折腾几期就算完事。父亲只清楚自己喜欢的一类稿子，综合能力实在太差。父亲绝对不懂经营，算不过账来，也不知道如何扩大发行，如何为自己的刊物宣传造势。他永远是个书呆子，充其量也就是一身正气，尽力而为，勉为其难，实际上以他的性格更应该成为一名作家。

当副主编和主编，给了他自己没时同写作的理由，他私下里也发牢骚，觉得别人都在写，自己却缠在编辑的事务上。父亲逐渐感到了自己和那帮“探求者”兄弟的距离，他突然发现别人都成了著名作家，而自己只是个资深编辑。他从来没有小看编辑的意思，然而和编辑相比较，他更喜欢写作，更希望被人称为作家。在后期，对于编辑《雨花》他显然有些力不从心，很多事情实际上已经不去过问。他常向我抱怨，说再也见不到好稿子，常常说现在的小说，怎么都写得这么糟糕。我想父亲所以会这样，一是因为他落伍，二是说明火爆一时的中国文坛的确有不尽如人意的地方。《雨花》自然是抗争过的，也想了不少点子，譬如推出江苏青年作家小辑，譬如加大散文的篇幅，可是不管怎么用心用力，昔日辉煌已不再来。和其他的省级刊物相比，《雨花》也许仍然还是佼佼者，可惜文学大气候已经变了，英雄很难再有用武之地。

4

父亲和编辑部的同仁，合作得很愉快，他喜欢和他们在一起，喜欢编辑部里祥和团结的气氛。时至今日，能安心做个好编辑，实在不容易，为此，我对编辑部里任何一位编辑，都抱着一份敬意。我去机关，常常去编辑部闲坐，没什么话要说，没别的目的，就是为了感受那种熟悉的气氛。我觉得自己不仅是《雨花》的作者，更重要的，我是这本刊物的家属，是重要的见证人之一。

重翻《雨花》目录，我仿佛又一次在和父亲随意地谈着话，我们天南地北，无所不谈，突破时空的界限，打通了生和死的隔阂，过去的一切，不管重要或不重要，对我来说，都感到十分亲切。文学从来不是在热闹的时候才是事业。我衷心地盼望文学的大气候，能重新变好，能再造辉煌，然而同时也清醒地意识到，无论文学被冷落到了什么地步，也要义无反顾地走下去。衣带渐宽终不悔，为伊消得人憔悴，我想父亲在天之灵一定在为《雨花》祈祷和祝福，因为这刊物曾经是他生命的一部分。

七月十五

七月十五是鬼节，多少年来，我很少想到鬼节是怎么回事。晚上在外面散步，忽然看见月亮很圆。

妻子提醒说："明天是鬼节，要不要烧些纸?"

我随口说："烧一些也好。"

然而今天白天却忘了这事，到晚上再想起，已经来不及了。父亲是前年过世的，去年七月十五我们为父亲烧了好些纸钱，那也是我有生以来第一次知道什么是鬼节。父亲在世时，并不相信人在阴间还会需要用钱。他是个唯物主义者，对鬼对神都喜欢说一些不恭敬的话。他历来相信人活着，平平安安就是福分。

常常想到为死去的亲人烧纸钱有些多余，宇宙中若真有阴间，这阴间也未必像阳间这样唯利是图。永远感到缺钱的只是我们这些活着的俗人，烧纸钱说穿了也不是为了死者，而是为了让死者保佑。我相信父亲的亡灵如果真的存在，也不会不保佑我们。父子之间，如果连这点儿亲情都没有，那人类还有什么意思。

我想到的是父亲生前为我们操劳，在他死后，我们还要向他奢求，这太不应该。晚上天黑下来，我骑着车子从街上走过，看见不同的人蹲在角落里烧着纸。红红的火光映着人们发黄的脸。我不认为这样的活动有什么意义，但是多少感到有些遗憾。人们不一定非要做那些认定是有意义的事，我觉得自己应该像那些虔诚的普通人一样，蹲下来，点上一沓沓的纸钱。

我知道对父亲最好的纪念，是把他生前的作品汇集成册，然后以书的形式出版。这样的事我已经做过一些，但是仍然还有些事，至今都没有下落。我知道书究竟能不能出，也是一种缘分。记得父亲生前一直抱怨他没有一本可以送人的书。在父亲病故前，来了一位朋友，我对他说起了帮父亲出一本书的请求，朋友一口就答应了，于是在今年年初的时候，这本书终于出来了。

可惜父亲没亲眼见到这本书的出版。父亲生前出书如此困难，曾引起他的一些老朋友的微词，可这也是没办法的事。我不是出版社的领导，即使是，也不能随随便便为自己父亲出书。作为儿子，我只是坚信父亲尚未收集的遗作，迟早有一天会变成另一本很不错的书。希望在未来的一个七月十五，我能将这本不同寻常的书燃成灰烬献给父亲。

1994 年 7 月 21 日

父亲的话题

曾写过一篇文章纪念父亲，隐隐地觉得还有话想说，于是将写过的旧文章翻出来看，话好像都说了，又觉得还没说透，下面就是当时写的那篇《父亲的希望》：

常有人问我，你写作受了家庭什么样的影响。刚开始，我对这样的问题，一概以毫无影响作答。我想这也是实情，自小父亲给我灌输的思想，就是长大了别写东西。三百六十行，干什么都行，就是别当作家。父亲是个作家，他这么说，很可能让人产生误会，是干一行厌一行。

事实却是父亲最热爱写作。他一生中，除了写作，可以形容和描述的事情并不多。记忆中，父亲写作时的背影像一幅画，永远也不能抹去。我所能记住的，是他的耐性，是他写作时的不知疲倦。作为儿子，我不在乎父亲写作方面达到了什么水准，出了多少书，不会去想他得过什么文学奖，有过什么文学方面的头衔，进过什么名人录，还有谁谁谁曾对父亲有过什么样的好评价，这些评价是包装父亲的绝好材料，因为这谁谁谁都是大名鼎鼎的人物。我觉得这些并不重要，父亲生前把功名看得非常淡，我若写文章为父亲脸上贴金，很显然吃力不讨好。

恢复高考以后，我费了九牛二虎之力才考上大学，因为录取的是文科，父亲甚至都懒得向我祝贺。时过境迁，重新回忆二十多年前的情景，我仍然忘不了父亲当时的恐惧。父亲说，为什么非要选择文科呢。很长一段时间内，我都相信父亲之所以不愿意子承父业，要让儿子远避文学事业，是由于他个人的不幸，由于1957年被打成右派，由于“文革”时的挨整。一朝被蛇咬，十年怕井绳。后来我终于明白，除了这些恐惧，父亲顽固地相信，一个人若选择了文科，选择了文学，特别是选择了写作，很可能或者说更容易一事无成。

百无一用是书生，这句老话可以做多种解释。父亲热爱写作，一生都在伏案书写。父亲不自信，尤其是在写作方面，受他的影响，我也很不自信。这种不自信或许只是清醒，建立在写作是种高风险行业的基础之上，高风险不仅意味着政治上容易出错，经济上可能受窘，更大的可能是会成为一名空头的文学家。空头文学家不仅浪费自己的生命，还会浪费别人的宝贵时光。当我读到一些很坏很无聊的文章时，就会想父亲如果还在，一定会非常愤怒地加以指责。父亲生前，我们常为阅读到的文字没完没了地议论，父亲总是一针见血，非常明确地表明什么好，什么不好。他觉得一个人要么别写，要写就一定要写好，写出来就应该像个东西。

我写这篇小文章，想谈谈父亲对我的希望，行文至此，我突然意识到，父亲对我的不希望，远比希望更重要，更有用处。天下的父亲对子女都会有许多良好的希望，然而希望难免虚无缥缈，难免好高骛远，难免太浪漫。不希望却是非常具体、非常简单和直截了当。坦白地说，希望通常要落空，影响我做人的标准，并不是父亲的良好希望，而是父亲深深的担忧，父亲不希望我成为空头文学家，不希望我为当作家而硬着头皮当作家。我所要努力的方向，只是不要让父亲的不希望变成事实。

2001年10月2日　中秋佳节

一字不差地将写过的文章抄下来，当然不仅仅是偷懒。去医院参加例行体检，遇到很多单位的熟人，这些熟人曾经也是父亲的朋友。他们看到我，纷纷向我祝贺，理由是前天的本地晚报头版上登了一条消息，说我女儿的一篇作文入选了《中学语文读本》。这并没有什么了不得，但是标题比较隆重，又配了照片，熟人见了忍不住要议论。我忽然想起自己文章刚发表时的情景，一方面父亲好像很不当回事，一方面又暗暗得意，我现在的心情正好与他当时完全一样。

女儿今年才十八岁，已经出了两本书。她说起自己的心情，说没什么特别激动的，她说我爸爸出的书更多，不就是写了一些东西。这次有作文入选教材，她甚至都犹豫是否要告诉我，怕我又要对她说大道理。这种姿态和我当时刚发表作品时一样，不是因为成熟，不是故作谦虚。我不止一次告诉那些对文学世家这话题有兴趣的人，说作家后代的文学梦想和其他人可能略有些不同。或许耳闻目睹的缘故，作家后代享受文学成功的乐趣，要比别人小得多，因为我们都生活在父辈的阴影下，说一点儿也不沾沾自喜不是事实，说一下子就忘乎所以更不是事实。父辈像一座山似的挡在面前，作为小辈或许取得了一些成绩，但是真没有太多的理由骄傲。

父亲过世转眼已十年了，我现在住五楼，闲时喜欢看楼下的樟树，那是刚搬进来时种的，也不过三年功夫就长得郁郁葱葱很像回事。古人说“树犹如此，人何以堪”，从树想到人，不由黯然泪下。十年是一个不短的数字，过去的十年，正是我写作最旺盛的时候，也是所谓个人最出成绩的日子。父亲喜欢书，书架上有一层专门用来放自家人的书。父亲过世时，我正式出版的书只有两三本，当时出书很困难，但是父亲已很得意，现在一层都放不下了，如果他还健在，真不知会如何高兴。

言传身教看来真是很厉害。我发现自己现在与当年的父亲相比，在唠叨方面，有过之而无不及。我无数次地提醒女儿，说我们并不想沾光，可是不知不觉就可能沾了光，因此保持一份清醒非常必要。父亲生前是一家杂志社的主编，我发表小说的时候，大家都会想，这家伙近水楼台，开后门太方便。“外举不避仇，内举不避亲”，说是这么说，真正操作起来，其实有很大难度。我如今要说父亲对我在文学方面的要求，要比对别人更严，相信的人有，怀疑的人也会有，因为人们通常更愿意从“人之常情”去思考问题。父子关系毕竟是一种特殊的关系，我没必要做那种“此地无银三百两”的解释，想说的只是，别人怎么说并不重要，重要的是自己真把事情做好。事实胜于雄辩，我曾经很努力地想用实战成绩来证明自己，而这种证明才是对父亲教育的一种最好报答。

我想起自己最初发表的两篇小说，那是二十多年前的事，两篇小说写于同一天，上午完成一篇，写完了给父亲看，父亲说还有点意思，就是卷面太肮脏，即使巴尔扎克也不过如此，我为你重誊一遍吧。结果父亲帮我一笔一画地抄，我却在下午风风火火地又写了一篇小说，当时真没想到写小说这么容易，小说在同一个月里分别由两家刊物发表了。记得父亲改了几个字，父子还为是不是病句争了一场，我自然是错，然而不服气，狂得莫名其妙。我似乎有过一段才华横溢的日子，可惜在接下来的 5 年之内，连一篇小说也发表不了。很长一段时间，父亲根本不看儿子的小说，他知道我还在写，写什么也懒得问。一个人真要想当作家，别人帮不了忙。我的小说终于有机会发表，终于有一点影响，父亲那一阵特别忙，别人对他说你儿子的小说写得不错，他便对我说，喂，把那什么小说给我看看。看了也就看了，喜欢或不喜欢，满意或不满意，反正是儿子的东西，儿子大了，有些事已经管不了。

回想父亲对我写作的帮助，热情鼓励少，泼冷水打击多。可怜天下父母心，热情鼓励是希望子女有出息，泼冷水打击是怕子女走错路。他更多的还是不闻不问，父亲生前常说，学医可以传代，学画也可以传代，唯有这写作传不了代。他告诉我，作家不走自己的路，一辈子都不会有出息。他还告诉我，作家的后代不成为作家是正常的，成为作家反而不正常。我想我能有今天，不要说自己想不到，长眠于地下的父亲也不会想到。唯一可以肯定的，他一定会发自真心的高兴。文学是父亲喜欢的事业，薪火相传，虽然属于意外，毕竟不是一件坏事。

自从父亲过世，每年清明、七月十五日、除夕夜，我都惦记着要烧些纸钱。父亲生前，对所有的迷信活动都不相信，我受他的影响，也未并不深信，但是，还是要忍不住这么做。很多事是不能忘记的，如果没有父亲，就不会有我的今天。还是那句话，我能成为作家，既是无心插柳，又是事出有因。

2002 年 9 月 23 日

过年的话题

快过年了，报纸上要组织版面，免不了谈过年。电话铃声不断，记者小姐的细语不绝于耳，有约稿，有电话采访。我照例先回绝，然后在记者的追问下，勉强说些什么。有记者问，过年给你印象最深的是什么。这是非常典型的提问，聪明的不聪明的都这么问。

我通常也是实话实说，没什么最深印象。过年就过吧，年年要过的，就像要吃饭睡觉，顿顿要吃，天天要睡。有一年，记者问赞成不赞成燃放爆竹，我说不赞成，结果报上登出来，紧接在后面发言的一位名人主张大放特放，说这是一种传统民俗文化，象征着喜庆吉庆，象征着民族和家族的繁荣。我不赞成，倒显得没有文化了。

不由地想到了另一种民俗，烧纸钱祭祖。我不赞成大放爆竹，说白了，是嫌太闹。文化不文化，从来都是蒙人。想起了“文化大革命”那时候，凡和传统沾点边，统统成了封建。有一年在外祖母家过春节，在舅舅的带领下，竟然偷偷祭起了祖宗，这是第一次看见这事。我的一个上海表弟开始胡说八道，说看见供桌边坐个老人在喝酒，长得很像我舅舅。长辈们立刻认定是死去多年的外祖父。表弟那时候才七八岁，童言无忌，他这么随口说说不要紧，把我们一帮孩子吓得不轻，两个表妹顿时花容失色。

祖父过世时已经九十四岁，母亲提出来要祭祀，仿佛乡间那样供一下。父亲说，祖父生前从来不相信这些封建迷信，还是免了吧，于是就免了。这年我三十一岁，自记事以来，家庭成员中第一次有人病故。也是在同一年，八十四的外祖母逝世。四年后父亲又突然病逝，非常突然，好端端的，说没了就没了。

父亲的过世，让我感到很悲哀，很无奈。生死相隔，这是没办法的事情。我也不知道如何才能表达自己的感情，只能是笨拙地烧烧纸钱，每年三次，一是在清明上坟的时候。一是七月十五，民间的所谓鬼节。还有一个就是大年三十夜，不仅要烧纸钱，还要在家里三荤四素地祭奠。

现在流行到外面去吃年夜饭，既热闹又省事，稍稍好点的馆子，早在几个月前就预订一空。母亲和我商量，是不是也与时俱进，干脆到外面去吃一顿。我知道豁达的父亲在另一个世界不会缺钱花，也不相信他在大年三十，会跑来与我们在一起度过除夕，虽然有些心动，想到已成为惯例的祭奠，想到那个含有特定意义的三荤四素，还是决定放弃去外面吃年夜饭。

2006 年 1 月 1 日

鹡鸰之痛

父亲病重，伯父从北京来探视，当时父亲已不能说话，伯父很是伤感。不久，父亲过世，伯父再次从北京飞过来。他临走，留给我印象深刻的两句话，一是父亲走得太早，二是少了个能说说话的好兄弟。

此后我每次去北京，伯父都感慨父亲不能再陪他说话。他不止一次对我说，他们兄弟之间的感情，真是好得不能再好。人世间有许多事，没办法用文字形容，他说其实也没什么要紧的话非得对父亲说，就是想兄弟俩多些机会在一起喝喝酒，随便聊聊。

父亲生前，常对我说起伯父。他对这个哥哥充满敬畏，说着说着，自己就会忍不住笑起来。与伯父的认真严谨不同，父亲的一生中，犯糊涂的事情很多，家里的长辈说到他，常常会有些笑话。虽然是亲兄弟，性格却相差很多。父亲读中学时，正是抗战最吃紧的年头，很多热血青年报名参加国民党远征军，父亲也闹着要去，结果被伯父拦住了，理由是你这样的书呆子去参加国军，还不如去延安。为了这件事，父亲总说是伯父有眼光，救了他一条命，因为当时参加远征军的年轻人，大多都牺牲了。

父亲在中学时代，写了不少文字，这些文字都是被伯父逼出来的。伯父编《开明少年》，每到发稿前夕，就不时地到父亲房间里去绕圈子。父亲说，这种催稿方式真是奇特，你不缴稿，他很快又会过来绕一圈，绕得你坐立不安，绕得你不得不乖乖地坐下来写。父亲死后，整理他的遗稿，我很吃惊那些美妙的文章，竟然就是这么逼出来的。

伯父比父亲大了八岁，因此处处都是他在关照这个弟弟。父亲很幸运，有祖父疼，有祖母爱，有哥哥姐姐的关心和关照。伯父是长子，家庭中最负责任，千斤重担一人挑。父亲恰好相反，他是老儿子，是家庭中可以最不负责任的一个人。说起来，父亲也算是参加革命的一分子，搁在今天，凑合着也能算是老革命，可是听他说起来，总觉得是浪漫的成分居多。父亲最终没有去成延安，只是去了解放区，成为离休干部中的一员。上海解放以后，父亲穿着军装，雄赳赳气昂昂地回家探亲。伯父依然是带他去逛街，要为他买冰棍儿吃，父亲说，不行，我们解放军不准边走路边吃东西。伯父又要带他去咖啡店吃冰激凌，父亲又说，哪有穿着军装进咖啡店的。伯父当时百感交集，又好气又好笑，想不到自己一贯自由散漫的小兄弟，居然也有被制服的一天。

天下无不是的父母，世间最难得者兄弟。鹡鸰之痛，兄弟急难，古人以鹡鸰比喻兄弟，以鹡鸰之痛来形容兄弟之丧。我忘不了父亲逝世给伯父带来的悲伤，他绝对没有想到比自己小的兄弟，最后会走在前面。我知道他舍不得这个时刻需要他关照的小兄弟。

现在，伯父也走了，他们兄弟俩又要见面了，又可以在一起喝酒聊天。天路漫漫，生死相隔，我不由得感慨万千，不知道说什么才好。

人，诗，音乐

我有个非常热爱音乐的堂哥，叫三午。三午是我们这一辈中的老大，他似乎总是一事无成，年纪轻轻，一场怪病，不当回事地便去了。他会拍照，有一段时间似乎拍得很不错，用一架老式的德国照相机，拍人像，一时有“三午肖像”之美誉，记得当年许多人慕名要他拍照。在我们这个文人家庭中，三午对我的影响最大。早在20世纪70年代初期，除了拍照，三午还是一位很不错的先锋诗人。那是真正意义的先锋，在那个时代，能像三午那样写诗的，都是毫无疑问的怪人。我是从三午的客厅里开始步入文学殿堂的。当我还是一名文学少年时，有幸在三午的引导下，看世界文学名著，妄谈文学，并且深受比后来红极一时的朦胧派更早、更不食人间烟火的诗人们的影响。

比诗和摄影更能吸引三午的却是音乐。他算得上是玩音乐的好手，先玩唱片，以后又玩老式大盘子录音带，最后才是盒带。如果不是过早离世，他一定会成为激光唱盘的收藏者。有一段时间内，他收藏的盒带，在北京的小圈子里很有些名气。一位诗写得非常好，脾气古怪绝对盛气凌人的诗人，也是盒带的收藏者，都是四十岁出头的人了，曾经为了点芝麻小事，和三午孩子气地翻了脸，知道三午盒带收藏丰富，托人带话给三午，说是只要打开柜子，任他挑两盘磁带，便和三午和好。三午一向喜欢这位诗人的诗，私下里，一直和我谈起他。三午觉得这位诗人的诗是中国最好的诗。他们曾经是很好的朋友，翻脸之后，三午不止一次回忆起他们之间过去的友谊，他们一起写诗，写那些好好坏坏的诗，一起玩音乐，用自行车驮着笨重的录音机，四处折腾去翻录带子。重新寻找失去的友谊是三午多年的心愿，但是要三午心甘情愿牺牲两盘珍藏的盒带，等于在他心头硬挖一块肉："他爱和好不和好，挑两盒带，让别人可以，让他挑，那还得了。"知己知彼，三午说什么也不敢冒风险，他坚信这位诗人会抢走他最棒的两盘磁带。量小非君子，无毒不丈夫，犹豫再三，三午非常坚决地拒绝和好："哼，不和好了，夺人所爱，这不行。"

在一个搞音乐的人眼里，三午是十足的外行。音乐对于他，既谈不上是专业，甚至也不是业余。他只是喜欢听音乐。喜欢这两个字概括了他对音乐的一切感情。音乐仿佛是烟，是酒，是他生活中不可缺少的一种奢侈品。很难想象一个对音乐迷恋到如痴如醉地步的人，一个人听着听着，就会手舞足蹈号啕大哭，竟然对五线谱不甚了了。除了没完没了地听音乐，我很少听到过三午哼上一句半句。

诗和音乐是三午生活中的一部分，有了音乐，自然而然也就有了诗歌。他不止一次向我描述，在优美的音乐声中，写诗的激情如何油然而生。"没有音乐怎么能写诗呢?"我至今仍忘不了他说这话时一本正经不容置疑的夸张表情。对他来说，音乐是耳朵里的诗，诗却是纸上的音乐。

现在 我对你颂诗的时候
那老彩笔已从天才的手
落到百年的尘埃里

你为他
忠诚地
贞洁地
保持着
你千年和真挚的感情
世人谁也听不见
你圣洁的声音

这是三午写的一首诗中的一个片断，当时是1964年，他二十岁出头，青春年华，是一个非常帅非常潇洒的小伙子。十年后，我开始在一个硬壳的笔记本上，用很拙劣的钢笔字，毕恭毕敬地抄写三午的诗集。十年的岁月，十年动乱，三午似乎已经变了一个人。

我唇角常常
浮起一丝
苦笑

人呵 岁月呵——
苦楚成了嬉笑

山盟的无影
海誓的无踪
信义的甩脱
情谊的轻抛

冷嘲 热讽
明嫉暗妒
深深挖了陷阱

紧紧勒住圈套

人呵 岁月呵
残酷成了骄傲

苦笑 苦笑
都变形了
我的唇角

不仅思想境界发生了大变化，三午的身体也变得让人感到悲哀。因为类风湿，因为在农场他那身体不堪忍受的体力劳动，他的背驼了腰弯了，成了标准的残疾人。他的诗风变得非常厉害，颓废得像面黑色的旗帜，在长长短短的诗行中不时耀眼地闪现。他对人世和生活的绝望，严重地影响了刚步入社会的我。那一年，我十七岁，正是高中毕业的年头，待业在家，根本就没有考大学这回事，前途渺茫，无所事事。我很快变得像三午一样颓废，一样无病呻吟，一样远离活生生的现实生活。在笔记本上，我开始狂热地抄着三午的诗，抄三午那些诗人朋友们的作品。

我来到这个世界上
就是为了看看太阳

我开始在小本子上学着写诗，学得非常糟糕。我开始像想象中的诗人那样生活，那样神经兮兮。大冷的天，剃着光头在街上招摇，抽烟、喝酒，衣服脏了坚决不换。“文革”的轰轰烈烈和我已经没什么关系，读书做官也罢，读书无用也罢，批林批孔批周公，批什么都由它去。

除了学写诗，我便是陷在音乐的误区里，迷迷糊糊不肯出来。

听音乐也成了我的嗜好，至今我仍然保持着这样一个坏习惯，那就是写作时，耳边一定要放着音乐。音乐的旋律极有助于思考。万籁俱寂或者噪音袭耳，音乐使人在枯燥写作的寂寞中，既感到孤独，又感到充实。和诗歌一样，我爱听音乐，也是受了三午的影响。他总是夸夸其谈，一谈起音乐就没完。有趣的是他对乐理一窍不通，能告诉我的只是音乐家的故事和传说。

音乐家的故事和传说对我的写作起了潜移默化的作用。我渴望着自己能成为一名像莫扎特、贝多芬那样的音乐家。音乐使我在意志消沉颓废的时候，不时体会到崇高，体会到净化的纯洁。当我抄到三午下面这首诗的一个片断时，禁不住热泪盈眶，心里说不出是喜还是悲。

你的手指安抚着
键盘

我双肩抽动
只能把脸伏在手心
因为我就是——
你手下
黑色
白色
的键

三午的才华从来没有得到过充分发挥。和真正意义的先锋诗人一样，他孤独寂寞，在世人眼里一事无成。他的诗少得可怜，变成铅字的更是微乎其微。他的才华和时代趣味距离太远，而且根本就是格格不入。1975 年以后他好像再也没写过诗，诗人的热情在一个悲哀的时代里早已烟消云散。1972 年 10 月 29 日这一天，三午像受了伤的野狼一样嚎叫：

我们像块木头
被削着 刨着
钉着 锯着
最后连自己看着
都陌生了

对整个宇宙 我们还将
嘲笑地说
心 总是那一颗

粉碎“四人帮”以后，新的诗人像雨后春笋一样冒出来。除了听音乐，没完没了地收集磁带，诗对于三午来说，已经成了一个遥远的过去。我不止一次问他为什么不写诗，不止一次问他为什么不把自己的诗拿出去发表。然而没有一次他正面回答过这些问题。他似乎一直过着一种静止的生活，天天老一套，吃，睡，看着女儿弹琴，在音乐声中活着。这些年来，我读大学，读研究生，写小说，结婚，为养活和养好女儿挣钱，一次次变化，越变越俗，越变越现实。

三午的死永远是个谜。作为一个残疾人，他总是病恹恹的模样，谁也不会把他偶然的不舒服当回事。他的背已经驼得不能再驼了，心地虽然还像少年一样单纯，却仿佛风烛残年的老人一样龙钟。和他在一起，老是看见他痛苦不堪，孩子气地呻吟，不是牙疼，就是胃疼。他永远像一个被宠坏了的公子哥。我最忘不了他吃小苏打的腔调，别人吃药不过吃几片，他要么别吃，一吃就是半瓶，或者干脆满满一瓶。关于三午的死因，医院的诊断是恶性痢疾。从发病到咽气，还没到二十四小时。死有时实在是太容易。他动不动就呻吟，就叹息，习惯成自然，因此他逝世的那一夜，躺在床上哼个不歇，也没人太当回事。

三午死的前几天，有人给他送去了一盘福瑞的《安魂曲》。他一边听，一边和我大嫂戏言，说他若死了，就用这首曲子代替哀乐。三午死了以后，朋友们在《安魂曲》的乐声中，向他的遗体告别。这个场面被摄像机记录下来，无数遍地播放给那些没来得及向三午告别的朋友看。哀乐低低徘徊，三午像生前一样苦着脸，躺在花丛中，朋友们手持康乃馨，一一走上前，把康乃馨往他身上扔。康乃馨是三午生前最喜欢的鲜花。

三午的一个朋友含着热泪，把三午生前爱听的两盘盒带，揣在他怀里。在另一个世界里，这两盘盒带将永远伴随着他。

堂姐小沫曾和我商量为三午出一本诗集。一个人死了，总希望能有些什么东西纪念纪念。诗和音乐都是身外之物。三午年纪轻轻地就撒手去了，留下了一大堆他视之如生命的磁带，留下一本抄在硬壳笔记本上的诗集。比三午诗写得更好名气更大的诗集都出版不了，三午的诗集何时能出，实在难以想象。

我和三午都特别喜欢拉威尔，尤其喜欢《鲍列罗舞曲》。记得三午曾向我描述过这首曲子所表现的内容。他告诉我那是一首关于葬礼的素描，下着蒙蒙细雨，人们穿着黑色的丧服，排着队，无声地在雨中走着。乐曲一遍遍反复，发展，有那么一点点细微的变化，越来越庄严，越来越辉煌。多少年来，我一直按着三午的话理解这首曲子。直到有一次，偶尔翻开一本书，我才知道三午的阐释完全是错的。正确的答案应该是关于一位舞蹈着的女郎的故事。在一家冷漠的咖啡馆前，一位执着于舞蹈的女郎，孤独地跳着舞，她自顾自跳着，如痴如醉，仿佛早已被这世界所遗忘。她跳着跳着，终于用她那独特的舞姿，吸引了在场所有的人。大家一起欢快地跳起舞来，乐曲在热烈的气氛中结束。

错误或者正确地理解一首曲子，丝毫不妨碍欣赏音乐本身。有的人一生就像一首优美的诗，像一首哀婉动听的曲子。人生中有太多的误会，误会有时候一样很美，一样心抽紧着让人难以忘怀。

致年轻诗人

我害怕文学青年的拜访，接到那种突如其来的电话以后，首先想到的是如何推托。我不知道自己应该说些什么，这也许是性格决定，对于任何陌生人，我都有一种不知所云的恐惧的。人可以分成许多种，有人天生是好汉，有人自然是孬种，血管里盐分含量不同，起码我属于那种不善于交际的动物。不少文学青年寄稿给我，希望能提些具体的意见，希望能帮他们推荐发表，我屡屡让他们失望，一想到这些，便有些对不起人的内疚。将心比心，我想自己如果是文学青年，也会衔恨在心。

那些试图来拜访的文学青年中，更多的是一些诗人。每个诗人，无论表面多么恭敬，骨子里肯定狂傲。据说上帝曾拿着一粒糖果去看望文化人，在一大帮文化人中间，他独独把糖果给了诗人。许多写诗的人看不起小说家，而小说家对诗人又充满了太多的尊敬。我是一个写小说的，而且坦白说，小说写得并不好，内心深处对读者饱含愧意。对于诗，更是槛外之人，面对诗人不可能发表什么高见。按照我的傻想法，写诗与其说是一种职业，还不如说是一种生活方式。我喜欢有这种生活方式的人，但是这并不等于说自己愿意和诗人交朋友，真正的诗人从来就不在乎什么朋友。朋友是俗世里的人，诗人的王国里见不得一个俗字。

当我接到那些由打字机打印出来的诗稿时，总是忍不住为今天的年轻诗人们感到庆幸。有人为自己的诗难以发表向我抱怨，有人大骂今天的诗坛，大骂别的诗人是小人得志，就像是名牌必有商标一样，喜欢骂人是诗人可以注册的特征之一。有一个想法我从来没有说出口，这就是打印的诗稿和正式发表的，并没有什么本质的区别，一首诗的重要意义首先是用文字把它固定下来。诗能写出来这就足够了。一个人在解读一首诗的时候，脑子里并不会认真地去想，这诗是否发表过。事实上，如果用是否能发表来衡量诗的好坏，就好比用黑夜来评价白天，用体积来测量速度，完全是风马牛不相及。

我忘不了二十多年前的年轻诗人，忘不了那些诗人给我带来的刻骨铭心的激动。这些诗人写诗，完全是出于对诗歌自发的挚爱。在那个年代里，写诗和发表没有任何关系，为发表而写诗是件很可笑的事情。从没有听说一个诗人为发表自己的诗歌忙乱，这是不同时代中最重要的不同。那个年代里没有那么多的物质诱惑，没有功名，没有前程，要什么没什么。年轻的诗人把诗写在小本子上，互相传阅，以诗会友，以诗自乐。在那个独特的年代里，诗仅仅是诗。我始终认为，在即将过去的二十世纪里，中国最好的新诗，就是七十年代中期秘密流传的那些手抄本。如果我是诺贝尔文学奖的评委，会毫不犹豫地把奖颁给这些人中的一位。

不管别人会怎么想，我确实想不明白，作为一个热爱诗歌的人，生活在今天这个时代，究竟是幸还是不幸。也许只有在压迫下，才会出现好诗。七十年代中期，人们悄悄地谈洛尔迦，谈阿赫玛托娃，谈巴尔蒙特，那是文化的大沙漠，八个样板戏之外，一切文学活动差不多都已转入地下。正是在这种似乎不利的环境下，当时的年轻诗人把诗当作了宣泄的唯一途径，他们把诗随手写在小纸片上，抄在了几分钱一本的练习簿上。诗成为沙漠中的绿洲，打一个不太恰当的比喻，那年头的诗歌，仿佛女孩子的初潮，只是生命本能的一种体现。

时至今日，诗歌在技术上的进步几乎不容置疑，但是诗歌也多了一层尘世的烟火气。诗已经徐娘半老，已经步入更年期。诗正在成为一种手艺，已经闻不到多少青春的火药味，洋溢着的只是八旗子弟的破落潦倒。诗人像雨后春笋一样地多起来，诗可以很容易地被炮制，被重复，被玩弄，诗人的桂冠开始有了别的含意。诗俨然成了蒙女孩子的玩意儿，今天的诗人可以比过去的同行更目空一切，更狂，更什么什么，而今天的女孩子又太成熟，绝不像过去的纯真年代里那么好骗。

在今天做一个真正的诗人，无疑会更寂寞。对于年轻诗人来说，热爱写作是第一要素。诗不可能给诗人比寂寞更具体的东西，忍受不了寂寞的诗人，当不了好诗人。诗是痛苦的结晶，和珍珠一样，是因为肉体痛苦产生的结石。无病呻吟的人当不了好诗人。诗人必须做出选择，要么放弃，要么无怨无悔地忍受。诗人注定与寂寞为伴，不仅诗人如此，真正的小说家也难逃此厄运。

1999年1月26日

青春期的文学

我有个堂哥在北大荒待了许多年，后来回到北京，落了一身病，说话带着些东北腔。八十年代初期，他曾经写了一组小说，四处发表，其中有两篇就刊登在《青年文学》上。印象中，小说写得很不坏，是地道的农村场景，风格有些像茅盾先生年轻时翻译的东欧小说。也有些像山西的李锐后来写的《厚土》系列，充满了乡土味，写农村的人和事，视点却是城里人的。

堂哥的小说发表了以后，没有任何反响，那是伤痕文学流行的年代，堂哥的小说中，什么都有，偏偏缺伤痕。他倒也没有觉得自己时运不济，小说写出来，能发表已不错，写作对于他来说，是一种冲动，按捺不住，摊开纸，就写了出来。后来不高兴写了，再后来，索性连文学刊物都懒得看。我在瞎想的时候，常常胡乱做推测，如果堂哥的小说得了全国奖会怎么样，如果他坚持写下去又会怎么样。

得全国奖很可能让堂哥成为一个名人，于是约稿不断，评论不断，小说到处转载。也许会就此成为职业作家，说不定还能当某一级作协的副主席。真不能小看得奖的鼓励，打一个不恰当的比喻，得奖是很有效的一副“春药”，是兴奋剂，服了之后，自己都不知道自己是谁。八十年初期得全国文学奖，差不多是一件惊世骇俗的事情，记得那时候的作协机关有人这样形容，说今年真厉害，我们竟然放了两颗卫星。坚持写下去则可能有两种结局。一是永远默默无闻，写到临了，甚至连发表都困难，这是一种最常见的结局，怨天尤人，哭爹骂娘，全没用。一是熬呀熬，终于熬出一点名堂，苦尽甘来，这结局未必一定是什么好事，因为说不定意味着一个人已经写到尽头，口香糖嚼到最后早没什么味了。文学一旦失去了轰动效应，指望它还能带来什么，十有八九是落空，趁早撒手，或许才是识时务。

假设没有意义，换个角度，想想堂哥为什么要写小说。写小说不是什么难事，在我这个大家庭里，属于这一代的，弄几个文字发表出来，算不上惊天动地。如果写作仅仅是一种技能的话，大家都会写，都会玩，谁也不比谁逊色。我想说的，是堂哥的写作，属于典型的青春期的文学，促使他写作的原因只是因为文学的荷尔蒙泛滥。八十年代初期，无论社会还是个人，恰好都处在文学的青春期，这一段日子里，很多人亢奋，满大街都是立志从事文学事业的人。

然而青春期毕竟短暂，靠“春药”和兴奋剂维持的创作冲动，长久不了。文学最容易在青春期产生，也最容易伴随着青春期一起消失。作为个人，几乎谁都可能会有一段文学的青春期，这是一种生理现象，如果这段时期正好和社会的文学青春期相吻合，一个人可能非常幸运。同样是美人，同样嫁了皇上，有人一辈子遭冷落、住冷宫、守活寡，有人则三千宠爱在一身，从此帝王不早朝。成功与否有时候是一种简单的运气，可惜文学并不是只有在青春期才存在，它伴随着漫漫人生。

我一向对《青年文学》这类刊物感到尊敬，青年刊物为处于青春期的年轻人，提供了宣泄的机会，文学的荷尔蒙在这里找到了出路。如果整个社会都处在文学的青春期，办一份青年刊物，是一件很容易的事情，如果已经过了青春期，办这类刊物就会非常吃力，而且吃力不讨好。一个刊物，能够坚持不懈地向青年敞开大门，这永远是一件积善积德的事情。很多人写作，也许只是青春期的一阵冲动，他们在文坛上冲锋陷阵，然后转身干别的事去，从此一去不复返。文学的羊肠小道上，真正愿意一条路走到黑的人并不多，但是这样的人只要存在，即使是极少数，文学青年刊物的意义就非同一般。

1999 年 5 月 19 日

活着就好

春天开始的时候，两名北京大学刚毕业的学生，一男一女，在我门口转悠了半天，终于敲门进来。他们见了我，连声说没别的事，只是想见见我。虽然他们已分配在两家不同的出版社，然而一再声明，找我绝对不是为了组稿。

我很感激，因为自己似乎实在不值得别人如此厚爱。千里迢迢从北方来，偌大的一个南京，有许多地方可以去消遣。我的家就在著名的玄武湖边上，两位才走出校门的大学生，显然对风景名胜不感兴趣，他们刚从市中心的书店问路过来，临走时，又书呆子兮兮地问什么地方还有书店。

自然是谈了一会儿文学。那个男的，送了一本小册子给我，上面印着他和他同学的诗。让我感到震惊的，是小伙子用很平静的声音告诉我，在小册子上的很重要的一位诗人，最近刚刚自杀。

我真的感到很震惊。北京大学的学生中，有一位年轻的诗人，由于自杀，曾经在人们心目中引起很大反响。这位诗人就叫海子。我曾听说过关于海子如何自杀的描述，有好几个版本，都很浪漫，甚至可以说是美丽。

死是一种多么了不起的东西，它的诱惑充满诗意。小册子上的诗人是继海子之后，又一位自杀的诗人。一样的年轻，都是大学刚毕业，都是才华过人。死有时候太容易，不当回事的，就把很美好的东西，毁灭了、撕碎了，塞进了历史的绞肉机。

我由此联想到了活着多好。人可以有许多想死的理由，但是找不到一条理由，可以就此证明我们不应该活下去。人活得很累，很不自在，很不得意，很没人理解，一千条一万条，依然是活着就好。生命是最伟大的玩意儿，生命中包含了一切意义。

春天结束的时候，我的一位朋友因患脑部肿瘤，不幸去世。他比我小一岁，称得上是英年早逝。生命科学有许多捉摸不透的东西。我的朋友一向身体很好，热爱文学，善于交际，能喝酒，能玩。我不止一次麻烦过他，请他帮我复印，帮我找书籍，帮我的女儿去拔牙，帮我的朋友或者朋友的朋友解决困难。他的精明强干过于外露，结果在与他的交往中，我老是不负责任地占便宜，老是坐享其成。

我从来没有去过朋友的家，因为总是他来。他和我们一家都熟，来了，有时候很随便地吃一顿饭，有时候却是坐了一会儿就走。终于有一阵没来，不过几个月吧，再见到时，他已经剃了光头，说是刚刚做过手术，说是脑子里生了一个瘤，良性的。直到听说了他的死讯，我才知道他患的是恶性肿瘤。难怪我会不知道，就连他自己也不知道，知道的只是医生和家属。记得他手术后第一次上门，眉飞色舞地和我大谈如何被打开头颅，他绝对自信，也让我轻易地相信，他确实大难不死，已经没事了。

在火葬场，我看到的是经过整容的，完全不像过去我所熟悉的那个人。我产生的第一个印象，就是在那躺着的和死去的他，根本就是另外一个人。正是因为这种想法，我被一种巨大的悲哀所笼罩，生死两茫茫，人说死，就死了。还是那句话，死太容易了。

我逝去的这位朋友，自然是我最热心的读者之一。我承认自己的悲哀，与少了一位热心的读者有关。我一向觉得自己的小说没多少人看，因此对凡是愿意看我小说的读者，都存着一种真挚的感谢。我的小说，是写给那些乐意看我小说的人看的，皮之不存，毛将焉附。

存者且偷生，死者长已矣。死亡对人类永远是一种提醒，意识到死亡的时候，恰恰证明我们还活着。活着多好，活着真好，活着就好。有时候，我们冷静地想一想，好死不如赖活着，不是没有一点道理。就凭我们还活着这一点，我们就应该由衷地感谢。

1993 年夏日

二十二岁的憎恨

一个偶然机会，读左拉二十二岁时写的《我的憎恨》，感慨很深。这是一个有创造力的作家青年时代留下的，有了这样的激扬文字，一点也不感到奇怪，他在将近六十岁的时候，会写下那篇震惊天下的《我控诉》。中国有句俗话，愤怒出诗人，血管里的血不沸腾，成不了好诗人。左拉为什么会成为左拉，《我的憎恨》是说明书。

二十二岁的左拉以其稚嫩的声音喊着“我憎恨，我憎恨”，一个不敢憎恨的人，注定不会有什么前途，左拉旗帜鲜明地憎恨那些没有价值和软弱无能的人，他们让他讨厌，使他热血沸腾，心情烦躁，在战斗和必须前进的时刻，这些家伙带着否定的意见，荒唐的格言，出现在你的面前，挡住了你的去路。左拉像憎恨绊脚石一样，憎恨那些纠缠于个人意见的人。这些人成堆成伙地走着，互相挤来挤去，低着头望着地面，不愿看那天空的灿烂阳光，这些人每人都有自己的神明，有自己的偶像，自己崇拜自己，却扼杀了人类伟大的真理，把真理当作供品放到了祭坛上。左拉憎恨那些不正常的冷嘲热讽者，这些自以为清高的小青年，他们嘲笑别人，只是嘲笑，丝毫没有眼泪。二十二的左拉有太多的憎恨，他憎恨那些高傲和无能的蠢人，他们叫嚷说艺术和文学已濒临死亡，他憎恨那些发号施令的学究，憎恨那些回避现实生活的书呆子，憎恨那些令人生厌的伪艺术家。二十二岁的左拉用了好几千字，酣畅淋漓地表达他的憎恨，他情绪激烈，大声疾呼。

正如青年左拉说的那样，有所憎恨是神圣的事情。在某种意义上，憎恨就是爱，只有真正的憎恨，才能产生真正的爱。左拉把憎恨和自豪当作自己的两个客人，在孤独的时候，他感到高兴，因为他的孤独是由于痛恨损害正义和真理而来。他自豪，因为他与众不同，愤世嫉俗，有所憎恨。人生有这两个客人做伴，是很愉快的享受。每当对所处时代庸俗乏味的事物，进行了一次义无反顾的反抗之后，他便觉得自己更加年轻，更加勇敢，更加生机勃勃。

《我的憎恨》写于一八六六年的巴黎，重温这一个多世纪前的声音，我又一次感到震惊。这是一些多么熟悉的声音，可惜在今天已经很难听到。今天能听到的更多是认同、是宽容，世故已经毫无疑问地占了上风，有思想正在变得可笑，反潮流普遍被认为不合时宜。一切都是传媒说了算，成也是传媒，败也是传媒。传媒代替人类思考，代替人类发展。传媒时代的批评、肯定和否定，早就有了装腔作势的味道，文化变成了一道大众快餐，动不动炒作，动不动包装。也许左拉式的憎恨，注定只能是二十二岁时的声音，这是一种青春期的冲动，不由地想起了自己的青年时代，那时候我们站在文坛之外，对轰动一时的文学热点，不仅生厌而且鄙视。我们打算按照自己的想法去办一个文学刊物，换句话说，带着憎恨的心情步入文坛。从一开始，我们就采取了一种不合作的态度，憎恨显然起着重要的推动作用。

没有憎恨的社会，是一件太可怕的现实。如今流行歌曲的唱词，处处都是爱，爱从来也没有像今天这样廉价，爱已经老得满口掉牙，像没人过问的滞销商品，一次又一次被打折，像一块放在人嘴里的口香糖，嚼来嚼去早就没了味道。自从卡拉OK风行，歌词不仅越来越俗，而且越来越下流，肉麻当有趣正在变为一种新的流行趋势。到处是没有真爱的爱，爱越来越直截了当，爱成了简单的占有，人们爱钱、爱女人、爱名誉、爱地位、爱这爱那，一切存在似乎都成了病态的合理。既然表面上都合理，憎恨这样的词汇便显得没道理，显得书呆子气十足，一个人如果动辄喜欢表示憎恨，就仿佛外星人。

没有憎恨的爱靠不住，二十二岁的左拉在敢于憎恨这一点上，足以成为年轻人的楷模。没有黄钟大吕，光是风花雪月，绝不是一个正常的社会。人血不是水，憎恨是投枪，是匕首，是一个健全有力的心灵最本能的反应。憎恨是健康，是青春的躁动，是对自己炽热和高尚灵魂的感受，是对无耻和愚蠢的世事予以蔑视的体验。憎恨是改革的动力，是正气得到弘扬的条件，是邪恶无地自容的外部环境。有时候，没有憎恨，远比没有爱更可怕。一句话，有所不爱，才能有所爱，而不爱其实就是憎恨。

1999年5月6日

名与身随

阿成兄来信，命令抽空做一篇“随笔”，两三千字即可，写什么都行。古人说，正欲清谈闻客来。清谈乃一大快乐。我喜欢清谈，所谓随笔，不过以笔代嘴，瞎七搭八，想到哪就写到哪。

就说我的名字，很多人都说好，说是再也用不到取笔名了。不像苏童和刘恒，一个叫童忠贵，一个叫刘冠军，拿来签在作品的上面，实在有些那个。我的名字仿佛生来就是准备当作家的，同名的概率非常小，兆和言本来是取名常用的字，可放在一起，当真就有了些独特性。

其实我的父亲从来就没想过自己的儿子未来会是个作家，我生于 1957 年，这一年父亲被打成右派，此后的二十年中，他的生活一直是灰色的。虽然我们家出了三代作家，写东西在我们家却是一个犯忌的词汇。老实说，我从小最看不上眼的人，就是作家。父亲当了右派以后，对写作已没激情，命里注定却不得不继续写东西，写那些自己毫无兴趣的文字。很长一段时间内，他是剧团的编剧，好容易胡编乱造一个戏，请了大大小小的文艺官员来审查，听一番似是而非不关痛痒的指示，然后开夜车，硬着头皮按照指示改，改得脸发青，改得一支接一支烧香烟，房间里烟雾腾腾，谁进去了都喊受不了。

我的名字只不过是爱情的产物，父亲给我取名的时候，采取的拆字先生的伎俩，我的母亲姓姚，姚的一半里面有个兆，父亲名至诚，繁体字的诚有一个言字旁，父亲和母亲拿自己的名字开刀动手术，一人给了半个字，便有了如今的叶兆言。

父亲为我取的名字曾得到了祖父的称赞，要得到祖父的称赞并不容易，尽管祖父自己替人取名字一向不太认真。祖父取名字的特点是随意。伯父叫至善，姑姑叫至美，父亲最小，本来应该叫至真，可是祖父故意闹别扭，改成了至诚。祖父晚年和父亲闲聊，曾笑谈给父亲取名时的想法，他觉得至真是什么人顺理成章都能想到的，于是偏偏改成至诚，让大家的想法都落空。我堂哥的名字也都是祖父取的，大堂哥叫三午，因为祖父属马，大伯属马，大堂哥也属马的缘故。二堂哥一直懒得取名，小时候人长得胖，小名就叫大块头，这是南方对胖小孩的一种叫法，叫顺口了，干脆找了音近的字，大奎。堂姐也是如此，都叫她小妹，叫惯了，再找个形状相近的字，小沫。最小的堂哥生于国际争取持久和平年，这一次更省事，就叫永和，是一个最普通最常见的名字。

我自己对取什么样的名字，在一段时间内，很在乎。十二年前刚开始发表作品的时候，我想自己无论如何得有一个响当当的笔名。当然，作为一个大作家，仅仅只有一个笔名远远不够。我最初发表3篇小说，用了三个名字，一是真名真姓，一是邓林，用的“夸父逐日”的典，一是孟尼，是梦里的谐音。年轻气盛，我想自己每一种风格的小说，都应该有一个笔名。

起笔名是一种自恋，我想到自己用过的笔名就想笑。读研究生的时候，因为已经成家，又迫不及待添了个很可爱的小女儿，囊中羞涩，于是写文章，用的笔名和钱都沾亲带故。用的很多的是刘克，本来想用德国的货币单位马克，后来想想，自己不嫌俗气，用稿单位恐怕受不了，便把马改成牛，再借用一个谐音字刘。类似的用货币单位为笔名的还有梅元。

我用一个女孩子的笔名，写了一组关于女孩子的文章。这个笔名就是萧菲，萧菲是小费的意思。

此外，我用过的笔名有叶言，有舒书，用得最多的是谈风。谈风是父亲的笔名，我不管三七二十一，和他打了个招呼，拿过来就用。用谈风这个笔名，我在报纸上发表了四十四篇关于过去中学生活的随笔，我做出很有学问的样子，在文章里大谈过去的中学生活，从吃喝玩乐，到当时流行的时尚，从轶闻趣事，到当时学生的向往和理想，真所谓无所不谈，什么都敢吹。很多中学生都以为我是个从旧社会过来的老先生，他们写信给我，把我当作了和他们爷爷差不多的老人。

我所起的最不成功的名字，是我女儿的名字。当时和父亲商量来商量去，结果给女儿起了个名字叫叶子。理由是女儿生在甲子年，属鼠，子丑寅卯甲乙丙丁，都排在第一位。女儿出生时，正是半夜，医生出来报讯，有气无力地对我说："姓叶的，是个女的!"她那样子就好像是她有什么过错，或者是我有什么过错似的，和她前一次出来报讯别人生了个儿子时的喜气洋洋理直气壮，完全判若两人。我当时就有些憋气，时代不同了，男女都一样，而且真要是只允许生一个小孩，我更情愿要女儿。

因此叶子的子，也有谁说女儿不及男的意思。因为有些赌气，女儿的名字就显得欠考虑。结果我的想法和三流电视剧的编剧不谋而合，电视上常常可以见到叶子这个名字。女作家们也常常用叶子做笔名。过去是不曾留心，现在突然发现竟然会有那么多的人叫叶子。

给人起名字不能注册商标申请专利，同名同姓反正谈不上侵权。女儿去上小学，同年级果然有了三个叶子，两个女的，一个男的。在我犹豫之际，另一位女叶子的父亲已为其女儿改成叶梓，这种换字法只省去了一部分麻烦，老师喊起来，不得不加上一年一班的叶子，或者一年四班的叶梓。比这更麻烦的是男叶子和我女儿在一个班，我提议就在叶子前面加上姓氏识别，可老师觉得别扭，于是按出生年月，男叶子大一些，叫大叶子，我女儿小，自然只能屈居小叶子。

男叶子的父亲比我更耿耿于怀，他不止一次向我，或者向我的妻子抱怨，说他所以为儿子起这么个名字，完全是因为他的儿子属鼠，生于甲子年，言下之意，是嫌我们僭越。况且老子孔子孟子都是男的，女孩子子不子的，只有日本人才这样。

怎么也不会想到给女儿起名字会惹出许多麻烦，本来是人都应有个名字，叫什么说穿了也没必要太较真。然而同名同姓的确是个大问题。朝鲜人仿佛不是姓金，就是姓朴、姓李、姓崔。瑞典的七百万人口中，有一百万人只用三个姓，这就是安德逊、约翰逊、尼可尔逊，同时被三百万瑞典人使用的还有六个男名和六十个女名，因此聪明的瑞典人不得不考虑用计算机来组合姓名。最早用电子计算机取名字的还有丹麦。事实上，我们的身份证号码就是这么回事。中国的人太多了，譬如我就不知道自己的身份证号码是多少。好多人合用一部电话机，每个城市的号码簿便是厚厚一大本。用数字来给人取名肯定是一种浪漫主义的念头。雷同似乎注定不可避免，甚至叫阿猫阿狗，也能撞车撞出一大堆来。

话越说越远，远得再扯下去，就有些对不起阿成兄了。总之起名字是一件十分尴尬的事。名正言顺，谁都想起得完美一些，熨帖一些。人既然已有了个名字，想再改，也难。名与身随，一旦注定了那么几个汉字，人也就变成了那个符号。好在符号毕竟是次要的，关键还要看货色。无论在过去，现在或者将来，光一个名字响亮，并没有什么意义。

1992 年 9 月

宴尔新婚

“宴尔新昏，如兄如弟”出自《诗经·邶风·谷风》，“宴”通“燕”，是快乐的意思，“昏”自然就是今天的“婚”了。我们说某人“大喜大喜”，通常也是祝贺某人新婚。怎么说，新婚也是件高兴的事。时代在发展，人类在进步，婚姻的神圣早就开始受到挑战。据说现在流行的新词汇，是见了某人，不说升官发财，而是很惊讶地说一声：“你怎么还没有离婚？”

我见过一位很有些名气的台湾长者，走路已经有些龙钟，自然是文化人，身份地位十分了得。他介绍某位作家，不说此人写过什么、出过什么书，而是一本正经，附带着几分潇洒地说，某某某很了不起，最近娶了一位很年轻的太太，才三十几岁，是大陆的，能写诗，还很有名。

台湾人有钱，有钱便可以折腾，便可以娶年龄相差许多的年轻女人，并且是大陆的女诗人。我想听到这话感到别扭的，绝不止我一个人。诗人从来就是时代的精英，女诗人尤其难得。《红楼梦》中的林妹妹不会嫁给一身汗臭的焦大，可是现代的林妹妹嫁给一身铜臭的款爷，已经不新鲜。有钱人得提高文化，怎么才能提高，泡有文化的妞。至于有钱的文化人，再泡有文化的妞，负负得正，成了什么玩意儿，一下子真说不清楚。

话扯远了，赶快扯回来，还是围绕新婚的话题。好几年前，我们在一家大馆子里吃饭，正赶上结婚的好日子，门口站着好几对迎客的新人，新郎西装，新娘披着婚纱。我们中间有一位写诗的，突然大发感叹，说时代真变了，如今结婚的人，表情都有问题。我们不明白有什么问题，那位朋友说："你看那脸上，哪有一点点羞羞答答。今天晚上对他们来说，根本就不神秘。结什么婚呀，做做样子。"

我们都笑，说他不怀好意，说下流的人，永远只惦记着下流的事。朋友是有学问的人，立刻板起脸来说，结婚的热闹，本来就带有很强的性意识，不相信的话，可以去翻某某的性学著作。他这么一说，我立刻想起有本挺厚的学术书，确实就是这么说的。所谓闹新房，越闹越发，其实只是掩饰之辞。闹新房是人类不文明的遗留，有点像我们身上尚未完全退化的尾骨。按照那本学术书上的解释，闹是人类原始社会群婚的残余，所以闹得最厉害的，竟然有把新娘的裤子都剥了去的。当然这是极端，最常见的只是口头腐化，或者寄希望于视觉享受，譬如大说荤话，强迫新人亲嘴接吻。

现在只有很愚蠢的人，才会提问或者回答，是否把过去新婚之夜才应该做的事，提前给办了。传统已不复存在，现代的婚礼已经成为一种十分纯粹的多余。"宴尔新昏"这句古语，不妨吐故纳新，望文生义为"吃你的新婚"。婚礼简单成了吃，说白了，不过是人们在领了结婚证书以后的某一天，以宴会的形式大撮一顿。越来越豪华的婚礼，丝毫不意味着社会的进步，丝毫不意味着人类对婚姻的神圣有了崭新的认识。恰恰相反，婚姻不再神圣和安全，正在成为众所周知的事实。豪华的婚姻除了摆阔之外，其实也在流露着婚姻不再保险的忧虑。

我不知道保险公司办不办婚姻保险，如果办的话，把豪华婚礼的费用，投到保险公司，作为投资，一定可以得到一大笔意想不到的回报。人不能光想着在股票上赚钱，现实毕竟是现实，林妹妹嫁款爷，真得到保险公司去投保。有备则无患，人无远虑，必有近忧。都说离婚率逐步提高是现代文明的标志，是人类的进步，可是别忘了这种提高和进步，最获利的是款爷。离婚方便不过是给人一个抬腿就走的机会，要知道林妹妹娇嫩得很，真离了几次婚，也就跌到了“花落人亡两不知”的地步。

又扯远了，我现在颇有些像一个唠唠叨叨的老年人，应该说新婚，说着说着就跑题，跑到新婚以外去了。整个是一张乌鸦嘴，张口就来，尽说些不合时宜的话，说新婚，非要不知好歹地说离婚。我写文章从来不打草稿，想到什么地方算什么地方。不是存心绕着圈子说话，丑话说在前头，也未必就是什么坏事。我年龄不算太大，好歹也是过来人，而且回忆结婚这种话题，非得过来人才能说。痛说革命家史，回忆宴尔新婚，注定了倚老卖老的口气。

新婚的有趣，自然不是在当时。不识庐山真面目，只缘身在此山中。一个处在婚礼中的人，被热闹弄得晕头转向，被琐事纠缠得心烦意乱，恐怕很难会觉得结婚如何有趣。结婚是俗套的大杂烩，是一系列不心甘情愿，是一大堆的应酬和敷衍。父母吃辛吃苦，把儿女养大了，我们想省事，想简单一点，父母不干。父母开通一些的，自己想明白了，亲戚朋友又不干。人是一切社会关系的总和。理论上的人，可以想干什么就干什么，现实中的人却必须老老实实干什么和不能干什么。结婚是一男一女两个人的事情，两个人的事情并不意味着两个人就能做主。

我和妻子似乎能算青梅竹马。小时候就认识，还没明白男女是怎么回事，便有人拿我们开玩笑。缘分终是缘分，如何就水到渠成，弄假成真，这是个人隐私，没必要在这篇文章中老实交代。反正两个人好上了，遵照婚姻法领了结婚证书，大约过了一年以后，由父母做主挑了个好日子，在一个不大不小的馆子里，办了四桌，宴请亲戚朋友。这规模不算大，也不算小。名单都是父母细心拟定的，请谁不请谁，他们说了算。还是那句话，父母把儿女养大了，娶谁嫁给谁，不让他们做主，已经有些对不起他们，喜宴请什么人，这点小权利拱手相让，再应该不过。

记得是六十块钱一桌，这是 1983 年的价格，当时已经不算便宜。酒水另算，好像是因为认识人，说好了自带。人到时间都来了，往桌子一坐，发现新郎官不在了，一打听，说是回家拿酒去了。那天留给我的记忆，除了乱，还是乱。都是来吃喜酒的人，没一个帮忙的。没有男傧相和女傧相，我和妻子没一个朋友参加，不参加的原因，是我们根本就没有喊他们。结婚是件麻烦事，不得不麻烦自己，何苦还要麻烦别人。

我曾经和父母开玩笑，说这四桌是为他们办的。父母听了，心里有点不高兴。明知道是实话，然而实话有时候也不好听。不是为了让父母称心，我一桌酒也不办。很多人选择了旅行结婚，我想人们之所以这么做，绝对不是贪玩，而是因为怕麻烦。请谁不请谁是个很大的麻烦，为拟好那四桌的名单，我母亲像研究军事地图似的，成天对着名单琢磨，可结果仍然有差错。有人想来，没请；有人不想来，结果又请了。没请，得罪人，请了，也得罪人。吃力从来就不意味着讨好，老人永远不会明白这事理。

不可能再记住那天吃过了什么。我是个性格内向的人，连站起来向大家敬酒都不会，心里就盼着宴会早些结束。我甚至都记不清妻子那天是否和我坐在同一张桌子上。大家只顾吃，有人说一两句笑话，说完了，仍然是吃。来参加婚礼的客人，有的是冤家对头，心里存着疙瘩，此时最好的办法，也就只有埋头痛吃这一招了。好不容易宴会结束，来宾纷纷向我的父母祝贺，因为除了几位邻居和亲戚，绝大多数都是向我母亲或者向我妻子姑妈学戏的学生和弟子，这些学生弟子既然是演员，热闹起来，清一色的大嗓门。

那天晚上，我与妻子逃之夭夭，骑自行车回我们的新房。新房离母亲的住处很远，因此没有任何人到新房来打扰，让人疲倦厌烦的一天终于过去，我们感到一种极大的轻松。在掏钥匙开门的时候，我一失手，将一瓶白酒掉在了地上，砰的一声，跌得粉碎。这似乎是一个不好的预兆，虽然我们不喜欢这一天的嘈杂，可毕竟是形式上的新婚纪念日。人难免要迷信，这日子里一点儿不迷信也不对，于是我们就用“岁岁平安”来互相安慰。

第二天清早，打开房门，外面一阵阵扑鼻的酒香，突然想起了昨天晚上的事。我和妻子意识到，把整整一瓶白酒，洒在自家门口，这是对婚礼最好的祝贺。转眼已经十几年过去了，回首新婚，那扑鼻的酒香，仍然记忆犹新。写这篇文章的时候，我曾戏问妻子，结婚那天，印象最深的是什么，妻子脱口而出，说：“当然是那瓶打翻的白酒。”

1997 年 3 月 15 日

太太学烹饪

我们家最讲究吃的时候，也就是太太上烹饪课那一阵。过去，我曾经买过好多本关于烹饪的书，没事睡觉前翻翻，看过就算解馋了，并没有真枪真刀地操练过。我这人对于想象力的满足，远远超过对于实际生活的要求。往文雅里说，是注重精神的享受，小说家属于知识分子，知识分子的好处，就在于能够平日吃着食堂，把做得不好的菜肴，硬吃出好的味道来。老实说，我害怕自己动手做菜，尤其是大动干戈地做，一是没时间，第二点也重要，那就是懒。

太太的学校里办了个烹饪班，学校办班的目的是为了赚钱，这年头，许多时髦的事，说得再好听，其实都是准备从别人的口袋里掏出钱来。来上课的学生都是有工作的成年人，口袋里多多少少有些钱。上课的动机也简单，先从自己口袋里掏钱，学了些鸡毛蒜皮的烹饪技术以后，再去别人的口袋里掏钱。烹饪班的学生，有想下海开馆子的，因为现如今餐厅的利润极高。有想混一纸文凭的，混一张所谓厨师结业证书，去外国招摇撞骗，打打工骗点外汇。

近水楼台先得月，太太是本校人员，可以大觍老脸地蹭课。当时我们家新分了房子，第一次有了像样的小厨房，女儿又在幼儿园全托，而我呢，也稍稍能开始赚些稿费。天时地利一时间全都占了，此时不学烹饪，更待何时。太太学会了烹饪，最沾光的无疑是我，因此“人和”这一点也不缺，所以极力鼓励，就怕太太改变了主意。

太太当真去上烹饪班了，虽然是夜校，到底有点科班的样子。首先名正方能言顺，来上课的老师，是从外面的馆子里特邀的。有一位感觉良好，口才也棒，可惜毕竟年轻，只是三级厨师。教师的级别低，学校和学生两方面都没有面子，于是自作主张给请来的老师涨级别，反正课堂上先这么介绍，介绍完了，大家鼓掌，没人会站出来像派出所查户口那样核对一番。

老师固然有些心虚，支支吾吾打着哈哈，正经八百地开始上课，就怕让学生看出破绽来，非常用心地教着，一板一眼不敢马虎。口气却大得不得了，上来就是三板斧，说这样烧怎么不对，那样炒怎么又错了，自己跟谁谁谁学过，谁谁谁怎么夸奖过自己，自己的学生谁谁谁在国外现在怎么样。再穿插几个关于吃的小故事，学生顿时就服了。

很快就上完了理论课，几周下来，便进入了示范阶段，每堂课好歹做几个菜让大家尝尝。菜是学校的门卫去采购的，买回来了，同样委托门卫洗干净，送到课堂上。此外备好了液化气炉灶，还有油盐酱醋各种调料。实践课比理论课有趣得多，耳听为虚，眼见为实，听人讲一大堆，不如自己看着做一回。来上课的老师大显身手，一边讲，一边做，做好了，便请大家品尝。当学生的起初还羞答答，喊到谁了，谁便用筷子夹着尝一点。接着是下一位再尝，因为只有一双筷子，每一位都挺文雅地放在嘴里，细嚼慢咽，煞有介事地点头喊好。

学生的脸皮很快就厚起来，看来人的天性都是馋的，平时看不出，是由于没什么东西可以吃。难怪要说人越有的吃，就越馋。一大群学生，男男女女就一双筷子，吃过来吃过去，似乎也不卫生，于是便有人发明自带筷子和调羹。大家跟着模仿，把个好端端的上课，弄得跟过节似的。文雅也很快没有了，教师的菜还没做好，大家已抄好了家伙，就等着开吃。老师一声令下，筷子和调羹立刻在盘子里打起架来。记得我太太那一阵子，临去上课，就把一把擦亮的不锈钢小勺子放在口袋里，那神气劲比女儿去儿童乐园还要神气。

老师示范了一段时间，便让学生自己动手。每个学生都有机会做一次菜，做好了，最诱人的保留节目，还是让大家尝。菜做好了，不吃也是浪费，况且如此用心做出来的菜，味道岂能不好。老实说这样的烹饪课，让谁去上都会乐意，可惜时间太短，最后，学生们聚在一起，再美美地吃上一顿，说结业，也就依依不舍地结业了。

结业以后，尽管业余，太太也算是科班出身了，感觉特别好。回到家里，一套又是一套，烧什么菜，都呼应着菜谱。这是我有史以来，最大饱口福的年头。可惜也是时间太短，时过境迁，转眼女儿上了小学，太太有自己的工作，还要管女儿弹琴和学习，人一忙，要馋，也只能在脑子里想。食堂的菜实在不好吃，然而人要是没时间，也只好乖乖地吃食堂。烹饪有术是有闲的时候才能偶尔为之的事情，而所谓有闲，也是昙花一现，说过去就会过去。对于今天的三口之家来说，最空闲的那段日子，也就是小孩子在幼儿园上全托的时候，在这前后，如果不靠老人，如果不请保姆，我们这一代人，谁不是忙得死去活来呢。

1994 年 1 月 16 日

纸上的盘门

对我来说，盘门最初是个纸上的符号，是和爱情联系在一起的地名。虽然填写籍贯，习惯上写苏州这两个字，但是直到有一天，去拜访一位住在盘门的姑娘，我才和苏州这座名城有了真正意义上的第一次亲密接触。记忆中，苏州和盘门差不多是一回事，很长一段时期，鸿雁传情，锦书易托，我把感情全寄托在面值八分钱的邮票上，在信封上一遍遍地写着苏州盘门。那位苏州姑娘，确切地说，那位住在盘门的姑娘，把我弄得神魂颠倒。不知道自己为她写了多少封情书，也许，正是因为这些文字的磨炼，我有幸成为一名作家。

苏州有许多标志性的东西，它的园林，它的评弹，它的美味佳肴，最能够引起我奇思妙想的却是盘门。那时候的盘门，藏在深闺人未识，通过一道闸门，通过一条窄窄的小河道，把古运河里的水，毛细血管一样引向城市的四面八方。我和家住盘门的苏州姑娘，沿着这些小河道，没完没了走着，脚心走出了泡，鞋底磨穿，人生中最美好的一段时光，都留在了小桥流水之上，都留在桃红柳绿之中。有一句流行的俗语，叫“年轻时我们不懂爱情”，实际上，年轻时不仅不懂爱情，而且根本就很少有欣赏风景的闲情雅致。随着青春岁月一同消失的，除了这一条条小河道，还有鹅卵石铺成的小径，它们和交叉纵横的河道一样，通向无数条小巷的深处。以盘门为起点，沿着鹅卵石小径，我们浏览了苏州的每一个角落。我用自行车驮着盘门姑娘，她为我指引着路。

苏州城以它的美丽精致闻名。在苏州人眼里，古运河边上的盘门，有着水陆两门和瓮城，这已经足够壮观了。水门傍南，陆门依北，有城楼有城垣，这又是何等的气派。我有时候喜欢和苏州人抬抬杠，尤其喜欢和那位下嫁到南京的盘门姑娘比阔。和南京的中华门城堡比起来，盘门的狭隘，至多也就只能算是个小弟弟。苏州人是中国最傲气的，必须煞煞她们的威风才行。不过，话又要说回来，以一个城市的古城门而言，盘门这个小弟弟显然是最具有特色的一个。大而无当，盘门从来不以庞大取胜，它的独一无二，它的精致，恰巧是“小是美丽的”的最好注解。

今年春天，与文友夜游苏州古运河，经过盘门的时候，灯火辉煌，同游者一片惊呼。知道行情的人，都在反复念叨它的好，不知道的便想立刻弃舟登岸，一睹盘门芳容。我情不自禁怀起旧来，仿佛重新回到了当年，回到小河边古道旁。纸上的盘门早已不复存在，经过多次维修改造，盘门旧貌变新颜。人面不知何处去，桃花依旧笑春风，既是怀旧，自然免不了一番多余的感伤。

2005 年 7 月 11 日

女儿语录

女儿一天天大了，说上小学就上小学。放学回来，书包往桌上一扔，做作业。话明显地比过去少了，越来越像个大人。童言无忌无欺，小孩子的话通常第一等的生动，女儿曾说过许多有趣和耐人寻味的话，好像是抢救文物遗产，不记下来，实在有些可惜。

女儿被蚊子咬了，心烦意乱，很严肃地问妈妈："妈妈，既然是被蚊子咬了一口，怎么不是少了一块肉，反而多了一块肉呢?"做妈妈的开始解释，这种简单的问题往往越解释越复杂，女儿听着不耐烦了，恍然大悟地说："我知道了，蚊子在咬人的时候，在肉上拽了一口，把肉拉出来了，所以会多一块肉出来。"

女儿晚上睡觉前，也喜欢捧一本书看。她到处扬言自己要成为叶家的第四代作家，并且要让第五代第六代都当作家。有一天晚上，她把小人书放在一边，眼泪汪汪地暗自伤心。总以为她是在幼儿园受了什么委屈，一问，却吞吞吐吐地说："我是在想，万一，你和妈妈离婚，爸爸有了后妈，他想对我好，又不敢对我好，怎么办?"这话当然不像话，肯定是受了电视上的影响，于是狠教训她，让她不要瞎想。女儿因此破涕为笑，再问她为什么会有如此荒唐的想法，笑着摇头不肯说。又问她为什么不想些高兴的事，回答说："我喜欢悲剧。"

女儿常常被追问，问她长大了干什么，她的逻辑是：上小学，上中学，上大学，上留学，结婚，生小孩，听者无不捧腹大笑。

女儿很小就对人的起源感兴趣。告诉她，人是从肚脐眼钻出来的，深信不疑了很长时间，终于诘问妈妈："人这么大，怎么能从肚脐眼里钻出来呢?"又问："我是妈妈生的，妈妈是阿婆生的，那么最最头上的那个人，又是谁生的?"只好用进化论开导她，告诉她人是猴子变的。女儿目瞪口呆，愤怒地说："瞎说，大猴子应该生小猴子，怎么会生个人出来。"

女儿三岁以前，捧着一本书，可以认认真真看几个小时。都觉得这孩子有异秉。这几年却变得什么事没常性，要她弹琴，非要画画，要她画画，又偏要剪纸。不肯好好地睡觉，不肯好好地吃饭，忍不住跟她说道理，总算眼睛瞪多大地听着，临了，叹口气总结说："我觉得，我是天下最痛苦的人了。"

女儿最不喜欢吃的食物就是茄子和豆腐，对于豆腐，她用反问进行回答："豆腐有什么好吃的？我就不吃。"对茄子却仿佛有什么深仇大恨："我就不上幼儿园，幼儿园又要吃茄子了。"

女儿给家里的人像梁山泊一百零八将一样排了座次："奶奶第一，爸爸第二，我第三，妈妈第四，爷爷最后。"

女儿说："爸爸，我有个想法不敢说，说了你要骂我。我想当班长，你说我会不会当?"女儿的两个堂姐都嫁给了外国人，一个远嫁欧洲，一个远嫁拉美，于是和她开玩笑，说她长大了也要嫁给外国人，她听了，大不以为然，摇头说："还要学外语，烦死了。"

女儿做梦都想拍电影，电影拍不到，退求其次，说上电视拍个广告也行。这一阵发大水，她老是觉得遗憾，抱怨说我们家也住在楼下，水怎么不把我们家淹了。“要是我们家淹了多好，”她很有心计地说，“这一来，人家都捐钱给我们，我们家不就发财了吗?”又说：“要是淹的话，还有人来采访我们，我不就是上电视了吗？这多好。”

学而优则仕

不想当官这词，当官的经常说，写文章的人也老爱挂在嘴上。虽然免不了假客气假斯文，然而多多少少有些雅，有些书卷气，也有些文人的清高。我女儿刚小学二年级，在班上当之无愧算一个好学生。她是小组长，凡是小学生该有的好品质，似乎都有一些。平时功课根本不用我操心，是老师的话她都听，放学回来，常常书包还没放下，便得意扬扬地向我宣布："今天老师又表扬我了！"

偏偏一场关键时刻的考试没考好，尽管也是九十几分，却已经排在前十名之外。这个伟大的关键时刻是马上就要选中队委，选上了中队委，可以神气十足地挂上两道杠的标志，这是我女儿向往已久的一件事。

当中队委，自然得成绩出类拔萃。很难用笔墨来形容女儿的沮丧，选举的前几天，一向活泼爱动的女儿变得连话也懒得说。于是便安慰她，说虽然这次没考好，老师根据她以前的成绩和表现，说不定还会让她当中队委，即使不当中队委，屈就当个小队委也可以。小孩子最容易哄，而且心里搁不住事，随手给了她一个希望，立刻扯牢了再也不肯丢。依然还有几分沮丧，却动不动就瞪大了眼睛问我：“我真的还能当中队委?”

希望越大，失望越大，怕女儿太当真了，万一什么也选不上，感情上受不了。于是把安慰改成泼冷水，告诉她当不当中队委无所谓，告诉她好孩子多，中队委少，好孩子未必当中队委，中队委未必是好孩子。越说越多，越说越乱，临了，连自己也不明白究竟想说什么。

选举那天女儿正好发高烧，陪女儿去医院看病，又是打针，又是吃药。下午就要正式选举，在希望还没有破灭之前，实在不忍心放弃最后一搏的努力。事后想想真有些滑稽，尽管我从小就不是一个好学生，从来没当过一天的官，对于女儿当不当中队委，我的表现甚至比女儿更紧张，更孩子气。女儿终于冒着高烧，耷拉着脑袋，忐忑不安地参加选举去了，我和妻子在家等着，心惊肉跳，衷心希望自己的女儿能捞个一官半职。

如今这年头，能让孩子高兴的事太多。女儿称心如意地当上了中队委，高烧也退了，药也用不着再吃，快活了一阵，也就不当一回事。真正感到高兴的是我，在女儿当不当中队委这一点上，我变得比自己想象的更俗不可耐。原来人都是想当官的，学而优则仕，女儿觉得自己是好孩子，是好孩子就应该当官。

当不当官是检验好学生的标志，难怪我和女儿都会那么在乎。

对女儿的期待

新年里，一位女记者前来采访，让我谈谈对女儿的期待。我信口说了些，大致意思是自己没什么期待。我是个宠小孩的父亲，养不教，父之过，和现在许多做父亲的一样，明知溺爱对小孩不利，可是偏偏硬不起这份心肠。我一直后悔自己对女儿的培养太平庸。如果一切可以从头来，肯定不会让女儿学钢琴，要学音乐便让她拉二胡，倒不是标榜国粹，而是想让她和别的孩子有些不一样，现在满世界都是弹钢琴的。

女儿学钢琴，完全偶然，最初是幼儿园办电子琴班，说小孩开发音乐细胞如何重要，于是火速去店里买了一架电子琴。那时候买一台日本原装电子琴，得花半年的工资。为了上课，妻子骑自行车，又要驮女儿，又要带着那个有违交通安全的电子琴，现在想到都后怕。女儿学电子琴，学了三四年，就被人指责，说电子琴不能算乐器。我对音乐是门外汉，而且的确也不喜欢电子琴。女儿三年级时又买了钢琴，一提起自己的学琴经历，女儿就抱怨我们耽误了她，因为一切都要从头来，手上的坏毛病，据说全是弹电子琴养成的。

从一开始，就没想把女儿培养成音乐家，说穿了，也就是让她弹着玩玩。总算找到了一个好的钢琴老师，对她要求严，加上妻子像工头一样地督促，逼着练，如今要说玩，也应该算是会玩了，可惜并不是太喜欢这样的玩。我觉得女孩子除了学点音乐，最好也能练练书法。

也许是有了这样的遗憾，才把希望寄托在女儿身上。音乐和书法是我所不能的两件憾事，现在的父母在儿女身上下本钱，往往注重的不是小孩的天资，更多的是出于过去的遗憾。自己不行，在某方面没出息，所以才想到让后代不走父辈的老路。如今的小学生，功课多得已经不人道，真不忍心在功课之外再增加女儿的负担。我大学有个同学，写了一手的好字，几次想到让女儿跟他习书法，都是说说而已，如今女儿已经十四岁，正上中学，考试一场接着一场，对于书法，显然也只能是心向往之。

做父母的，当然不会希望自己的女儿没出息。什么叫出息，其实是个说不清的话题。我对女儿没有什么过高的期待，只是希望她一生平安、幸福、心地善良。能不能出人头地，是她自己的事情，各人头上一方天，没必要强求小孩干什么。我从小就没什么理想，如今人到中年，对理想更是万念俱灰。人生是一步一步走出来的，把每一步走踏实了，这就很好。

1998 年 2 月 13 日

回忆女儿考中学

女儿参加小学升初中考试，不考不知道，一考吓一跳。竞争的激烈程度，让我这个一向以为南京人平和的人，大吃一惊。

女儿班上的一个小男孩写作文，谈到理想，说自己要学习希特勒，发明一种最厉害的新式武器，统一全世界，为国争光。老师把这篇作文在课堂上念了，同学们哄堂大笑。老师说，你这样的作文，怎么去考好中学。

这小男孩也真够糊涂的，作文写成这样，怕真是没有太好的中学肯收他。女儿没到毕业的时候，我从来没有想过好中学和差中学这样的问题。差中学这个词，在女儿即将小学毕业之际，一下子窜到我的脑海里。各个小学毕业班开家长会，开过了，家长们交流，说到差中学谈虎色变。一个家长说，他小孩的班主任在家长会上庄严宣布，如果你们不好好地管教小孩，那就让小孩去某某差中学吧，不过请大家做好思想准备，弄不好你们的孩子在初中期间便会让你们当上爷爷奶奶。

这种话听起来很好笑，但是作为家长，不可能不紧张起来。有一次我路过一所差中学，就是那种所谓由差生垫底的学校，这样的学校照例是不设高中的。正好是放学期间，两个十四五岁的女孩，穿着黑色紧身衣，气势汹汹地站在门口，打扮得惊世骇俗，浓妆艳抹，涂着血红的嘴唇，一个把头发染成了金色，一个把头发染成了棕色，骂骂咧咧地站在那，好像是在等什么人，要找什么人算账。有许多人出于好奇，远远地在看她们，她们肆无忌惮，似乎也很愿意这么被别人欣赏。

看电影或电视，看到要表现那些坏女孩，一个个打扮得都像麦当娜，总觉得导演缺少想象力，见了这两个女孩，证明我的观点，也许是错的。可怜天下父母心，自从见了这两个女孩以后，我发誓不能让自己的小孩读这样的中学。虽然做爷爷奶奶不是什么坏事，可是我的女儿要去读的是中学，这话题提前得也太过分了。

为了让小孩不至于进入差中学，学校的老师和我们做家长的，对小孩的要求几乎有些不人道。竞争是残酷的，其激烈程度，一点也不比考大学逊色。应考期间，各方面都抓得极紧，请了家教，先只是数学，然后是语文和外语。我女儿的成绩在班上一向名列前茅，为了怕考试时出现意外，多花些本钱反正没什么错。

能考进一类好学校的，每个班上只能有几个尖子。孩子争来争去，就争这么几个名额。我的女儿终于争到了这样的名额，但是在应考的一年中，实在是吃足了苦头。举一个小例子，我们每个月要给小孩子一些零花钱，这是小钱，小孩子却很放在眼里，过去每到发钱的日子，女儿就惦记着。可是因为要考中学，女儿有一天突然叹气说："你们已经有多少时候没给我钱了?" 我们都把零花钱的事给忘了。考不好就进差中学，简直成了我们吓唬女儿的尚方宝剑，在吓唬女儿的同时，我们也在吓唬自己。也许未来的南京人，从我们的下一代开始，会变得勇于竞争，然而竞争的结果，不可能消灭差的中学，只能造成差中学更差。差中学事实上已成了家长和孩子们的末日，小孩子一到了这一步，再要想好，真是不容易。

我在玄武湖公园散步的时候，经常见到那些逃学的初中生，男男女女成双结队，男的学着抽烟，女的掏出小镜子抹口红。前途既然看上去没什么指望，干脆早一些谈情说爱。有一次，我甚至看见一条长凳上坐着两对，女的都坐在男的腿上，口无遮拦说着下流话。一位在那差中学念书的女孩子告诉我女儿，她们班选班干部，一个流里流气的孩子王，用皮带事先警告班上每一位同学，谁要是敢不选他，他就要用皮带抽谁。

最后要说的，是那位要学习希特勒的男孩子，还是考进了好中学。

老 同 志

现在人的心态，和过去相比，不知年轻了多少倍。比如我现在这个年龄，在作家的圈子里混，和老作家相比，是青年作家，和青年作家相比，又成了老作家，当然这个“老”有些倚老卖老。今年中国作协分别开了中年和青年作家创作会议，以四十岁为界，而我正好四十岁，结果大家都很为难，说不清我究竟应该归哪个档。老实说我自己也弄不明白，常常开玩笑自称青年老作家，现在想想，这样称呼自己，心态依然还是年轻了一些。

如果不是去五台山体育馆游泳，我习惯天天去玄武湖公园散步。有一天，遇到两个迷路的大学生，一男一女，那男的气喘吁吁地对我说：“老大爷，请问解放门怎么走？”我一怔，被人尊称为老大爷，这毕竟是第一次。那女学生就在一边笑，或许是觉得如此称呼，稍稍早了一些。她笑，我也忍不住笑，然后热情指路，他们呢，连声地说谢谢。我呢，和蔼地说：“不谢，不谢。”

又过了一个多月，天转凉了，树上的叶子开始纷纷地往下落。我开始去五台山体育馆游泳。一天，路过女儿的中学门口时，正在举行爱鸟周活动，挂了许多初一学生出的小报在那展览，稀稀拉拉地有几个人在看。我女儿曾为此忙了好几天，我不能免俗，骑车过去，想看看女儿的小报是否也挂了出来。一位中学教师远远地就盯住我了，我刚下车，他便走到我面前，很认真地对我说：

“老同志，我能不能向你提一个问题？”

这次我又一怔。说句没出息的话，他称呼我为“老同志”，我当时还真有些不好意思，居然还脸红。然而他丝毫没有意识到有什么不妥，很认真地继续盘问，问我对爱鸟周有什么看法，对同学们办报这种形式，还有没有什么更好的建议。一看，就知道这是位很认真的教师，我当时说了几句什么，已经记不清了，只记得像领导干部那样，一本正经地点了点头，说了几声很好之后，掉头就跑。在游泳池里，我游了将近一千米的时候，突然有些悲哀，觉得自己是真的老了，回家就该照照镜子。

回家吃晚饭，把这事说给妻子和女儿听。妻子只是笑，女儿却很严肃地安慰我，她说：“爸爸，这不稀奇，我告诉你，那天有人还喊我大妈呢，你想，喊你一声老同志算什么？”

我一口饭差点喷出来，知道女儿是好心编故事，可这故事也太幽默了一点。

笑了一阵以后，我对妻子说：

“你看，我现在是真的老同志了，因为，女儿已经懂得安慰我们了！”

1997 年 11 月 19 日

爱美之心

爱美之心，人皆有之。爱美有两种，一种是爱别人，比如看见漂亮的女孩子就眼睛亮，所谓好色之心。一种爱自己，不停地乔装打扮，把自己收拾得楚楚动人，让别人去爱。我这里要说的是第二种。女儿周岁时，让她“抓周”。

在桌子上放了一大堆东西，琳琅满目，有很好看的小口红，有金光灿灿的24K项链，有钢笔，有好吃的巧克力，反正当时只要能想到的，都放在桌子上了。女儿对着桌子研究了半天，很认真地抓起一本《简明英语词典》，记得我当时激动得差一点跳起来，或者换句话说，已经跳起来了，只不过人还坐在那，靠屁股的那点反弹力，跳不高。

我没办法掩饰自己的喜悦心情。就像我的父亲对我的希望一样，我并不指望女儿以后能像我一样，当什么作家。我觉得女儿能当一个好学生，这就是最好的安慰。人有时候总是唯心，常把希望当作现实。明知道“抓周”说明不了问题，可是心里就信，就乐滋滋的。其实女儿根本不是当书呆子的料，小时候，她常做的游戏，就是把我桌上放着的稿纸，用小圆圈把它们填满。要不就是把一本书，一声不响地看上一个小时，而事实上，她一个字也不认识。我那时候总觉得这孩子有什么异秉，长大了，弄不好，就会变成女托尔斯泰。我似乎没有意识到，这是所有父母都可能产生的良好错觉。

渐渐地，女儿身上的凡人苗头，开始流露出来，这苗头就是爱美。还是在幼儿园，女儿就知道穿裙子好看。天凉了，不让她穿，她的反抗，就是也不许她妈妈穿，然后就是梳小辫，自己的头发不够长，就胡乱地找根带子系在头上代替。她的头发一度跟生命一样重要，天热，想骗她剪短一些，好话说尽，狠话说完，说不让剪，就不让剪。还没上小学呢，偷偷地抹口红，竟然很专业，一点都不会抹到嘴唇之外。

到了现在，女儿已经上了初中，穿什么衣服好看，应该怎么搭配才能不俗气，这些仿佛都不用教，说明白就都明白了。说实话，女儿的爱美，对于我们来说，也是一种享受。我们总是习惯用传统的思想教育她，警告加上恐吓，总是告诉她，要漂亮是不对的，这样下去，不会有出息。但是教条未必有效，女儿要考中学，我们强制她去剪了短发，记得当时她很伤心，泪汪汪的，没有反抗，然而这种不反抗，比反抗更有力，是一种无声的控诉。

女儿后来终于如愿考上了好中学，大家都明白，这并不是因为剪了短发。爱美之心，是阻挡不住的，现在的女中学生都流行短发，我女儿的发型，和男孩子没什么差别，如果她的成绩出现了问题，想再逼她剪发，已不可能。

1997 年 11 月 20 日

难　题

女儿学四年级的时候，遇到难题，我得想半天，才能算明白，勉强能和女儿说说，不至于露出太多破绽。后来上了数学奥林匹克班，几只兔子几只山羊，在笼子里笼子外这么一绕，刚明白就立刻糊涂了，女儿给时间想半天，想是想了，还就是真的做不出来。做女儿的，本来就看不太起自己的父亲，想还是小学生的题目，就做不出来，有什么资格说大道理。

我无疑应该算是失学的一代。虽然恢复高考，在大学里待了七年，学的文科，然而中学教育那一段，却是严重地瘸了腿。小学二年级开始“文化大革命”，1974 年高中毕业，那时候的高中，比今天的初中，水平不知要差多少。中学是人生非常重要的一段，这一段不健全，将影响今后的一生。一想到女儿做的那些令父亲难堪的难题，我就惭愧。也难怪女儿会小觑自己，知之为知之，不知为不知，是知也。回首往事，难免有白活了的感叹。常听见有人这么说，“文化大革命”已经做了结论，旧账不用再算。这话是很有气量，可毕竟耽误了一代人的大事情，旧账不算，弄不好又会欠上新账。

现在学生功课负担之重，已经到了不堪说的地步。同样的道理，话可以不说，学生负担的问题，却推诿不了。眼下，我常常为两件事感叹，一是女儿有了难题，自己的水平不能为她做解答，所谓生不逢世，悔不当初。二是女儿的难题太多，就算是费尽九牛二虎之力，破了一题，还有一题，一题接一题，是除不尽的小数点，迟早都得让你乖乖地缴械投降。

有时候想想，当年我们的失学，未必就是什么坏事，起码是省心，没学到什么知识，天也没塌下来，而且用不着像打仗似的三天两头考试，考不好家长要骂，考不好，进不了好中学，上不了大学，以后找不到工作，或者说找不到好工作，一失足成千古恨。

人总是要面对难题的。作为家长，作为女儿的父亲，我坦率地承认自己无能为力。难题总得想办法解决，个人是渺小的，个人抵抗社会，可能是螳臂挡车，但是今天的新账，变成未来的旧账，大家才觉悟，岂不是为时已晚。既然已经悔不当初，为什么不能身体力行地考虑不遗恨未来。人不能总是盲目地缴学费，尤其这学费，并不是能用钱来结算的，而是以生命为代价，以牺牲青春为前提。

我由衷地赞成考试制度，不是恢复高考，我现在很可能还得当钳工。我绝不是看轻钳工，但是我更喜欢我现在的工作，是高考给了我这种选择的自由。我想说的只是，现行的考试制度还得改善，因为它显然还有不尽人意的地方。这确实是一个难题，难题是回避不了的，我们必须正视它。

1997年11月20日

女儿的秘密

女儿的秘密是开始有了隐私，女儿现在已经上初中了，接电话，常常是找她的。总记得她小时候的情景，老气横秋地拿起电话，稚声地问对方是谁。有一次她的情绪不太好，台湾有长途过来，问你爸爸在不在？她说不在。对方又问，什么时候回来？她气鼓鼓地说，不知道，你过一会再打。过了一会，人家电话又来了，她还是老一套应付。那时候，台湾打电话过来，似乎也不是很容易，起码是心理距离上觉得很远，然而对于女儿来说，无所谓，台湾来的长途，和爷爷奶奶的电话，没什么区别。结果那一天，害得人家前前后后，挂了好几个长途电话。

上小学时，女儿就有一小号码本，用铅笔写了一长串名单。不过打电话的机会不多，天天在学校见面，找不出什么一吐为快的话要说。就算是打电话，也就三言两语，大不了问上什么课，带什么作业，或者是代向老师请假。许多同学的号码记是记了，从来也没打过。那时候的女儿，好像没什么秘密。

上了中学，情况自然发生了变化。过去电话铃响，十有八九是我的，现在女儿的电话，已经足以和我平分秋色。好在毕竟是初中生，来电话的，大多是同性，有时候也聊些女孩子的事情，更多的还是谈功课，核对作业，为一个不相同的答案争吵。当然这都是当着父母面的，如果双方的大人都不在，她们一聊半天，说些什么，闹不清楚。谈得很神秘，我们一到家，立刻就不谈了。

我们知道女儿已经到了有隐私的年龄，有时候来电话，我们去接，对方竟然很无理地不说话，悄悄将电话挂了。我们有些想不明白，女儿却说，我知道是谁打的。她说知道，当然是真的知道。说起来很有趣，女儿一方面要强调尊重她的隐私，譬如用带锁的小日记本，在扉页上写着抗议偷看的警句，一方面又忍不住要偷偷地向她的妈妈泄密。

对于女儿来说，保留自己的隐私和泄露个人秘密，同样都是乐趣。她毕竟还只是初中生，许多事情乐意说出来，和爸爸妈妈一起分享。她所需要的，只是我们能尊重她，这种尊重已经是一种觉醒的平等的意识，她总是忍不住地事先声明，自己把秘密告诉我们，我们必须尊重她，即使是错了，我们也不应该责怪，否则下次再也不告诉我们。

如果她错了，我们按捺不住，还是要责怪。于是女儿便感到委屈，而我们也感到担心，担心她下次有什么事，再也不告诉我们。女儿正在一天天地大起来，个人的秘密会越来越多，瞒着我们，也在情理之中，这一点，我们在理智上能接受，在感情上，还得慢慢地习惯才行。

1997 年 11 月 22 日

为什么不让女儿看《少年文艺》

每期《少年文艺》寄来，总是小心翼翼将它收藏，有时放在橱顶上，有时夹在书柜里。女儿放学回来，问刊物怎么还不到，我于是就装蒜，支支吾吾，不敢正面回答。

为什么不让女儿看《少年文艺》，答案很简单，功课太多，今年要参加中考，作业永远有一大堆，天天晚睡早起，明知道她喜欢《少年文艺》，可就是不敢让她看，怕耽误宝贵时间。不由地想起自己的少年时代，那时候也不让看课外读物，父亲的理由是怕我“中毒”，中了“封资修”的毒害。事后说说都可笑，可是事到临头，便有些弄不明白。中学生读些古文，读些世界名著，怎么就受了毒害，同样，女儿看看《少年文艺》，又究竟能耽误多少时间。这些道理一辩就明，偏偏做父亲的在现实环境面前，都要犯糊涂。

我的少年时代正是“文化大革命”时期。在那样的年代里，父亲出于爱，严禁儿子重走他的覆辙。父亲是一名作家，也是一个右派，这样身份的人，“文化大革命”中的遭遇实在不堪回首。记得我为看书，进行过不懈地斗争，面对父亲的权威，我只好打游击战，白天不让看，晚上开夜车，家里不让看，偷偷地把书带出去阅读。

不知道女儿是否也像当年的我一样，为了看书，偷偷采取过什么行动。有一天，我在她的床头发现了张爱玲的作品，立刻很生气。不是害怕“中毒”，而是害怕耽误时间影响正业。正业是什么，无非学校的作业，是考试的分数，是日后的重点高中，是大学本科。我和父亲异曲同工，在对子女教育上，确实都是随波逐流。很多事也不是不明白，一旦扮演父亲的角色，就显得十分俗气。爱会使人失去最基本的判断。

《少年文艺》来了，我总是不肯让它立刻到达女儿手中，总是要等到星期天，等到期末考试结束。平心而论，《少年文艺》是一本很不错的刊物，即使从纯功利的角度，对写作文也有好处。这是一本地道的中学生读物，由于教育的现状，我已经成了不让女儿及时看到《少年文艺》的罪魁祸首。寒假里，女儿终于有机会从邮递员手里接到《少年文艺》，以最快的速度兴高采烈读完，然后老气横秋地和我讨论，向我推荐哪篇写得好，哪篇一般，某某作者上一篇是什么，现在的这篇和上一篇相比，又有什么进步。

我吃惊而且惭愧，按照推荐去阅读，还真不能说女儿的判断不对。父亲眼里的女儿，总是不肯长大，有时候，正在成长的女儿突然让人大吃一惊，你会发现真正幼稚和愚蠢的，其实是自以为聪明的自己。女儿在文学欣赏上的良好素质屡屡让我吃惊。很多事扼杀不了，尽管作为父亲，我正用最平庸的大众配方培养女儿，明知平庸，明知结果未必乐观，又不得不这么做，因为任何不甘平庸的做法，都意味着是一种冒险，而父亲的爱心，不仅会丧失冒险的勇气，更会迫使自己做一些莫名其妙的事情，譬如不让女儿及时看到《少年文艺》。

1999 年 5 月 12 日

为女儿感动

常在文章中看见“逆反心理”几个字，有人说它是一种生理现象，表现在十六岁的女孩子身上尤其严重。在过去的一个月中，我充分领教了女儿的这种“逆反”，喊她干什么，硬和你对着干，晚上很晚睡，早上睡懒觉，忍不住就看无聊的电视，然后便大谈歌星。我不是个严厉的父亲，却是个唠唠叨叨的大人。女儿出国前的一个月，我们之间并不是很愉快，发生过的激烈争执，数量相当于她长到十六岁的总和。老实说，我们都很失望。

我一次又一次失态，有一天，竟然动手打了她。一直到现在，我都不明白为什么会发生这样的战争。自从女儿出国定下来，我一直在为她操心，起码自己觉得是这样。在父母的眼里，孩子永远长不大，我们不停地要求这样，要求那样。作为父亲，我不明白为什么只看到女儿的缺点，女儿会弹钢琴，一次又一次考上重点学校，这次又以出色成绩，获得出国留学一年的机会。她毕竟只是个中学生，我不明白自己还希望她怎么样。

我为她在异国他乡的遭遇烦神，有个美国朋友来做客，他正翻译我的一部长篇小说，挺真诚地说：“你的女儿英语很好！”一个来旅游的英国女孩，在我们家住了一个星期，用英语和她整晚聊天，谈喜欢的流行音乐，谈男生女生，可是我对女儿的英语程度还不放心，老是和尚念经一样地让她再背些单词。我知道自己在女儿的眼里很可笑，很愚蠢，越是可笑愚蠢，越要老生常谈。女儿出国的前十天，有机会去上海与曾经留过学的中学生联欢，她很希望我们全家一起去，我一口拒绝了，理由是有稿子要赶，女儿很失望，她知道自己有一个很没有情调的父亲，所以都没想到坚持。

我总是让女儿再用点功，要她记日记，要她看一两本名著。在这一个月中，我完全失控，一看到她看报纸的娱乐版，把频道锁定在无聊的肥皂剧上，嗓门立刻大起来，动不动就把她弄得眼泪汪汪。有一天，她去买东西，丢了一个帽子，我竟然很生气地让她去找回来。我不是心疼帽子，而是她什么东西都不知爱惜，出国后会为此吃苦头。这是很无聊的大动肝火，我平时很宠女儿，因为无原则的放纵，妻子总说我把孩子给宠坏了。也许担心她出国不能自理，也许担心她出国会过于放纵，我突然失去了理智，变得连自己想起来都觉得可憎。不仅我不讲道理，女儿也变得非常蛮横。我们成天吵，吵得大家都伤心，不仅伤心，甚至寒心，以至于大家都希望早日成行。终于到了8月9日，去上海机场送她，临上飞机，她悄悄塞给母亲一个小本子，上面密密麻麻的全是字。她的母亲已经在伤心流泪，看到小本子上的这些信，更是泪如雨下。

我做梦也没想到女儿会留下如此美丽的日记。她希望我们在思念她的时候，就翻翻这小本子。作为父母，总觉得女儿不懂事，可日记上的内容，分明让我们明白，真正不懂事的，是我们这些自以为是的大人。其实，何止女儿有点逆反心理，扪心自问，我们自己的心态也早就失衡，变得不可理喻。我曾经一再感叹，觉得女儿没什么爱心，因为现实生活中，差不多都是父母在为她服务，帮她叠被子，帮她倒水，半夜里起来帮她捉蚊子，强迫她喝牛奶，也许因为那些本能的爱，我们已经有些畸形，却忽视了一个最简单的事实，那就是女儿已长大。她不再需要婆婆妈妈的唠唠叨叨，需要的是另一种关爱，是理解。我不得不说自己深深地为女儿感动，女儿日记中表现出的那种爱，那种宽容，那种对父母的理解，让我无地自容。

征求了女儿的同意，从她临行前的日记中，挑出三分之二的篇幅，让读者阅读。我想，这些书信体的日记，不仅适合我们看，也适合其他的父母，它代表了一大批孩子的心声，这中间有委屈，有倾诉，有矫情，更有源源不断的真情实感，它有助于我们了解自己的孩子，解除两代人之间可能会有的那些隔膜。过去总以为只有父母才爱孩子，其实孩子更爱我们，父母的爱可能有时很自私，因为自私，会走向反面，会泥沙俱下，充满杂质，而孩子的爱是一股清澈的泉水，透明、纯净、美好，更接近爱的本义。

2000 年 3 月 13 日

两条真理

女儿要在美国读一年中学，远隔着太平洋，我们难免不放心。去了已经四个月，感觉中好像才走，时不时都要想她现在正干什么。我和她母亲经常自我安慰，说我们更幸运，如果我们想女儿，可以互相之间谈谈，一吐为快，女儿在美国若想我们，只能是默默地一个人发呆。女儿寄居的美国家庭有三个小孩，大女儿在芝加哥上大学，其他的两个子女都比我女儿小。美国人很重感情，虽然路途遥远，那家父母经常开车去看望大女儿。我女儿也因此陪同了好几次，她于是十分感叹，说人家有三个小孩，父母都那么放心不下，我们就她一个宝贝女儿，而且路途更遥远，其思念的程度便不难想象。

女儿说她终于悟到了两个真理。第一，天底下最爱你的人，永远是你的父母。第二，儿女走得无论有多远，也永远会想家。她说的这两条真理，简单得让我们做父母的忍不住想落泪，不仅仅是伤感，更因为女儿说得好。真理从来都是最简单的东西，女儿说她在去芝加哥的途中，突然想明白这道理，她说她默默地看着窗外，窗外的景色很美，车厢放着地道的美国乡村音乐，心里突然感到茫然，突然感到了具体实在的爱。

女儿在美国待一年就会回来。我想，即使什么也没学到，只不过是通过出门远行，明白了一点点简单的真理，也挺好。

2000 年 12 月 11 日

孩子什么时候长大

孩子总是在突然之间长大的。有一天，你会突然发现自己已经落伍了，根本不是孩子的对手。在还没有明白过来怎么回事的前提下，你已经是孩子的手下败将。我的女儿在美国读了一年中学，准备回国继续完成高中课程。通过网上的聊天，她告诉我已花五十美元寄了一包衣服回来，其中不外乎是几件牛仔，几条裙子，还有什么什么。我担心这是否太奢侈了，刚准备说她几句，女儿在网上已经愤怒了，她说：

"你为什么总是不信任我？"

然后是一连串教训的词儿。女儿说，我这个做父亲的总自以为是，事情没弄明白前就喜欢胡乱发言。没有调查没有发言权，女儿告诉我，她经过调查研究，在该不该邮寄上面，她很认真慎重，最后，连她的美国监护人也认为她实在太聪明，因为她选择了一种最便宜最实用的办法。我们进行网上对话，通常都是她用英文，我用中文。在英文的掩护下，她的用词既斯文典雅，让你感觉彬彬有礼，又雄辩霸道，完全咄咄逼人。自从女儿出国，我已习惯在辩论时认输，有时候是一个单词没理解准确，有时候也并不真觉得她对，反正辩不过她，于是只好作罢，不了了之。

我告诉女儿，在父亲眼里，女儿总是有问题。一方面，女儿确实长大了，能说一口流利的英文，出国在外，远离宠爱她的父母，许多事必须自己拿主意。到目前为止，她做得都很出色，办事能力已让远在地球另一端的老爸十分佩服，而事实证明，她的老爸从来就不精明能干。另一方面，她毕竟还是孩子，只是一个进行文化交流活动的中学生，多少还有些天真，动不动会在电话里哭鼻子。做父母的，对子女永远不会放心，即使能力与智力上已经不如子女。可怜天下父母心，说的就是这么一颗不能放下的心。常常有人问我，女儿刚这么大，就把她送到国外去，怎么会放心。对于这样的提问，我通常的回答是自己绝对放心。

我想自己说的这个绝对其实毫无道理。每天上午写作的时候，我总是情不自禁地要上网搜索，看看有没有女儿的电子邮件。这种无意识的行为，在某种意义上来说，已经伤害到了我的写作。写作总是越专注越好，可是我只要几天没女儿的消息，立刻会坐立不安。我也明白自己的这种瞎操心，对远涉重洋的女儿不起任何作用。无奈之中，我忍不住和妻子开玩笑，说我们这个女儿以后一定很难对付，在家里，与所有的独生子女一样，父母无原则地娇宠她，出国了，又被西方的民主熏陶了一番，黑白两道，我们都不是她的对手。

我过生日的那天，她事先发了一个电子邮件给我，约好时间，进行网上聊天，可是到了约定时间，又因为看一部电影耽误了，她在日记中写下了自己的沮丧之情：

> 我这才意识到电影长达 3 个小时。等我上线时，爸爸已经下线了，能看见 Oicq 上跳动的图像，打出一行字："叶子，我已经准备好，怎么好像你还不在。"我赶紧用电话往南京打电话，结果总是占线。我真是后悔极了，我知道老爸一个上午的稿子又被搅掉了，生日快乐也说不成了。我越想越窝囊，听着

电话里嘟嘟地叫，泪水哗啦啦地就下来了。自己真蠢，一部电影毁了这么多事。

看到女儿的这段日记，真是百感交集。不知道如何评价才好，要说女儿已经长大，这些举动本身就十分孩子气，可是如果说她还没有长大，显然又不是事实。也许，这就是矛盾的症结所在，在父母的记忆中，永远是记住子女的孩子气那一面，也许，不是子女没有长大，而是我们做父母的不愿长大。

2001年

少年心事当拿云

前几年，写过一篇小文章，说起为什么不让女儿看《少年文艺》，理由简单而且充分。语文老师教育孩子看课外读物，报纸上嚷嚷素质教育，在高考的指挥大棒下，大家其实心知肚明，哪有时间去折腾这个那个。没完没了的考试，小升初，中考，高考，加上期中期末的摸底排名，为人之父不能再趁孩子之危，雪上添霜。

大学的一位女同学在《少年文艺》当主编，看了文章十分感叹，说你这样有文化的人，都不让孩子看，谁还会看我们的刊物。这年头，若想对谁表示不满，就可以戏称他为文化人，因为现在文化人最不像人，一身都是毛病。面对老同学的责难，我避重就轻，只能不无幽默，说女儿没时间看，我看，做父亲越俎代庖，女儿没时间素质教育，我义不容辞。

话不完全真实，也不过分夸张。我不敢说一直在看《少年文艺》，谁也不会有这个耐心，但是本人曾经很认真地看过这本刊物，很认真地写过稿，绝不掺一点假。当然，无利不起早，我的认真也是事出有因，往白里说，与这位当主编的女同学有关系。

二十年前，仕途上前程无量的女同学，突然从省级机关到了

《少年文艺》当编辑。这买卖我始终想不太明白，好端端公务员不当，到一小杂志去跑腿，当小编辑。虽然最后也混出了正果，有了人样当上主编，还身兼出版社的副老总，与党政机关当个师长旅长，毕竟不可同日而语。

一提到官场，嘴脸便不太好看，这方面，我很小人，身在曹营心在汉，只羡慕官大的。想当年，女同学初当小编辑，飒爽英姿，承蒙不嫌弃，忽发奇想让我写稿子。人有了点小权，就是不一样。想我何德何能，也难得她火眼金睛。当时不知如何感激才好，说涕零略有些夸张，我虽多愁善感，毕竟不是林黛玉。那年头最缺的是银子，谁给个赚稿费的机会，立刻不择一切手段。有人拷问，你当年的笔名是“刘克”和“萧菲”，这什么意思。我顿时脸红，刘（牛）克与德国货币马克是兄弟，“萧菲”则是小费的谐音。

需要强调说明，笔名充满铜臭，文章乃一身正气，绝对有助于青少年的身心健康。我的文字有幸发表在“头条”位置，正是从《少年文艺》开始。关于这一点，有关的任何评论，暂时还没提到。今天不妨正式公布：本人文章是从给孩子看的刊物开始起步的。

《少年文艺》不是成人读物，却比许多成人“文艺”和“文学”更好看，更耐读。成人读物不够成人，真让人难受。据说国内有两本《少年文艺》，上海一本，江苏一本，我乃江苏南京人，孤陋寡闻，自然只配与江苏的刊物打交道，而且还是因为那位女同学。

2006 年 11 月 26 日

青春的传说

上小学的时候，有几个比我大的女孩子报名去新疆，给我留下了深刻的印象。我忘不了当时她们喜气洋洋的神态，很显然，在她们的面前，展现出了一个全新的世界。对于年轻人来说，尤其对那些美丽的女孩子，全新的世界，永远是诱惑人的。

青春就是一种冲动，青春是无价的，然而青春又最不值钱。不值钱的原因很简单，青春只是在我们还没有意识到的时候，短暂地存在着，当我们意识到的那一刻，青春已经消失了。所谓认识青春，往往意味着我们失去了青春，青春也许永远只存在于别人的眼睛里。

那些盛开花朵一样的女孩子，如愿以偿去了新疆，生气勃勃，带着清脆的笑声。我记得自己当时最美好的愿望，就是赶快长大，然后像那些比我大几岁的女孩子一样，报名去新疆。我想象自己在新疆时会拥有的情景，想象着许多美丽的维吾尔姑娘跳着舞，带着新疆式瓜皮帽的老大爷弹奏着冬不拉，新疆的大草原，新疆的葡萄，新疆的一切都和传说中没有区别。

没过多少年，那些去新疆的女孩子，就像花儿那样枯萎了，青春转眼消失。在她们的心目中，新疆再也不是好地方。她们很快就结了婚，而且几乎都是立刻就有了小孩。充满诗意的青春年华已远离了她们，她们走进了现实，因此变得俗气，由于囊中羞涩，显得斤斤计较。

她们以为自己是去改变新疆的，可是改变的仅仅是她们自己。她们并没有读多少书，甚至谈不上有任何一技之长。她们以为自己会有一番大作为，可事实上，她们的贡献微乎其微。除了青春，她们在新疆那块神奇的土地上，什么也没有留下。多少年以后，她们带着在新疆出生的孩子，永远离开了那陌生的土地，又一次回到南京。一次辉煌的进军，便这么以失败而告结束。

我听说过许多关于她们在新疆的故事。当我成为一个作家以后，她们和我谈话时，不止一次流露出这层意思，那就是她们可惜不是作家，否则将有多少值得写的事情，可以写下来。

我曾为一个故事深深地打动，一位怀孕的女青年难产，血流了一天一夜，最后不得不找一辆板车，将孕妇送往县城。农场的人都出来送行，因为所有的人都相信那孕妇再也回不来了。这样的事不是第一次，也不是最后一次。她们似乎回到了原始社会里，然而并不会为了生小孩有危险，就轻易放弃做母亲的权利。在这里，所有的孩子都是自己接生的，由丈夫抱着腰，煮一大铁锅水，准备了大量的草纸和洗干净的旧布，任何生过孩子的人都可以当产婆。卫生员从来就是农场的一个摆设，难产这种事不应该发生，也很难发生，真发生了，就只有听天由命。

天下着雪，大家站在路口，脸上毫无表情，仿佛是在为一个人送葬，为一个活着的即将要死的人送葬，这情景真令人难忘。有时候，我觉得自己就站在送葬的队伍中，孕妇脸色苍白，用大红被面的棉被紧裹着，缓缓地推出去，男人们脸色阴沉，女人们小声抽泣。有时候，我觉得自己就是那位难产的孕妇，众目睽睽之下，接受着大家的检阅。我躺在板车上，望着那向我致以最后告别的人流。

接着究竟会有什么样的结局呢？天知道。

这个故事的结尾，并不重要。孕妇或死或活，意义都差不多。生死在宇宙中，实在算不了什么。一个新生命的诞生，将伴随着死亡，这是自然规律中的游戏规则。我们没办法拒绝这样的游戏规则，因为人类正是在这样的游戏规则中产生、壮大、发展。死永远是最后的结局，逃得了这一次，躲不过下一回。有趣的是，死永远是真正体现生命意义的东西，这一点，正和体现青春恰恰是以丧失青春为代价一样，青春也许只有在传说中才存在。

1994年1月30日

红沙发

不是什么好沙发。红的人造革，矮矮的木把手，天生的一种旧。刚买回来，坐上去绷绷的还有点劲，不多久中间便有一个坑。

买沙发时，爸爸妈妈刚从牛棚里放回来。记忆中那段时间最空。没事可做，爸爸天不亮就起床，也不锻炼，静静地坐在冷板凳上，抄《哥达纲领批判》，厚厚的一个硬皮笔记本，禁不起天天抄，毕恭毕敬的，都是字。差不多同时期，爷爷也在北京抄书，不过他抄的是《毛选》，用英文。

时间多得真恨不得拿来送人。妈妈就是在这段时期学会烧菜的。那时什么菜都不贵，四毛钱一斤的大刀鱼，随时有卖。有一天，从哪冒出来个人，说:“哟，你们家怎么没沙发?”

大家陡然发现家里果然没有沙发。于是商议买沙发。商议来，商议去，最后买了一对小的红沙发，价钱很便宜，一对沙发，包括熟人的应酬，一百元都对付了。

有了沙发，才知道冷板凳的不舒服。过去也不算没有钱，爸爸妈妈都觉得奇怪，结婚二十年，为什么就没想到买沙发。虽然结束隔离有一段时间，再不是批斗的重点对象，妈妈仍然还保持打扫单位公共厕所的习惯。也许只是一种习惯，没人让她一定要打扫，也没人一定要她不打扫。记忆中妈妈常坐在红沙发上抱怨女厕所的脏。

爸爸每星期去郊区送一次垃圾，他是牛鬼蛇神中的强劳力。有时他一个人去送，有时也带我。一辆破车，回来的路上，口渴了便拿出几个硬币买大碗茶喝，又忘不了买几包廉价的阿尔巴尼亚香烟。“阿巴”的味很冲，却不难闻。爸爸常坐在红沙发上，有一支没一支地抽着。

“文革”的急风暴雨已经过去。武斗之类的事也很难再听到。斗来斗去，斗死斗活，和过去的日子相比，爸爸妈妈坐在红沙发上，不免有些知足。打扫厕所，送垃圾，这算什么。

我那时念初中，糊里糊涂念着，学习时好时坏。晚上从不看功课。有时偷着看小说，有时便傻傻地陪爸爸妈妈坐。“文革”最糟糕的年头里，一会儿抄家，一会儿游街，一会儿这样，一会儿那样，今天家里的藏书被没收，明天凡是门都贴上封条，一家三口人各一方，成年累月碰不到一起。

渐渐的，妈妈不再打扫厕所，爸爸也不送垃圾了。日子不知怎么就慢慢地好起来了。“四人帮”还在台上，“臭老九”还是“臭老九”，恢复了原工资。再下来，扣发的工资补了，时时有苦着脸上门借钱的造反的年轻人。没收的书全部退还，借书的人便多了。爸爸又开始坐冷板凳，夜夜都写，写那写不好也写不完的剧本。妈妈又开始练功，快五十的人了，天天一身汗。

我进了郊区的小工厂，天亮去，天不黑不回来。

红沙发上有了灰尘。一家人似乎都有事可做，“文革”后期，竟然有了保姆，天天沙发擦干净了，也没人坐。一家人不死不活地瞎忙。终于“四人帮”倒了霉，这个平反，那个恢复，我们的日子，一天更比一天好。红沙发却依旧闲着，没人有工夫去坐。

这样的日子并不长。爸爸妈妈说老就老，悠闲的岁月转眼演变成历史。一个眼见着头发就白了，一个浑身是病，三天两头要去医院。爸爸去了《雨花》，先是副主编，继而主编，说不出的忙，又不会骑车子，上下班都要跑。气喘吁吁回了家，酥酥地软在红沙发上，迟迟不愿起来。妈妈老一套地喊这儿疼，那儿痛，坐在红沙发上，常惊叹“文革”中最糟糕的那些年头，怎么就挺了过来。人老了，总喊累。红沙发上一坐多久，还是喊累。

有一天来了个人，对着沙发上下打量。他是沙发厂的厂长。看了一会儿，皱着眉头说：“这沙发哪是人坐的，这是玩具!”

我们一家都很狼狈。经他一提醒，开了茅塞，突然意识到这沙发的不好。靠背太矮，枕不到头；扶手太局促，摊不平手；弹簧太软，太少，钢火不好；人革呢，冬凉夏暖。难怪越坐越累，越坐越不舒服。于是又商量，下决心换一对沙发，好的。

那时候，方之是我们家的常客。当年爸爸妈妈在牛棚，听说方之戴着光荣花，兴冲冲下放，说不出的眼红。爸爸的“罪行”似乎更重，下放也有缘分，不是谁都能轮上。记得爸爸买了针灸针，拔火罐，赤脚医生的小册子，还有固体酱油，无望地等着对于别人是发配，在他来说意味着解脱的机会。

方之从南京下放，自然还该回南京。也不过几年工夫，老了许多，更黑，更瘦，人还是原来的那个人。回南京后，最要命的是没有房子住。原先不大的窝，别人已在里边孵儿育女。因此只好去住另一个人的厨房。那厨房大，放得下三张床。一家三代，挤了再挤，居然也住下了。本来就没有什么书，写字桌没地方放。方之是个只能写东西的人，不写作，便好像没事可干。从他那厨房的小家到我们家，直线距离，公共汽车得开过五个站。但是他天天不辞辛苦上我们家，跟上班一样。有时一天能来几次。来了，必定是坐角落里的那只红沙发。那时候我们家有一句笑话：“这张红沙发，是方之的。”

方之天天来，说不完的空话，谁在家谁就得陪他聊。我当时刚上大学，自信得像个人似的。他的《内奸》连续从两个编辑部退回来，人有些萎，深深地陷在红沙发里，抽烟，笑，咳嗽，有时也叹气。

我们依旧聊天说空话。不知怎么主题到了沙发上，也不知怎么的，我讥笑起这对红沙发。无非那句老话：靠背太矮，扶手太局促，弹簧太乱，人造革太怎么怎么。方之极认真地听，又极认真地想。他个子太小，体重太轻，更没有一个安身的地方可以待，这红沙发所有的缺点，他似乎一丝一毫都体会不到。好沙发该是什么样的标准，他想象不出。突然，他一笑，三不着两地说："兆言，我现在和丈母娘老丈人住一起，大家一个房里用马子，真，真有伤风化。"我怔了一怔，他又说，"你们都说我不写。写，写什么?"说完又是笑。

我至今还记得方之的这一笑。当时他深陷在红沙发里，和红沙发一起畏缩着，嘴角上留着唾沫星子。酒瓶底一般的眼镜片把眼珠子都凸大了。黑的眼珠子，颧骨更高，一口烟牙。《内奸》的手稿半躺半卷，撂在红沙发旁代替茶几的小圆桌上。谁也不知《内奸》能不能发表，更不会想到得奖、加几级工资。

好在《内奸》发表了，最终还有些影响。方之对两家退稿的编辑部不免耿耿于怀，坐在红沙发上说了些背后的狠话，便火烧火燎地和爸爸商量怎样尽快弄房子。这时候，他的身体已经不能不考虑戒烟。我忘不了他总是抓着一支未点燃的香烟，放在鼻子下嗅来嗅去，样子极其狼狈，有时憋急了，便让爸爸吸足一口烟，往他脸上喷。为了房子，他和我爸爸到处找人。我看着他不止一次伏在红沙发的扶手上，一边咳嗽，一边在刊登《内奸》的那期《北京文学》上，哆哆嗦嗦地签字。当时南京一定有好几位首长收到了"××首长斧正"的签名本。大约有一年，他就是这么乱忙。精力不济，但是整天滥用精力。他总是说要写，要写，我起码听他讲过10个短篇小说的构思，有的构思反复讲，听着叫人都觉得腻味，觉得凄凉。

方之说死就死，没人想到他会病得那么厉害。为了他住院，住了院又转院，我爸爸妈妈奔来走去。当时"探求者"声誉日起。作家们开始被人们刮目相看。高晓声、陆文夫、方之引起了全国文坛的注目。但是终于有一天，爸爸精疲力竭地从医院回来，说了句：“你方叔叔，死了。”

我们黯然神伤地注视着方之常坐的那张沙发：那太小，玩具似的，该淘汰的，给了方之最后慰藉的红沙发。

方之几乎享受到了不该受到的礼遇。由于朋友的帮助，由于一些领导的关怀，作为一个普通的作家，他死在南京级别最高的高干病房里。那病房里有暖气，有大沙发，有可以洗澡的卫生间，卫生间面积比他家三世同堂的厨房都大。他的追悼会，参加者之多，殡仪馆最大的礼堂都容纳不下，最后人们都站在寒风凛冽的礼堂外。他的好运气来得太迟。书生老去，机会方来。他死了，《内奸》得奖。他死了，房子有了，一个大套。

如果方之不死，他自然不会再像过去那样，一个劲儿地在我们家的红沙发上傻坐。物尽所用，一旦最起码的要求满足，这普通的红沙发对他又有什么意义。用不着别人替他担心，他自然会写，说不定还要继续得奖，做作协的副主席或者主席。

我们家已经搬了再搬，沙发也换了再换。过时的沙发早弃之一旁。爸爸妈妈已经完成了中年向老年的过渡。有时想想，何苦换来换去，沙发不过是给人坐坐，那么讲究干什么。有时却想，也许正因为给人坐的，坐的是人，因此要讲究。沙发如此，何况于人。

徐老师

我是从工厂考进大学的。那时已经做了四年工人，是钳工，好歹也算有了点儿手艺。高考制度恢复，我们这些让历史误了一大截好青春的年轻人，一窝蜂都去考大学。

考大学就得复习功课。中学毕业考试，我们考数学是珠算，只学了加减乘，除法还没来得及教，轻而又松就算毕业。准备考大学，复习二字无从说起，得老老实实从头学，于是请了徐老师教我数学。

徐老师比较瘦，住在秦淮河边一排旧房子里，会拉小提琴和二胡，没什么家具，墙壁上是地方就贴着他临的古碑帖。

第一次见面的印象已不太深，只记得他很热情，很认真。我当时的志愿是报考数学系。这是个很有浪漫主义味道的选择。那年头有一个叫陈景润的书呆子像今天的电影明星一样走红，我很想在数学上与他一比高低。

不知道徐老师是否打算把他的学生培养成陈景润第二。他按部就班地教我数学，几乎是从中学一年级开始。作为一个名牌大学的数学老师，即使对付我这么个志大才疏的初中生，他也没学会搭架子。一是一，二是二，他只知道认认真真地教。不会，教，再不会，再教，还不会，还是再教。寓教于乐，诲人不倦。

我那时候的学习够得上刻苦二字。哥德巴赫猜想绝非那么容易就猜出来。考大学难免急功近利，难免盼望速成。俗话说久病无孝子，我对数学的感情说淡就淡。这山看着那山高。有一天我对徐老师说："我不想报考数学系了，干脆还是考文科容易一些。"徐老师说："只要你想学，报考什么都是可以的。"

于是我开始在应付文科考试上下功夫。准备了没几天，市工人大学招生，这是个机会，我糊里糊涂就报名应考，竟然高分录取，是热处理专业。徐老师说："你怎么又要学工科了？"我十分为难，谁都向往名牌大学，工人大学的招牌似乎弱了些，然而那年头盼望能读书的人像正月十五的夫子庙，多得气都喘不过来。个人志愿和理想是一回事，有奶便是娘，捞着书就读却是另一回事。徐老师说："工科自然要数学，我乐意继续教你，难道你真的喜欢热处理？"

我说我当然喜欢，毕竟是有书读了，一样发校徽，坐在明亮的教室里，远离工厂机器的轰鸣。我说，只要我想学，还怕学不好？徐老师似乎也赞成我的观点，含笑不语，点点头。

事实是第一天上课便让我感到忍无可忍。完全是为上学而上学，教室里叽叽喳喳，教师在讲台上信口开河，我可怜兮兮坐在那，横竖都别扭。下课铃声响了，男男女女，十分愉快地说着话。我感到很孤独，热处理这专业究竟和我有什么关系呢。别人的高兴愉快兴奋启示着我自己的选择出了差错。

我终于又对徐老师说不打算再学热处理。徐老师脸上流露出一些惋惜之情，他不是在乎我放弃了一个读书的机会，而是觉得太不应该三心二意。无论学什么，三心二意是最大的敌人。徐老师没有责怪我，责怪又有什么用呢。我重新开始准备参加高考，考文科，离考期只有一个月的功夫。信心这玩意已经打了折扣，我后悔得恨不能去买几帖药吃吃。徐老师仍然指导我复习数学。考文科，数学这门功课并不太重要，我也不可能在数学上下太多功夫。徐老师只是耐心认真地教我，绝不含糊，他用他的认真和耐心感染我。他老是让我感到一种无形的压力。这无形的压力，就是你必须认认真真一心一意。

考大学已是十几年前的旧事。我依然还没改掉三心二意的老毛病，但是，至少我还能经常想到徐老师，想到他那诲人不倦的认真态度。徐老师教给我的数学知识早就忘得差不多，他当年留给我的那种无形的压力，却让我终身受用。

陈瘦竹先生

我在南京大学读了七年书，课堂上聆听陈先生的教诲却没有几次。印象中都是讲座，记得有一次是讲莫里哀的喜剧，从头至尾，陈先生都很严肃，即使说到俏皮话，也面不改色。

陈先生与我祖父我父亲都熟悉。我考上大学以后，有一次遇到我父亲，陈先生说："让你儿子来找我好了，我有话对他说。"于是我就去见陈先生。当时我很拘谨也很狂妄，刚上大学，雄心勃勃志大才疏，什么都想干，又不知道怎么干。

陈先生直截了当问起我今后的打算，我犹豫再三，不知如何回答。这次谈话给我留下了一个非常窘迫的记忆。陈先生很热心地为我订了一个学习计划，那就是将来不管从事什么职业，在大学期间，除了课上好，必须每天两小时外语，两小时古文，每周一篇散文，每月一部短篇小说。

说起来便惭愧，如果真正贯彻执行陈先生的学习计划，一定受益更多。不管怎么说，这学习计划是我当时的座右铭。人难免偷懒，难免三心二意，有了这样的座右铭，一旦荒废了时间，起码可以让我感到自责和不安。读研究生时，有机会比较多地拜访陈先生，每次见到，必然问我最近的学习打算，叮嘱再三，让我经常去，说哪怕只是闲谈也好。和陈先生在一起，我总是拘束和脸红，当我见他放下大厚本的外语原著，手上用来读书的放大镜不知放在何处，笑呵呵向我走来时，一种自己是坏学生的内疚立刻涌上心头。虽然我已经下了不少死功夫，而且取得了一点点很微弱的成绩，但是从陈先生家出来，我每次都能萌发出新的发愤用功的念头。

南京大学中文系有个传统，三年寒窗，研究生毕业，弟子一毛不拔，老师倒过来请学生美美地吃一顿。我的导师是叶子铭老师和邹恬老师。用叶老师的话说，陈先生是我们专业的老爷子，自然应该请坐首席。在学校读书，唯有到了这一刻，师生欢聚一堂，举酒相视，才突然明白下面的路，全靠自己去闯。对授业恩师的感激之情，千言万语，都聚集在一杯薄酒之中。

宴席上的陈先生变得十分豪爽，喝酒便喝酒，一饮而尽，吃菜就吃菜，吃到临了，酒足饭饱，一个弟子为他搛去一只鸡腿，一个弟子怕他吃得太多，连忙阻止，陈先生笑容可掬，说："没关系，我能吃。"

我永远忘不了陈先生，忘不了那严肃，也忘不了那笑容。陈先生为我制订的学习计划，仍然是我现在工作学习的座右铭。时光如流水，事过境迁，学校的生活，遥远得仿佛是书本上的故事。我常常变得消沉，变得世故，变得急功近利。一生中能遇到好老师是最大的幸福。在消沉世故和急功近利的海洋中，老师的教诲如春风，如时雨，一次次给人鼓舞、给人鞭策、给人无尽力量。

不肖弟子

先生过世，记者打电话过来采访，劈头第一句，就是“作为叶子铭老先生门下的得意弟子，您感觉到他老人家给您印象最深的是哪几点”。

一时语塞，不知道说什么好。过一会儿，我说能不能容我好好地想一想。貌似简单的问题，往往很难回答。对自己先生，要说印象当然很多，关键是这个最。印象中，先生始终是年轻，没办法和老先生老人家挂上钩。我读本科的时候，先生还是讲师，说青年才俊也没大问题，他当时是全国最年轻的中文系主任。

考研究生时，先生评为副教授不久。当时的副教授不能授学位，报名后，我曾一度犹豫，又改报古代文学研究生，后来弄明白学位可以通融，才改了回来。先生开业授徒，按照进师门的先后顺序，我应该算是第一批，第一批几个人中，我又是年龄最大的。

研究生毕业那一年，先生被评为博导。当年就有个师弟成了先生的博士生，这以后，断断续续，其他师弟或师妹，都修成了博士正果，唯有我一直是个半吊子。一想到这事，就觉得愧对师恩。我成了一个小说家，出过几本书，略有些俗名，先生偶尔提起，也不无得意，然而我知道只是说说有趣而已，毕竟邪门歪道，仿佛种西红柿最后收获了土豆，就现代文学这门学问而言，我已经被逐出了师门。

一日为师，终身为父，我不是先生的得意门生，只是个不肖弟子。未能继承先生衣钵，一直是我心中的隐痛。或许与做学问相比，我更喜欢写小说，也更适合写小说，不过当初读研究生，是真心希望自己能成为一个学问家。先生是个认真的人，很谨慎，他留给我的印象，总是乐呵呵的，然后突然变得很紧张，变得愁眉苦脸。乐呵呵是因为他看到我这个弟子，就像见到自己孩子一样。他的容易紧张，表明他是个喜欢操心的人，会为许多事情着急，有些事该急，有些事完全可以无所谓。先生生前，要是能少操点心就好了。

记得当年上课，都是去先生家，坐在沙发上听讲，那年头研究生少，要把我们这几个弟子带毕业了，才会接着招下一批。也说不清这样的上课有什么显著特点，因为是在先生家里，除了随意和轻松，想说什么就说什么，其他印象已十分淡漠。先生早年以研究茅盾著名，后来成了茅盾专家，很多人并不知道他曾经是师从陈中凡先生的古典文学研究生，对苏东坡情有独钟。也许，对古代文学的兴趣，才是先生做学问的根基。

我的硕士论文是研究钱鍾书，先生不反对，也谈不上赞成，他有些传统，却绝不顽固。他总是让我多读书，因为只有读多了，才会有扎实的根基。无论做什么学问，都得狠下心来坐冷板凳，书读多了，真读进去了，该明白的道理自然会明白。我一向自恃读书多，在先生的督促下，我只能是更加玩命地读书。作为先生的弟子，我不敢说自己学问好，只能说读书还算多，这是要特别感谢先生的地方。

2006年4月3日

旧式的中学校长

1

旧式的中学校长，可以画好几幅肖像。

第一幅画像是当官的，校长的头衔恰如一顶乌纱帽，且不说称职不称职，只要是名义上的校长，便有实质的威风。晚清有句笑话，说南京当年有三多：驴子多，婊子多，候补道多。候补道就是想做官还没做官的人，这些等着做官的多如牛毛，僧多粥少，大官小官自然有人争着去做。

在旧中国，办教育本是桩吃力不讨好的事，但是许多有官瘾的，聊胜于无，都抱着不妨一试的心理，先把校长的位子抢过来再说。譬如郭沫若当年念中学，碰到的第一位中学校长，便算是这种角色。这个人是科举中人，做过几任县太爷，或许捞钱太多，或许官场上马屁没拍好，反正县官的乌纱帽丢了，就来屈就中学校长。

不用说这样的中学校长办学肯定不行，当时距离辛亥革命尚有一箭之遥，皇帝虽然还在，然而教育领域，新派思想已占大大的上风。这校长平庸无能，既然不懂教育，便不知道该聘请什么样的教员。总算没乘机捞钱，他老人家还是官场的那套，笼而统之，请各地摊派一名教员。摊派的教员来了，也不问水平如何，再一次笼而统之，把上司规定要教的课，摊派给摊派来的教员。教学水平如何也不管，只是依旧威风十足地做他的校长。

给中学校长画的第二幅像是那些沽名钓誉的家伙。这些校长更彻底，只不过是占了校长茅坑不拉屎，压根不过问学校的事。办教育尽管吃力不讨好，仍然不失为一桩时髦的差事。这类挂名的校长大都具有更高一级的头衔，因为官大名气大，兼校长职才有气派，才压得住阵。要不然便是有钱的巨商，这些腰缠万贯的大好佬投资教育最经济实惠。在民国初年，办教育和修公路，都被列为免税的项目。

这些校长比那些平庸无能的校长好得多。俗话说，大树底下好乘凉，有这些达官贵人做掩护，一些有志于办教育的人，倒是钻空子干了些实事。无为而治和那些瞎指挥的糊涂蛋相比，一个无心无意做了好事，一个有心有意尽干坏事。这类校长中，最想得开的是那些后来索性辞了校长头衔，让大权“旁落”在懂教育的人手中的开明人士。譬如陈嘉庚先生，这个人对今天的中学生来说，显然已没什么知名度，但是几十年前，这位南洋富商无人不晓。陈嘉庚办了一系列学校，先是小学，然后办学规模日益扩大，有中学、师范、女子中学、商船、水产、农业六部分。以后，又创办了赫赫有名的厦门大学。据说，陈曾经意欲广揽南洋富商一起集资。但是富商们在一起商量，觉得陈嘉庚的名声太大，即使他们出了钱，也捞不到名，因此决定袖手旁观，而厦门大学最终由陈嘉庚独资支持。

陈嘉庚有一个宝贝儿子，当年也在他所创办的中学念过书。这位公子异于同学之处，不过是有一辆自行车，上学时天天骑来骑去，另外还有一匹马，这马平日不敢骑，只是星期天，才敢驰骋学校内外，作为健身运动。陈嘉庚很少过问学校的教学，不过他很得师生敬重。

当年还有由洋人来挂中学校长之名的。这类学校通常是教会学校。洋人挂名校长，对学校立身于半封建半殖民地的中国，有许多方便。有的洋校长干脆人在外国，难得来中国时，去学校看看，沽名钓誉地视察一番。这种校长因为很少见面，加上中国人固有的排外情绪，学生一般对校长都没有什么好感。

校长在学校的代理人才是真正的校长，这类人士有权有势，其中不缺乏真正投身于教育事业的热心人，但是在反帝反封建的主潮流中，这些人难免“洋奴”之讥，所谓一得一失。

2

和今日的中学校长相比，旧式的中学校长，实实在在是个人物。有个什么庆祝活动，群贤毕至，名人咸集，地方上头面人物纷纷到场，本地中学校长向来是个不能少的角色。当年的中学校长藏龙卧虎，不乏第一流的人才。

光绪二十年，正值甲午风云之际，有一青年以优等第一的名次，毕业于北洋水师学堂。当时战事既起，清朝政府的海陆军全部被击溃，因此急调北洋水师增援，这位青年随军初次出征，便大败而归。紧接着一败再败，毫无还手强敌的能力。目睹清政府的这种腐败无能，青年下定决心，毅然退役于海军，走上了教育救国的道路。这青年便是南开中学及后来的南开大学创始人张伯苓先生。

张伯苓亲眼见到了清末国势之衰颓，觉得原因在于五病，分别为愚、弱、贫、散、私。他创办南开中学，投身教育，以医治这五病为己任，踏踏实实地干了一辈子，成为我国著名的老教育家之一，周恩来和戏剧家曹禺都是他的学生。关于张伯苓对学生严格要求的传说历来很多，其中最说明问题的要数禁烟。

当年南开中学的校童，明文规定不许抽烟，违者记过，不过自然还有学生偷偷地抽。有一天上修身课，张看见一个学生食指和中指被烟熏得焦黄，便毫不客气地训斥了他一顿。学生不服气，嘀嘀咕咕地说："你不是也吸烟吗，怎么说我呢?"作为老烟枪的张憋了半天，说不出话来，终于把自己手中的烟一撅两段，坚定地说："好，我不抽，你也别抽，大家一起戒烟。"从此张当真戒了烟。多少年以后，有一次碰到自己的一个弟子，这弟子和张大谈弗洛伊德心理学，提到"梦是欲望的假满足"。张苦笑着说："有道理，我戒烟之后好久，还做梦抽烟。"

严于律己的还有保定军校第一任校长蒋百里先生，保定军校是我国最早有点像样的军官学校。蒋任校长时年仅二十九岁，他曾留学德国学军事，是我国著名的军事理论家，甚至蒋介石也尊称他为"军界泰斗"。有一天蒋百里突然把学生叫到尚武堂前训话，黑压压的一群学生站在下面，看着校长神情严肃，脸由红到白，又由白到红，沉默了好一会，用沉痛而低沉的语调说："我初到本校，曾经教导你们，我要你们做的事，你们必须办到；你们希望我做的事，我也必须办到。你们办不到，我要责罚你们；我办不到，我也要责罚我自己。现在看来，你们一切都好，没有对不起我的事，我自己却不能尽校长的责任，是我对不起你们。"说完，他掏出枪来，冲自己的胸口打了一枪。

这事件当年曾经轰动全国。蒋的自杀，是有感于国家腐败，他个人无力把学校治好，因此愤而自杀，想以死唤起最高当局的觉醒。他幸而未死，昏迷了许多天，终于被日本名医救活过来。

女作家谢冰莹在自传中，曾经提到一位叫"外婆"的中学校长。这"外婆"是个男的，因为太婆婆妈妈，所以学生都这么叫他。谢冰莹的自传中写道：

> 校长每天嘱咐我们多穿衣服，不要受寒。夏天又替我们将窗户打开，使空气流通。那时学校里有一种喜欢吃蚕豆的风气，同学们老是喜欢两个三个地排行一字在校内散步，一边走一边剥着蚕豆，满地撒着壳子。"外婆"看到了，并不开口就责

备她们，只是悄悄地弯下腰，一点一点把壳子拾起。吃得正津津有味的学生，当然想不到后面有一个用手替他们扫地的“外婆”丫头。等到她们走了不少的路，“外婆”才轻轻地生怕惊动了她们似地说道：“壳子少丢一点吧，我这老腰已经弯痛了。”

这校长是个有学问的人，留过洋见过世面。这所中学当年在长沙也数一数二。

3

据说犹太人最宝贵的财产是知识，历史上他们屡遭洗劫，身外之物保不住，唯一抢不去的便是知识。有人说，因为重知识，犹太人对老师的尊重到了极点，一旦大祸临头，譬如失火，又譬如轮船失事，犹太人首先抢救的不是父母，而是自己的老师。

给予身躯的父母与教授知识的老师相比，在犹太人观念中，似乎次要得多。古希腊大思想家亚里士多德说了句常被后人引用的话，就是“吾爱吾师，吾更爱真理”。仔细想想，这话理直气壮，冠冕堂皇，其实和犹太人的观念差不多。

尊师同样是中国文化传统的一部分，老师教育了父母，教育了我们，又教育了我们的子孙，得到应有尊敬本来不足为怪。俗话说一日为师，终身为父。旧式的中学校长，常常可以跻身于名流，同地方上的乡贤平起平坐，恰恰是传统中尊师残余的一种写照。

但是中国文化传统中还有另一种让人垂头丧气的玩意儿，这就是“学而优则仕”。成绩略微好些，便名正言顺地去做官。结果吃辛熬苦，好不容易得些知识，很快做了升官谋职的本钱。这本钱固然可以生出更多的利润，和知识究竟还有多大关系，只能说天知道。

因此中国式的尊师之道，骨子里可怜得很。尊师不过是表面文章，尊者，敬而远之。中学校长说当回事，也当回事，说不当回事，真不当一回事。

当年江南有一位极普通的中学校长，自然受过相当程度的教育，念过大学或者师范，因为在城市里没有出路，或者说虽然有出路却乐意走教育救国的小路，便回乡做了中学生之王。中学校长在乡下人眼里总有点特别，有人想这校长好歹是城市里混过的人，瘦死骆驼比马大，因此免不了刮目相看。有人却想，这校长若有能耐，也不会到乡下来哄孩子，大城市人们做梦都想去，他可怜巴巴地非要回乡，想来是混得极差。读书人不留在城里做官，本来便有书呆子之嫌，而这个校长偏偏痴心梦想，要把城里的一套搬到乡下来，结果非驴非马，两头都不讨好。

校长卖力教书不说，还自己掏出钱来，买了篮球和排球，乡下人却大有意见。都觉得这校长歪门邪道，不教育学生好好念书，只知道玩。校长受过新文化教育，上课和学生说些科学民主，大招地方人士反对。那些学生也不争气，知道一些新思想皮毛，火气出奇地大，一怒之下砸了龙王庙，再怒，便准备冲祠堂砸祖宗牌位。这一来犯了众怒，又正赶上发洪水，校长成了罪魁祸首。县里派人来吓唬一通，训了一番话，差点撤了校长的职。

校长喜欢看爱情小说，女学生中有位极漂亮，他便借小说给人家看。上课时，师生眼睛对来对去，渐渐对出火花，有了一点情意。那女学生出于一乡之望人家，按照父母的旨意，很快嫁到别的有名望的人家。校长失恋之余，便写小说，小说写好了，寄到上海去，却没人愿意给他出版。

这校长早先一腔热血，和社会几次较量，慢慢冷却下来。回乡是有一番抱负，这抱负因为无所作为，终于没了踪影。因此想到重回城市，但是老婆孩子拖了后腿，他知道城里或许更不好过。年轻时只知道知识最宝贵，渐入老境才意识到当年不以知识为本钱，多捞点实惠大错特错，干什么也不比弄个一官半职强。

中国人中间有些知识的人多，真正去做官，或者做到官的并不多，因此他的后悔，也是许多读书人的后悔。好在中学校长也能算是一官半职，总算有点安慰，这校长便在后悔和安慰中过了一生。

旧式的教师

1

汪静之的名声是靠写诗得来的，当年西子湖畔，几个青年凑在一起写情诗，哥呀妹呀地乱写了一通，很有些清新气息。他们曾遭到一批守旧人士的批评，一批评，名气反而大了。汪静之出版了一本诗集《蕙的风》，是地地道道的情诗，老夫子看起来有些诲淫诲盗，但是胡适之和周作人，这两位新文化运动的健将，都出来说好。

汪静之又写了一个短篇《北佬儿》，内容是一个贵人的姨太太，在被土匪的强奸中，突然有了性的愉快。这小说引起的风波更大，汪静之一时有色情作家之嫌。结果汪静之的名气越来越大，他是在浙江读书的，读的是师范，毕业出来就是老师，因为颇有名声，很多学校都聘他教书。

汪静之受聘去一女子中学教书，女子中学的女生们久仰诗人大名，又知道他在写性方面极大胆，纷纷去车站接他，无不盼着先睹为快。想象中的汪诗人，一定浓眉大眼，是身高七尺的伟丈夫。女学生们踮脚等了半天，望穿秋水，汪开玩笑似的不肯出来，只好大失所望回学校。回了学校，有一位眉清目秀、又瘦又小的男人等在门口，虽然穿了长衫，却是张孩子脸，笑吟吟地看着垂头丧气归来的女学生，也不说话。隔了半天总算弄明白，女学生吃了一惊，原来盛名之下的汪诗人，竟是这么一个模样。

汪静之作为一个中学教员极有特色，一度曾享盛名，但是熟悉的老朋友并不认为他就是个好教师。他是个诗人，做教师并不称职。他的国文课实在教得一塌糊涂。教学大纲约束不了他。按规定应该教一个星期的课文，到他手上，七说八说，四十分钟就没词了。没了词课还得上，他只好随便凑些文坛掌故来骗学生。学生听来自然有趣，然而该学的东西，在有趣之中不知不觉地就没了。

最有趣的是为学生讲《诗经》，讲义上的篇名都是印在诗后面的，他也不认真看，因此前一篇的篇名都当作后一篇的教给了学生，学生觉得不对头，知道他是个大诗人，又不好意思问。有时实在牵强不下去，他也会生气地说：

"原来古人起标题，也有不通的地方。"

汪静之太像诗人，心血来潮，课文便摔在一旁，和学生讲自己的诗，诗人都觉得自己的诗好。觉得自己诗好，前提是别人的诗不好，别人的诗不好，就得挨骂。这一骂，脾气和情绪也坏了。学生花钱来念书，接受中学教育的目的是长些知识，结果上课听汪诗人发牢骚，下课学汪诗人的样子去写诗，一个个疯疯癫癫，诗自然没一个写得像样的。老作家曹聚仁是汪静之的朋友，朋友归朋友，他对汪静之教书的评价很不客气。说他教书是误人子弟。

像汪静之这么糟糕的中学教员极多，像他这样有名气的诗人，非常容易成为青年学生的偶像。平心而论，在新诗的长河里，汪静之的诗还不算太坏。更可笑的是，当年的中学教员中，许多自以为诗人的人，诗写得和他们的教书一样糟糕，竟也一样成了青年学生的楷模。

老作家张天翼念中学时就遇到过这么一位偶像，这位中学教员诗写得不像话，却比诗人更像诗人。他自以为是天才，感情泛滥得怕人，能够为了失恋，十分勇敢地自杀三次。为了无名的孤坟，为了一只僵硬的蝴蝶，为了一条冻死的赤链蛇，能够哭哭啼啼地哼上半天。张天翼因为这位老师发表过作品，对他佩服得不得了，常常请教写作问题。诗人便天南海北地乱说一气，并且一本正经地领着张天翼去看医生，因为这诗人坚信诗人都是天才，而天才都是神经不正常的。

医生的结论是张天翼神经没有毛病，诗人兼中学教员大失所望，为张天翼没有写作天才深深惋惜。

2

中学教员中有位叫夏丏尊的，今天的中学生，很少有人知道。夏先生逝世后，朋友写了不少文章纪念他，并且用文章的稿费作为奖金，奖给在中学教育方面有贡献的教员。这笔奖金原来的数目还不算小，正赶上解放前夕物价飞涨，货币贬值，奖金终因太不值钱而失去意义，只发了一年便作罢。

夏先生作为中学教员，最值得传世的，是他的认真精神。“认真”二字说说容易，如果真像夏先生那样，恐怕就极少了。

五四时期，中学生动不动就搞学生运动，颇有些造反精神，因此中学教员对学生不仅头疼，而且要做些策略上的让步。当年浙江的上虞县白马湖畔，有一所名声极响的春晖中学，许多大名鼎鼎的人物，如朱自清、丰子恺、朱光潜、李叔同都在这所中学教过书。夏丏尊是学校的舍监。有一次，孔子的诞辰将到，学生打听到学校并不准备放假，便组织起来向夏先生提出申请。大家都知道夏先生这人死脑筋，不大好说话，挖空心思搞了个申请书，写得理直气壮，写好后，又学着江湖上的办法，画了个圆圈，顺着圆圈签名，心想这样一来，夏先生就不知道谁是领头的。

夏先生看了申请，心平气和地说："我研究过了，认为没有放假纪念的必要。孔子不愧是位学者，但世界上学者太多，仅儒家还有孟子、朱熹、王阳明等。即使减半或一小半，恐怕要每天放假也不够了。"

负责送申请的学生，是个有名的"造反派"，他利用同学们都想乘机玩一天的心理，十分强硬地说："这不是我个人的意见，这是众人一致的要求。"

夏先生说："不管个人或众人，要纪念，各自请假一天，学校按平时事假处理。绝不出布告放假。"

送申请的学生无话可说，悻悻而回，对等着消息的同学说："夏木瓜不答应，明天就是不上课，看他怎么样？"

"夏木瓜"是学生送给夏先生的雅号，由此可见学生对他又恨又怕。到晚上自习课，夏先生召开了一个会，在会上，夏先生语重心长地说了一通："孔子的学说，被中国封建帝王抬到了异乎寻常的高度，使中国落后不进步。现在帝国主义者也想用这些学术来灭亡和统治中国。五四运动的目的，就是要唤醒人民不要上当……今天的事使我感到痛心。你们太胆怯了，签字还要画个圆圈，现在讲民主，学校决不压服你们，但你们也不能强迫学校放假。现在重申学校不放假，你们要纪念的，各自请假一天，有什么了不起。"

第二天上午，绝大多数同学照常上课，下午那少数的同学也去上了课。最后一节课时，那个送申请的学生也去了。据夏先生的弟子讲，夏先生凡事以身作则，身教重于言教。他要求学生做的事，自己一定首先做到。他要求学生写文章时，构思要认真，字体要端正，卷面要整洁，而他自己批改作文时，在这些方面都是表率。每篇作文后面，都有夏先生的一段评语，认真到了不能再认真的地步。有好的，便用红笔圈点，有时还在圈点之处加上眉批，说明好在哪里，妙在何处。有不好的，老实不客气地圈出来。错字发现了，不但指出，还在空白处打一红方框，让学生自己去改，因为只有这样，才便于记忆。

这种严于律己的教学方法，也为今天一些优秀教师所继承和发扬。夏先生的教学，始终给人一个十分严格的印象，他的学生回忆说，同学们之所以见他害怕，主要是那得理不饶人从来不敷衍了事的脾气。有一个例子似乎很能说明问题。夏先生上课时，讲话的速度常常逐渐慢下来，终于最后停顿，眼睛却牢牢盯着某个地方，跟着眼光的方向看过去，准能发现有同学思想开小差，或者做什么小动作。这种“此时无声胜有声”的训斥，实在厉害，因为他实际上是带领其他同学一起指责错误，这是一种无形的压力，难怪学生会说：

“其实夏先生从没有呵斥过我们——可是他的眼睛好像透过了我们的骨髓……”

3

一日为师，终身是父，可谓恩师的活写照。师父这个词，我们已经习以为常。凡是有文化传统的国家，尊师之道十分自然。

章太炎先生是清末民初的大学问家，桃李满天下，他的弟子中，有成就的太多。如名教授黄侃、钱玄同、马幼渔、许寿裳，还有鲁迅和周作人兄弟俩。一九三二年，章太炎北上讲学，在北京的弟子一个个已名成功就。由于章太炎乡音极重，估计多数学生听不懂，已是名教授的钱玄同和刘半农自告奋勇做翻译，一个口译，一个用粉笔在黑板上笔录，一丝不苟，毕恭毕敬。坐在下面听讲演的学生，见自己的老师现身说法，说不出的佩服和敬重。钱玄同当时是国文系的主任，章太炎去他所在的学校讲演，钱扶上扶下，执弟子礼甚恭。北京报界纷纷报道此事，一时传为美谈。

尊师是人们津津乐道的事。对老师不恭敬，无论谁都会觉得应该打屁股。但是中国的尊师，很容易流于形式，如果老师本身没什么了不起的，学生虽然做出了尊敬的样子，仍然免不了沽名钓誉。为人师者，占了年龄和知识上的便宜，摆一点架子很近情理，但是真正得到名副其实的敬重，并不容易。

《幼学琼林》中便有这样的句子："弟子称师之善教，曰如坐春风之中；学业感师之造成，曰仰沾时雨之化。"做老师的须善教善教，然后有弟子的学业之成功。为人师表不是桩玩笑。做老师有时很容易，可是像样的老师并不好做。

丰子恺先生一谈到自己的恩师李叔同时，总是充满感激之情。李叔同给人有大才子的印象，在浙江师范做教师时，他教音乐和美术，可是他的国文比国文老师好，外文比外文老师好，他的书法全国闻名。在浙江师范，李叔同可以拿许多个第一名。他是中国第一位画裸体画的画家，第一批演文明戏的演员，他演《茶花女》中的茶花女，戏剧史上必须提到他，他也是最早介绍西洋音乐的人，当年流行的《祖国歌》就是他谱的曲，电影《城南旧事》中的主题歌是他根据一首英国名歌曲谱重新填的词。然而李叔同从来不恃才傲物，他做别人的老师，不是靠自己的才华折服人，而是以身作则，处处严于律己，用实际行动教育弟子。

丰子恺先生后来才专攻绘画，最初是绘画和音乐双管齐下。丰子恺讲李叔同上音乐课，总是穿得整整齐齐，绝对不可能迟到，他一向是以自己的认真来迫使学生不得不认真，丰子恺习琴，每弹错一次，李就回头看他一眼。丰子恺曾说过，他对这一看比什么都害怕，比校长的一顿训话更有效更感动。在后来做人的漫长生涯中，丰子恺每做错一件事，便能想到李叔同回头的那一看。夏丏尊先生做舍监时，常为管不好学生而苦恼。李是夏的挚友，他劝夏和学生约法三章，学生如不听他的话，便自杀谢罪，这样，学生一定全听他的话。夏先生说，学生很可能不听劝说的，难道我真的自杀。李叔同很认真地说："当然，你无信用，还想让学生听你的话吗？"

李叔同音乐方面的传人是刘质平。刘以后在音乐方面的造诣相当高。他出身贫寒，留学日本时，经济没来源。李叔同知道后，很认真地给刘写了一封信，细报自己的收入，然后一一说出支出款项："现每月收入薪水一百零五元，出款，上海家用四十元（年节另加），天津家用廿五元（年节另加），自己食物十元，自己零用五元，自己应酬费买物添衣费五元。如此正确计算，严守之数，不再多费，每月可余廿元，此廿元即可以作君学费用。将来不佞之薪水，大约有减无增，但再减去五元，仍无大妨碍，自己用之款内，可以再加节省，如再多减，则觉困难矣。"李后来出家做和尚，成了高僧弘一法师，尘心既断，临出家时，还备了一大笔款子，供刘读书至毕业。款未凑齐时，李写信说："此款倘可借到，余再入山，如不能借到，余仍就职，至君毕业时止。"爱生如此，似乎已趋于极端，然而不爱护学生，又何以谈尊师。

汪曾祺先生纪念馆中的留言

汪先生的才华举世公认，即使“文革”那样的背景，也出类拔萃。假如没有被打成右派，没有“文化大革命”，没有政治运动，汪先生一定会取得更大成就。好在历史终于给他最后的机会，汪先生丰富了新时期文学，影响了一代作家。求仁得仁，这是人间的第一等快事。功遂身谢，名由实美，汪先生仰首伸眉，笑傲文坛顾盼自雄。

2000 年初冬

纪念一个朋友

我的好朋友实在算不得太多，主要是不善于交友，自从当了作家以后，满脑子都是写作，除了写，我好像不知道再干些别的什么才好。似乎习惯于和自己想象中的人物对话，许多欲望已经在创作中得到满足。我交的朋友，大多是他们来找我，他们陪我聊天，看我写得太苦，都叫我悠着点儿写。我有时也想到出去找朋友聊天，聊天是一件有趣的事，可以多得到一些写作的信息，譬如体验生活。但正是这个一闪而过的念头，使我放弃了走出书斋的企图。我压根就不相信体验生活，况且为了自己写作，去找朋友聊天，起码也是对朋友的不恭敬。

我的一个朋友去世以后，我一直为此感到心痛。不仅仅是想到一个年纪比我还年轻的生命失去了，也不仅仅是因为少了个知心的朋友。人总是要死的，海内存知己，天涯若比邻，扯开去说，只要是知心的朋友，或死或活都是一样的。我的心痛是因为自己太马大哈，因为我的朋友在生命的最后关头，忍受了太多的痛楚，我甚至不知道这位朋友得了不治之症。我想我的朋友在弥留之际，一定希望我去看他一眼。

最后一眼见到我的那位朋友，是在火葬场。他躺在人造的鲜花之中，经过所谓整容，已完全不是我熟悉的那个模样。这是一个我所完全陌生的人，涂着胭脂，戴着一个假发套，西装革履，手上拿着一块洁白的手帕。我不敢相信自己的眼睛，真的不敢相信。直挺挺躺着的那个人仿佛和我毫无关系，我知道我的朋友已经死了，我知道躺在那的就是他，可是我一时悲伤不起来。

我的朋友太生龙活虎了，《风流一代》向我组稿，我一直犹豫着不知该写一篇什么样的稿子。今天又打电话来催，刚挂了电话，我便想到了这一位死去的朋友。他那副生龙活虎的样子，好像突然又活生生地出现在我面前。我几乎是立刻就决定要写他了。我没有在晚上写稿的习惯，挂了电话以后，经过一个小时的沉思，虽然已经十点多，虽然明天就是大年夜，而且我的书房正好今天住了亲戚，然而所有这一切都不能阻挠我立刻坐下来写稿的决心。

我决心在给《风流一代》的这篇稿子中，纪念我的朋友，也是事出有因。六年前，我的这位朋友找上门来，说是很喜欢我的小说，要给我写一篇文章。后来终于写了一篇文章，这篇文章就发表在《风流一代》上。我从没有给《风流一代》写过稿子，事实上在今天通电话以前，我也没想到自己临了会写这篇文章。好像是很突然的，然而我相信这种突然，其实是一种注定。

我的朋友是一位精力旺盛的小伙子，我们第一次见面，说了些什么，现在已经记不清了，我所能记得的，就是他生龙活虎的样子。不是所有的年轻人都能做到生龙活虎。那时候，他正在一所中学里教书。很显然，他更热爱写作，而写文章的目的，似乎也只是为了跳出教育界。很快那篇关于我的文章就写完了，我不知道他通过什么关系，让这篇文章刊登在《风流一代》上。这篇文章并不重要，重要的是通过这篇文章，他和我，和当时的《风流一代》的主编，都成了好朋友。我正是和这位主编一起去参加他的追悼会的，这位当年的主编在火葬场感叹地说：

“如此有才华的人，这么年轻就死了，真可惜!”

我所以说那篇写我的文章不太重要，原因就是我的朋友对我太厚爱，厚爱往往会太多溢美之词。我想我的朋友之所以会对我那么好，其实也完全是爱屋及乌。他喜欢我的小说，因此便认为值得和我交朋友，认为和我在一起，是一件很有趣味的事情。有一阵子，他经常来我家，打听我正在写什么，告诉我某刊物上又有了关于我的评论。到后来，他对我正在写的小说，已了如指掌。我的小说刚写完，他就赶来，将我的稿子拿去复印。我写稿一向一稿就定，因为没有底稿，每次寄出去，都害怕弄掉了，送出去复印，又有些舍不得银子钱，于是麻烦他去找人。他那时已经离开中学，在一家报社工作，求他的人多，他便毫不客气地让那些求他的人，乖乖地替我复印。

我的这位朋友很快就发现我是一位很无用的人，替我复印只是他帮我做的无数事情中的一桩。在如今这个办什么事都得靠关系的现实世界中，我承认自己是一个走投无路的书呆子。我所以选择写作，也许正是因为自己不善于面对现实世界。我的朋友似乎很同情我的处境，他总是十分乐意地承担为我尽力的义务。连我的女儿病了，都是他帮我去找医生。

有一次，我女儿两颗乳牙还没有掉，牙的背后就迫不及待地长出了新牙。大家都说要赶快去医院拔去乳牙，否则新牙便会往里长，影响美观。我当时很着急，既心疼女儿小小年纪，便要吃拔牙的痛苦，又为女儿未来的相貌担忧。最后是我的朋友带着女儿去拔牙的，我没有勇气去，多少年前，一位医生替我拔牙，像杀猪似的，拔了足足四十分钟，都没把一颗牙拔下来。一想到这段痛苦经历，我的腿肚子就打战。我害怕亲眼看见女儿的痛苦，结果当女儿拔了牙回来，向我傲气十足地展示两个小洞洞，向我讲述拔牙的过程，我才意识到自己真是没用。

我的朋友不仅是帮我的忙，而且也帮我其他的朋友的忙。正是因为有了这位朋友，有时候，我竟然也觉得自己开始有了些能耐。出于感激，我和妻子也尝试着能为我的朋友做些什么。可是我们还是太没用，想帮忙也帮不上。我们为他的婚事着急，曾为他介绍过一个对象，见了一次面，就吹了。

终于我的朋友自己搞上了一个对象，大致定下来以后，便带来给我们看。我的朋友年纪已经不小，操办自己的婚事未免有些过急。我从第一次就感觉出他对自己的婚事不太满意，然而还是很快就当了新郎。结婚时，自然要大办喜酒，而且让我也去参加婚礼。我给了他一百块钱，让他随便买一样什么礼物当作纪念，对于婚礼那样的热闹，却实在不想去凑。我的朋友也不勉强我，只是很真诚地说："也好，你不去最好，这样的人家，你去了，会觉得俗的。"我连忙解释，我的朋友又说："真的，这样的婚礼要去，一点也没意思。"

这以后，便有一阵子没见，再见时，我的朋友已是一脸疲倦。自然是谈了些婚姻如何不称心的话，我作为朋友，又好歹比他大两岁，便劝他将就着过。他苦笑着说："我要是不将就，恐怕早就没办法过了。"我的朋友走了，我和妻子闲谈，说他不结婚时，我们老想着要为他找个朋友，真结了婚，又是这么不快乐，那何苦还要结婚呢。

我想我的朋友一定尝试过寻找爱情，既然愿意结婚，说明他一定相信这种爱情的存在。我至今仍然相信男女成了夫妻之后，会产生爱情，很多人都是在婚后越来越相爱。然而我的朋友显然惨遭失败，婚后的他完全变了一个人，来看我的次数明显减少，每次来了，都怕提起自己的小家庭，又偏偏每次都要提起。我的朋友过去从来不苦笑的，可是结婚以后，他常常苦笑。

有一段时间突然不见了他的踪影，过去一向是他来找我，因此他若不来，我真不知该到什么地方去找他。我们自然是往好处想，毕竟不是单身汉了，也许小两口现在已经如漆似胶。有一天，他终于来了，剃了个大光头，见了我，苦笑了半天，不说话。我问他怎么了，他十分平静地看着我，说：

“你知道，我差一点死掉。”

原来他的脑子里突然被发现生了一个瘤，他指着脑袋上的伤疤告诉我，医生从什么地方，掀开了他的脑壳，又怎么样取了那个瘤。他告诉我，幸好不是恶性的，又幸好发现得早，要不然，后果不堪设想。那天他没有任何的紧张，整个儿是一种大病痊愈的兴奋。我虽然很吃惊，但是他的情绪影响了我，我丝毫也没想到他的病还会有另外一种潜藏的可能性。我记忆中最深的是他临走，苦笑着告诉我，他做了这么大的手术，全是他兄弟照顾他的，而他那位新婚不久的妻子，却几乎没尽过什么义务。

我的朋友临走时，曾留给我一个地址，是他结婚的“小巢”的。我买了几盒太阳神前去看他，连续去了三次，都没见着，最后，只能将东西留给他的邻居。隔了一个月，我的朋友戴着一顶假发套来了，他原先有些秃顶，一戴上乌黑的假发，给人的印象有些滑稽。他告诉我目前正在练气功，并开始练书法，离开时，还借了我一大本字帖。他的气色很好，小夫妻的关系已有所改善，那天中午在我们家吃饭，胃口也不错。他还告诉我，他已经决定去上班了。

这以后又过了一段时间，有一天他气冲冲地跑到我家，把我拉到书房，把一个摩托车安全帽往地上一摔，半天说不出话来。我问了半天，他才告诉我，说他的妻子偷偷和人约会，在路上给他逮住了，这摩托车的安全帽，便是那男人的。任何男人遇到这样的事，都会气得要命，我的朋友当然不会例外。我当时真不知该怎么劝他，事实上这时候说什么话都是废话。我记得自己说了句很书呆子的话：“既然这样，那就离婚好了！”还书呆子气地借了几本有关离婚的法律书给他。

一直到我的朋友死了，我才知道他患的是恶性脑瘤。许多人都知道这个秘密，偏偏就是我不知道。他的妻子自然是首先知道这一秘密的人，正是因为她知道，她的某些做法，从道义上来讲，就太有些欠缺。从发现长脑瘤到离开人世，不过一年时间。我的朋友死了以后，他的妻子想去火葬场看他最后一眼，朋友的哥哥和弟弟都不要她去，理由是她给我的朋友造成了巨大的心理痛苦，而且在最后弥留之际，都没有去医院尽过妻子应尽的义务。当死亡威胁着我的朋友时，他的妻子以一句“我们只是名义上的夫妻”，就搪塞了一切责任。当然，在这里，我并不想指责谁，只是想到我那位生龙活虎的朋友，就这么撒手人寰，太冤了。

同时，我也为自己没能到病榻前去看他几眼，陪他说几句无关紧要的话，感到深深的内疚。我根本没想到过他会死。朋友总是在失去的时候，才突然感到一千倍地重要。活着的人，很少去想友谊的意义，等到人死了，再去想，又已经来不及。记得知道噩耗的时候，我整个傻了，当我在电话里重复这一噩耗时，我的女儿首先哭了，小孩子做不了假。我放下电话，人处于麻木之中，真不敢相信这竟然是真的。

然而这又的的确确是真的，在不知不觉中，一切开始了，一切又结束了。

1994年2月8日

回忆两个人

1986年的4月里，我开始为自己的前途着急。这时候的前途就是职业问题，眼见着研究生要毕业，毕业了以后干什么，突然之间已经迫在眉睫。我理想的选择是留校，并不是喜欢教书，而是觉得在学校里时间待长了，一切已经习惯。一动不如一静，我喜欢大学里的氛围，如果可能，让我在大学里当一辈子的老学生也无所谓。

但是我变得有些浮躁，虽然想留校，在择业志愿上却没敢填写。那年头，研究生找工作还不像今天这么困难，只要你真心愿意去，大多数单位都会伸出双手热情地欢迎你。我填的三个志愿分别是出版社、《钟山》杂志社、省社科院文学研究所。分别和有关的领导谈了话，都表示欢迎，都说你愿意来，我们当然乐意。

最后去了出版社，那里福利好，很快就会有新房子。坦白说，我完全是为了房子才去出版社的。那时候，我对以后要干什么，仍然十分茫然，只知道自己已经快三十岁，既然成家，谈不上立业，起码要把家搞得像个样子，稍稍改变一下自己的生存环境。我当时住在沿街的一间小平房里，囊中羞涩，女儿快两岁了，一家三口窝在狭小的空间里，干什么都别扭，想写文章，想看书，总是不能称心如意。

每当想起自己当年去出版社，我就有一种屈辱感，因为这是向世俗大大地让了一步。不是说当编辑有什么不好，而是我内心根本不想当编辑。人穷志短，我觉得为了一套不怎么样的房子，就把自己贱卖，就放弃自己的理想，实在对不起教我养我的父母和师长。人在屋檐下，不能不低头，我对自己说，反正是定了，那么就下决心做个好编辑，编些好书。天下事无可无不可，凡事认真去做，去做好，这就足以自慰。

于是这一年的 5 月，我主动请缨，风尘仆仆去北京组稿。离毕业还有两个月，我似乎已经等不及，很冲动地到了北京，冒冒失失拜访了许多作家。我的家庭背景，在这种时候起了关键作用，大家很给我这个小辈面子，想见谁就能见到谁，并且都答应给稿子。由于我在学校里学的是现代文学，对当代文坛的知识差不多等于零，于是父亲的老朋友林斤澜伯伯让我去见李陀，他们当时在一个单位工作，是《北京文学》的正、副主编。

等见到李陀，才知道他年龄原来也不大。当时李陀已经声名赫赫，圈子里的人戏称他为“陀爷”，然而我却一无所知。结果在李陀家里，我非常虚心地上了一课。用“听君一席话，胜读十年书”形容这次见面略微有些夸张，可是我确确实实受益匪浅。是李陀第一次为我撩开了当代文坛的朦胧面纱，他属于那种才气逼人的作家，说什么话一针见血，爱憎分明。我不知不觉想起了俄国的别林斯基。

李陀给我开了一批名单，要我在未来当编辑的岁月里，很好地关心这些人的作品。名单中很多作家，后来名震一时，写出了不少让人赏心悦目的小说。这些人的名字现在没必要说出来，因为其中有好几位大将，已经成为我的好朋友。李陀是一位伯乐，睿智过人，慧眼识英雄，除了善于发现人才，他留给我最深的印象，是他对文学本身的热爱。

在李陀的名单中，有一位福建作家袁和平。李陀特地指出，袁和平是最早关心环境问题的作家，他的小说着力于人和自然关系的研究，这在当时很不容易。这年年底，我恰好有机会去厦门，有了先入为主的印象，与袁和平一见如故。这时候，我已经对编辑工作产生了兴趣，见了他，忘不了问正在写什么，能不能给我所在的出版社写稿。袁和平已经是福建作协的一位什么官员，因为当时人多，事多，他说了什么，已记不清楚，反正这问题没有深入下去，仅仅开了个头，就不了了之了。

当时是参加好几家出版社联合召开的长篇小说讨论会，这是我第一次参加这种文坛聚会。会议很热闹，也很嘈杂。在十天的会议期间，我不仅有幸结识了袁和平，还结识了秦文玉。袁和平是东道主，秦文玉是出版社邀请的作家代表。参加这次会议的有很多走红的作家，秦文玉与我是同屋，他和袁和平是鲁迅文学院同学，我们似乎还说得来，常常一起逃会去干些别的事情。

有一天晚上，唐敏夫妇请客。袁和平喝了许多酒，他在内蒙古插过队，大家想既然他是海量，就应该让他多喝一些，结果便醉了。文友相聚，有人醉是常事。回到宾馆，大家一起说笑，慢慢地酒劲上来了，袁和平去厕所呕吐，吐得很厉害，人坐在地上，死死地抱着抽水马桶不放，一阵接着一阵做痛苦状。因为是在我房间，我便过去照料他，他先还说没事、没事，可是突然抱着我大哭起来。我感到很意外，因为这场面颇具戏剧性，刚刚还一起说笑，怎么一转眼工夫，就像小孩子一样鬼哭狼嚎。俗话说酒能乱性，他的举动让我感到有些尴尬，一时真不知说什么好。我是向来不会安慰人的，没别的办法，就只能陪他坐在厕所的地上，替他捶背。

袁和平哭了一阵，指着自己的心口，十分凄楚地对我说："兆言，你不知道我心里有多痛苦！"

我不知道这话从何说起，人喝醉了，说什么话也别当真。我不知道他有什么痛苦，这次在厦门，更多的是看到他的得意。这种得意其实不难从言谈中发现，袁和平在文坛上已经有了些名声，而且仕途春风，得意感仿佛短大褂里的长内衣，想掩藏都掩藏不住。官场得意是明摆着的事情，是他们这期鲁迅文学院同学的共同之处，有人曾称这批人是文坛上的“黄埔系”，虽然刚毕业，但是一个个都已身居要位，已做了官或即将做官。

后来还是老同学秦文玉说破了谜底。他说袁和平是真的痛苦，因为他已经很长时间没写东西了，对于一个写东西的人来说，还有什么比不能写东西更痛苦的呢。我当时似乎没有这方面的体会，毕竟刚从学校出来，有些器官很麻木，虽然也写了一点东西，基本上和文坛无关。我的身份是编辑，是一个没有什么名分的小编辑，会议期间遇到一位会算命的文人，号称“黄半仙”，自称是“妖女唐敏”的师傅，他看着我的手掌，说你这人可以写点诗，不过绝对不能写小说。记得我当时很沮丧，面对那帮当红的作家，总觉得矮人半头。

那天闹到很晚，第二天，袁和平又跟无事一样。后来，在没人的地方，他拍着我的肩膀，为那天晚上的事抱歉，连连说自己出洋相了，见笑见笑。再后来，会议结束，大家分手，各奔东西。这以后，我们又见过几次面，他似乎在官场上越来越得意，红光满面，来去都有车，每次见面，都向我热烈祝贺，说想不到你竟然写出来了，而自己真是惭愧，这些年来一直想写，可始终不曾写出什么像样的东西。他虽然是福建人，个子不高，人却很魁梧，也许祖上是山东人的缘故，看到我，总喜欢表现出一种北方人的豪爽。

袁和平显然属于那种很有办法的人，我的一个朋友曾说过一句笑话，说到了福建的地盘上，有事就找袁和平，没什么问题解决不了。我曾问过他，是不是真像传说中的那样神通广大，他不承认也不否认，只是摇头一笑。这一笑，似乎等于默认了。

和袁和平在一起，难免会谈到秦文玉，和秦文玉在一起，也同样会想到袁和平。

秦文玉和我是江苏同乡，南京师范学院毕业后去了西藏，在那一待就是许多年。说到缘，我愿意结识袁和平，因为有李陀的介绍，结识秦文玉却完全由于会议期间同屋。秦文玉没有那些当红作家的架子，他显得很虚心，开会认认真真记笔记，听人讲话总是很专注的样子。会前会后，喜欢和别人真诚地谈文学，别人有时候其实很不真诚，他似乎也没有察觉。

由于住在一起，加上袁和平的缘故，我们变得很熟。有一次为了一个什么文学问题，我说了一句在他看来大约很狂妄的话，他吃惊地看着我，半天没有说话。最后，喃喃地说："你不写东西，要是写了，就知道不容易!"我毕竟是刚从学校里走出来，年少气盛，无知胆大，他显然不忍心多教训我。

记得他常常和我谈自己未来的打算，他当时是《西藏文学》的副主编，正在北京学习。是党校还是别的什么速成学校，已经记不清楚。他属于那种愿意不断学习的人，能吃苦，而且不怕吃苦，自己已是大学生，后来又去鲁迅文学院深造，像他这样的人，大约只要是个机会，总不会轻易放过。一方面，他想写这写那，野心勃勃，写作计划巨多；另一方面，他又不能不为自己的前程地位操心。似乎是想回到家乡来，叶落归根，他在西藏待了那么多年，衣锦还乡也不为过，又想留在北京，不管怎么说是首都，天子脚下，山高池深，更有利于发展。

临别那天晚上，参加会议的人纷纷展示自己买的土特产。我突然发现自己应该买些紫菜带回去，秦文玉也深有同感。然而一切已经为时太晚，明天一大早我们就要离开，我比他略迟，他的时间好像是天不亮就要上路。没想到第二天我醒来，发现床头放着一包紫菜，一封短信，他人已经走了。原来在我们住的楼下不远处就有一个菜场，他起来赶了一个早市，不仅自己买了一份，还顺带给我也捎了一份。

我很感激，回到南京，便将紫菜钱如数给他汇去。不久收到他的回信，说我锱铢必较，反倒太伤感情，好歹同住了那么多天。信末了大谈自己如何杂乱，不能尽兴写作，又说到自己的前程仍然摇摆不定。这以后，我们见面的机会要比见袁和平更多，他是个喜欢跑动的人，回乡探亲，参加江苏文学方面的聚会，隔一段日子便能见上一面。每次见面都是匆匆，无非老熟人一般打打招呼，竟没有一次深谈的机会。

记得有一次去无锡开会，我们一行人排着队一起进站，上了车，久等他不来，直到火车已经离站，才看见他脸色煞白，气鼓鼓地从车门口那面走过来。我们没想到他已经和检票员吵了一架，吵得很厉害，为什么事也记不清了，反正听他身边的人说，秦文玉这样的老实人，真急起来，也有些书呆子气。火车是不等人的，他自己豁出去了，和他一起的人却紧张得要命。

随着时间的推移，我们之间似乎交换了角色，开始认识的时候，我是出版社的小编辑，秦文玉是出版社看中的作者。渐渐地，我因为不断写些东西，也成了庞大作家队伍中的一员，而他最终去了北京，成了作家出版社的领导。在中国，因为写作走上仕途的人太多，袁和平是这样，秦文玉也是这样。无论是袁和平，还是秦文玉，他们后来遇到我，无一例外地表示出对我的羡慕，羡慕我一直在写东西。这些年来，他们应该说都很得意，在官场上如鱼得水，但是，他们的内心其实都不平静，因为他们毕竟都是写作出身。写作才是他们的老本行，官场给他们带来满足，显然也带来了遗憾。

秦文玉曾给我写过一封很热情的信，字写得龙飞凤舞，衷心祝愿我能写出更好的传世作品，为国争光。我觉得有些好笑，因为大家是老熟人，何至于如此客套，他的口气天真得像前辈和领导。仕途春风往往会使人的性格发生不大不小的扭曲，开会时坐主席台，有话说无话说都得发言，大道或者小道的消息都比别人先知道，不断地有人敷衍讨好，为了能在他主事的出版社出书，所有这些世俗的应酬，会让一个本来很熟悉的人变得陌生，有时甚至变得滑稽。

最初听到秦文玉出车祸的时候，我绝对没有想到事情会那么严重。只知道袁和平当时和他在一辆车上，报告消息的人说秦文玉正处于昏迷状态，我当时就想到日后见到秦文玉和袁和平，一定要问清楚他们的历险经过，后来听说秦文玉从此就没有醒过来，说不行就不行了。

我曾经设想过遇到袁和平会怎么样，我和秦文玉之间的交情，虽然不像他们之间那么深，毕竟有过一段交往。我想如果遇到了袁和平，我们一定会回忆过去，大谈秦文玉。然而有一天，突然在报纸上看到了袁和平病逝的噩耗，白纸黑字，我不相信真会有这样的事情。

福寿康宁，固人之所同欲；死亡疾病，亦人所不能无。生死由命，这是没办法的。我印象中的秦文玉和袁和平，都是生气勃勃的人。秦文玉在西藏锻炼过，袁和平在内蒙古当过知青，他们的共同点是不知疲倦，要生活有生活，要环境有环境，既精力充沛，又前途无量。谁也不会想到他们竟然英年早逝，仓促之间，便莫名其妙地离开了人世。按说这两个人完全可能在文学上大有作为，袁和平在不多的文学创作中，已经显露出了才华。秦文玉的才华也许略逊于袁和平，但是吃苦耐劳方面似乎更胜一筹。才华和吃苦耐劳是一个优秀作家的基本素质。有了这样的基本素质，只要用心去写，写出好作品来，这一点也不奇怪。要是老天爷保佑，他们还活着，从官场上抽出身来，全力以赴地写作，结果怎么样，真是难预料。

我想如果大家有什么遗憾的话，不仅仅是由于他们走得太早，太匆匆，还在于他们未能实现自己的文学梦想。官场得意，处级或者厅级干部，出入有车，住大房子，公款出国，毕竟不是一个写作人追求的目的。我不反对从事文学创作的人做官，人各有志，我只是忘不了多年前袁和平醉酒后表现出来的痛苦，那情景仿佛就在眼前，一伸手甚至都能触摸到。对于一个以文学为事业为生命的人来说，文学创作才是第一位的，而人类的最大苦恼，莫过于梦想的破灭。过去的许多年里，作家们被人为地剥夺了许多机会，后来，这些机会好像已经还给了作家，但是很多人又轻易地让它失去了。

死者为大，我在这篇回忆文章中，没有任何责备的意思。扪心自问，这世界丰富多彩，这世界诱惑太多，作家不是圣人，没必要求全责备。从前种种，譬如昨日死，以后种种，譬如今日生。我只是觉得自己有话要说，一直想把这话说出来，以纪念早逝的两位朋友。骨鲠在喉，一吐方快。李白说："生者为过客，死者为归人。"杜甫又说："存者且偷生，死者长已矣。"文章不管怎么写，话不管怎么说，都是留给活人的，我们既是过客和偷生，有些事也就不用太在乎，想说就说吧。

1999年3月8日

记李先生

李先生不属于老派的人，年龄不能算，作风也不能算。称李先生，是江南人喜欢这么称呼文化人。文化人是个大概念，可以学富五车，可以只读几本书，更可以什么书都不读。李先生上中学，课堂上读到祖父的《多收了三五斗》，老师让写读后感，他洋洋洒洒写了一篇，结果大获好评，当作范文在课堂上念了一遍。好像还产生一些别的影响，在同学中引起一阵不小骚动。李先生就想，为什么不把读后感寄给原作者看看，于是买了邮票，将作文寄给祖父。祖父是个很认真的人，有信必复，照例为他改了一下，指出错字，纠正病句，认认真真回答问题，说一番表扬和鼓励的话。

隔了没多久，李先生突然心血来潮，不愿意再读书，冒冒失失地出现在北京。自从与祖父通信，他变得好高骛远，已没情绪继续在学校里待下去，一般人最多只是想想而已，他却浪漫得毫不含糊，说走人就走人。他希望祖父能为他在北京安排个工作，最好安排在祖父身边，并且觉得这事很容易，打个电话就能解决。这是个让人哭笑不得的事情，国家机关又不是哪个人开的，想进就进，想干什么就干什么。对于一个固执的人，有些道理绝对说不清楚，但是毕竟关系到一个人的前程，因此只能好言相劝，仔细解释，加上说一些大道理，然后为他买了张回程的火车票。

这还是“文化大革命”之前的事情，李先生回到自己所在的那个小城市，是继续读书，还是就此开始工作，我弄不太明白。总之，他经常和祖父通信，即使在运动最激烈的那些年头，仍然保持着联系。他成了一名中学教师，还会画几笔画，七十年代初期，他的一幅画参加过省里的书画展览，画了一群猪，标题是“猪多，肥多；肥多，粮多”。我没去看展览，只是听他说起，有一天，他匆匆地赶来，很高兴的样子，脸色红润，眼睛放光，说了一气他的画，又匆匆地走了。显然是一幅宣传画，我觉得这很有意思，那年头的书画展，要写字，大多是毛泽东诗词，要不就是毛主席语录，相比之下，我更愿意看看那群肥猪画成什么模样。

“文化大革命”后期，李先生又去了北京。他有很严重的晕车症，乘车意味着受罪。记得是安排他睡在客厅里，离他很远放着一个冰箱，晚上睡觉老用枕头蒙着头，后来才知道是害怕冰箱的声音。冰箱启动会让他产生一种飞机从头顶上掠过的感觉，还会让他想到晕车。李先生天生一副读书人面孔，描述任何一件事情都一本正经。他读的书不算多，知道的事也不多，而且不擅于言谈。如果和他开玩笑，他一定当真，所以谁都不敢和他随便瞎说。堂哥三午知道一些上层的皮毛，来往朋友中颇有一些纨绔子弟，细下里喜欢议论，那年头北京的年轻人和现在一样喜欢小道消息。李先生最喜欢听，一听就来劲，听什么都当真有其事，眼睛一眨一眨，永远恍然大悟。

来了北京，总应该出去看看，起码形式上要这样。李先生不能坐车，大家都为他急，近处可以步行，去郊外就是大问题。我那时中学刚毕业，自告奋勇要陪他，祖父有些担心，但是除了我，还真找不到其他人来胜任这项工作。于是挑了个好日子，风和日丽，揣着祖父给的旅费，兴冲冲上路。那年头北京车少，过了动物园，差不多就是乡下，马路边是高大的白杨树，骑很长时间车才能到达颐和园。我是刚学会骑自行车，有用不完的力气，倒是他觉得有些疲倦，说居然这么远。和李先生出门郊游很无趣，他没什么话，而且也不喜欢玩。

临走，跟祖父要张字是免不了的，祖父抄了一首诗给他，是自己的，还是毛主席他老人家的，已记不清，只记得我在一旁牵纸，他在一旁看，一边看，一边称赞。后来就裱了起来，给他的儿子做背景，拍了一张照，自题了“后继有人”四个字，感觉良好地寄到北京来，当时大家都把这张照片传着看，都笑。“文化大革命”很无聊，也很寂寞，有这么个小插曲乐一乐，真不是什么坏事。那是我在北京待的最长的一段时间，差不多整整一年，这一年，我明白了不少事，是个人成长中很重要的年份。

一九八六年秋天，我在出版社当编辑，与父亲共同张罗了一个小笔会，请汪曾祺、黄裳、林斤澜来江苏一游，路过李先生所在的那个城市，不知如何被他探听到消息，火急火燎赶来了，我们去哪他便跟着去哪，还是晕车，我们的汽车在前面开，他便骑着一辆破自行车在后面拼命追。虽然已是一大把年纪，追星的心思丝毫不比年轻人逊色，他孩子气地盯着汪曾祺要字，盯着黄裳要字，还硬逼着林斤澜写篆字，终于达到了目的，这才心满意足地离去。

这以后的第二个除夕，祖父过世了，电视上做了报道。第二天，李先生便眼泪汪汪赶到了北京。当时家里正忙得一团糟，他似乎不太想到此时出现会给家属添乱，要安排他吃，安排他住。他喜欢由着自己的性子做事，不太考虑后果。大家都说人的性格一旦形成，不会再改变，李先生到什么时候，还是李先生。谈起李先生，谁都忍不住要摇头，都觉得可笑，然而人唯有可笑，才觉得可爱。人无癖则不可交，有的人永远长不大，岁月已改，痴心不变。

再以后，就没见过李先生。

2000年12月7日

初识弘一法师的岁月

三十多年前我还是一个高中生，伯母带我去浙江上虞白马湖边的春晖中学。那时候“文化大革命”，我对这所大名鼎鼎的学校一无所知，傻乎乎跟在伯母后面听她说这说那。

在一个小得不能再小的火车站下车，坐人工摇的小船，不一会到了。三十多年后，我十分怀念那个小车站，根本没什么站台，一间欧式的小屋，车到站把门打开，下去就行。印象中也不用检票，上车买票，下车拉倒，全无今天火车站乱糟糟的惨象。当然还有那个湿漉漉的小木船，河水清清，小船儿轻盈，一路桨声。

白马湖待多少天已记不清，有一天，伯母很认真地指着一丛断壁残垣，说李叔同当年就在那里住。当时并不知道他是何方神圣，只知道是个有些名气的和尚。弘一法师是我祖父最佩服的人，伯母解释说，大家都说你爷爷做事认真，他要比他老人家更认真。接下来，又说了许多李叔同，今天要是写出来，都会是很好的文章。伯母说当年请李叔同吃饭，和尚是要吃斋的，菜做咸了，伯母的父亲夏丏尊先生感到歉意，一个劲儿埋怨。李叔同就说这菜不咸，很好吃啊。后来他又去河边洗脸，从包里拿了条破毛巾，夏先生要为他换一条，他连声说还能用，说你看，这不是挺好。

在老宅阁楼上，看到许多落满灰尘的玻璃底片。由于底片是黑白颠倒，加上历史知识浅陋，我并不知道照片上的都是谁。伯母告诉我，她二哥喜欢拍照，这些底片都是他年轻时拍摄的。李叔同对书法有着过人的领悟，他出家成了弘一法师，把所有的书法作品都留给了夏先生。在李叔同眼里，这些都是俗世之恋，弃之如同废纸。

随着对李叔同的逐渐了解，我对这位传奇人物一度非常入迷。与弘一法师有关的一切，都会引起我的注意。我有意无意地收集李叔同的资料，一直想以他的故事写部小说。弘一法师出家前最要好的友人就是夏先生，难怪伯母有这个资本，可以喋喋不休地说起他。

我一直在想，当年阁楼上看见的那些玻璃底片，会不会有李叔同的影像。曾经为这事问过伯母，可惜她当年太小，后来又太老糊涂了，始终没有一个确实答案。这些玻璃底片后来也不知道弄到哪去了。现在的白马湖边，有弘一法师的晚晴山房，有丰子恺的小杨柳屋，有夏丏尊和朱自清的故居，但是没人知道这些珍贵底片的下落。

这篇小文章匆匆写于去奔丧的飞机上，伯母过世了，即将举行遗体告别仪式。再差一个月，就是她九十岁的诞辰，望着窗外云海，我想到更多的竟然是李叔同，是初识弘一法师的岁月。

2008 年 12 月 4 日

关于圆霖法师的回忆

我对佛法一窍不通，这是门很深的学问，始终敬而远之。读旧书常会遇到“妄谈禅”三个字，知之为知之，不知道就是不知道，因此总是提醒自己，虚心使人进步，低调是一种美德。见了菩萨要先磕头，这是表达敬意，我虽然不懂佛教，无缘进入法门，但是敬仰几位修行的法师，也见过一些很好的和尚，他们给我的基本印象，都是认真，都是不打诳。大家都习惯用俗世的目光打量那些信佛的人，习惯以小人之心度君子之腹，其实我们什么也不知道。

1982 年的一个春天，一位大学同学跟我说火车上结识了一位和尚，两人聊了起来。和尚说，你的面相很有佛缘，不妨到我的小庙来看看。于是同学便拉着我一起去拜访，小庙叫兜率寺，在江浦老山的丛林中，现如今要去很方便，当年却不容易，骑自行车，摆渡过江，要翻山越岭，得大半天时间，去了不在庙里住下是不行的。

这位和尚就是兜率寺的住持圆霖法师，见了我，也说面有佛缘，说如果对佛学有兴趣，应该是很有前途。当时我正面临大学毕业，那年头，大学生青春气盛，牛得很，对前途并不担心。况且他说的那个前途，差不多是要让人出家，这当然更不靠谱。圆霖法师说，修行最好是能够出家，不过你只要有心，在家当居士也是可以的。我不记得对他说了什么，反正有些心不在焉，胡乱敷衍。为了表示自己对佛学也有一知半解，随口提到了李叔同，一听到这三个字，圆霖法师顿时满脸红光，问我是如何知道弘一法师的，说这个人可了不得，能知道这样的高僧，太有缘了。

在今天，知道弘一法师的人太多了，在上世纪80年代初，年轻人大都不知道这人是谁。我只能回答说曾听祖父提起，又说李叔同的至交夏丏尊先生是我们家远亲。圆霖法师满脸红光的样子让我不知所措，显然是对李叔同非常敬仰，他实在太真诚了，跟这样的人敷衍你会感到心中不安。

圆霖法师喜欢书画，他的卧室就是画室，四壁皆字画，迎面一张很大的林散之，看内容，原来与林老也是有交往。圆霖法师的字很有弘一法师的味道，很淳厚，我看了喜欢，开口问他要字，他就把刚写给弟子的一幅小字递给我看，说你先拿着这张吧，我待会再给你写。这事情后来没了下文，因为我们一直在听他说，除了吃饭睡觉，他始终都是在开导我们，写字的事搁在了一边。

这次会面，印象最深的不是圆霖的字画，而是刚吃过就肚子饿，不管吃多少，一会儿便饥肠辘辘。这是非常奇怪的事，你可以说是庙里的食物不扛饿，总之，所有的注意力不知不觉地都集中到了自己的胃上。我读过李叔同的断食日记，形容饿的感觉有“腹中如火焚”和“腹中熊熊然”，当时就想，我注定是个俗人，不说别的，就这一个“饿”字的门槛便迈不过去。坦白地说，我们完全是因为饿逃下山去，想不明白为什么会突然饿得这么夸张，这么忍无可忍。让人百思不得其解，一到山脚下，我们竟然就不饿了。

若干年以后，古鸡鸣寺重修，形神兼备的罗汉画像都是圆霖法师所绘。一位女居士听说我见过绘画的画师，非常激动，说人生有四个幸运，你已占据其三。有幸成为人，没当畜生；有幸成为男人，而不是做女人；有幸遇到明师，这是很了不得的缘分，圆霖法师是当代最出色的法师，在佛教界有着很高的地位。十全十美只剩下最后一个，那就是有幸进入佛门，女居士的话让我感到惭愧，同时也没太往心上去。

又隔了若干年，我太太学会了开车，心里便琢磨周边可以去的地方，很自然地想到了兜率寺。于是开车过去，太太觉得这地方很美，很幽静，适合隐居，我便告诉她当年更美，更幽静，更适合隐居。没有通往山上的公路，连山门都没有，就几间破房子，柱子都是歪的，比现在要小很多很多。当然了，即便是到现在，兜率寺还是一座小庙，一点儿都不金碧辉煌，还是没有几位和尚，但是圆霖法师的名声早已传出去。坊间有“徐悲鸿的马、齐白石的虾、圆霖法师的观音菩萨”，他的名声之大完全出乎意外，据说有许多藏家和官员都喜欢他的字画。不少寺庙挂着他画的佛像，看到这些佛像，我心中不免一阵涟漪，情不自禁会想到当年的会面。

再次见到圆霖法师，老人家快九十岁，由于画名传开了，想见他一面不容易。我远远地看着法师的寮房，门前挂着牌子，上面写着“师父休息”四个字，心里便不忍打扰。带着太太四处看，向她介绍这地方原来的样子，告诉她哪些字是圆霖法师写的，分析他的字与弘一法师的区别。盘桓许久，走着走着又绕回到圆霖法师的寮房前，“师父休息”的牌子还在，却看见不时有人进出。太太知道我非常想见法师，说人家不是照样进去，你干吗不试一试呢。

还是鼓不起这个勇气，我对太太说，就算了，凡事都是缘。今天能来到这里，与法师隔墙相望，已经心满意足。这时候，一名老和尚从里面出来，太太便上去搭讪，说我先生二十多年前来过这里，与老住持有过交往，今天旧地重游，很想再见一见圆霖法师。老和尚说这还不简单，你们直接进去就是了。太太指了指门上的牌子，老和尚摇摇手，意思是说别理这个，进去吧。

圆霖法师居然还能记得我，他确实老了，完全不是二十多年前喋喋不休的模样。反应略显迟钝，说话要慢上半拍，很安静地坐在那里，慢吞吞地回应我的问候。我突然发现自己只是非常想见圆霖法师，真见面了，却不知道说什么好，一时间，感到非常羞愧。穷巷唯秋萍，高僧独坐门。二十多年，法师还是那个法师，隐居在此山中，依然一尘不染，我再也不是当年的那个幼稚的学生，如今满头华发，一身尘土。

圆霖法师为我写了一张字，这是对当年许诺的一个了结。回去路上，既高兴，又若有所思，很想与太太讨论，如果真有缘进入法门，一直隐居在此山之中，又会是一种什么样的人生。然而这话说不出口，我爱我的太太，我们在一起无怨无悔，事实上从未有过真正的出家念头，偶尔会想到隐居，想过几天与世隔绝的清净日子，也无非以退为进，一闲对百忙，自己依然还脱不了那个俗字。

2012 年 6 月 1 日

皇帝的小红裤衩

认识朱新建，是在七十年代末。那时候刚考上大学，青春得不像个话。有一天，他来到我家，送了一本小画册，大家就算认识，成了朋友。说过些什么话，记不清，他怎么来的，也记不清。能记住的是那本小画册，江苏少儿出版社出版，画的是《皇帝的新衣》。这样的小画册出版社出过许多，我印象最深刻的就是这一本。朱新建画的皇帝，穿了个小红裤衩，大约这就是时代特色，我们都知道皇帝他老人家，应该是什么都没有穿，可在当时，你还真不得不给皇帝穿点什么。

很快，时代风气变化了。思想解放，皇帝的小红裤衩，说脱也就脱了。在首都机场画《泼水节》的袁运生到南京来办画展，做讲座，把偌大的一个南京师范大学，弄成了乱哄哄鸡犬不宁的"大码头"。那几天，到处都是形迹可疑的年轻人，穿喇叭裤，留长头发，哼邓丽君的歌曲。我们一伙人正折腾一本民间刊物《人间》，我和朱新建混迹其中，既不想管事，又多少要跟着瞎起哄。反正在哪都是碰头见面，哪儿乱就在哪儿捣乱。天天赶过去凑热闹，拜见张三，兴会李四。我又不是画画的，对画的好坏也弄不明白，听袁运生说教，完全是因为熟悉的朋友都去的缘故。

袁运生能获得年轻人的欢心，与《泼水节》上的裸女被禁有关。什么玩意儿一禁，年轻人心目中立刻有很大反响。我们这伙人有画画的有写小说的，美术院校已开始裸体写生，画画的没事喜欢说这事，写小说的听着心里痒痒的。有一天，朱新建拿了一大沓写生稿给我们看，画的都是裸女，有鼻子没眼睛的，一个个全夸张变形，我们觉得奇怪，议论纷纷，说怎么都是这副腔调。自恃懂点画的，便说这是马蒂斯风格，是有来头，而且来头还不小。又说那不叫写生，是速写，是快速的写。别人写生，一节课至多画一两张，他一节课就可以画一大沓。

那一阵我正恶补世界美术史，到处跟人借画册看，知道了一点现代派皮毛，又仗着有好几位画画的朋友指点，并不觉得朱新建的写生稿有什么特别的好，当然也不觉得有什么特别不好。不知道朱新建对我是什么态度，说老实话，当时大家并不太关心对方，他不留心我的小说，我也不在意他的画。都是刚起步，年少气盛，很多事都还不明白。心里只有一个单纯的念头，相信他是个好的画家，起码以后会是。如果当初的交友还有什么功利心，那就是你隐隐约约地能感觉到，彼此之间的友谊，多少能给对方一些事业上的促进。我们乐意成为对手，物以类聚，人以群分，什么人玩什么鸟，他喜欢画，我喜欢写，干的事不一样，行当不同，追求的艺术趣味却差不太多。

说白了，画画也好，写小说也好，都只能按照自己的感觉去做，有什么样的感觉，就有什么样的东西。这么多年来，朱新建很勤奋地画，我老老实实地写，在各自的路上越走越远。虽然一个城市里住着，见面的机会并不多。我心里常常惦记他，也常常听朋友说起他。他的名气越来越大，传说越来越多，故事越来越离谱。反正是皇帝的小红裤衩一旦脱了，就不可收拾，从此以后，很少再穿上。有个好朋友说起朱新建，说他的画真“色”。这个色，是很赞赏，是极度的赞赏，那意思就是看了他的画，感觉还真有点不一样。感觉是个说不清楚的东西，得心里真有才行，反正我喜欢他的画，老想到他那里去看上几眼，学习学习。有一阵，还看到他的书法，自然是画画的风格，与书家的字相比，别有奇趣。打个不恰当的比方，这字就像小孩子看皇帝新衣的目光一样，单纯天真，不掺任何假。

朱新建曾送给我父亲一张画，是个小和尚。父亲跟我一起欣赏，一边把玩，一边嘀咕，说他画的裸体女人最有意思，为什么偏偏要送这么一张给我。我笑着说，画以稀奇为贵，都不穿衣服，穿衣服的就珍贵了。父亲也笑，说这话也对，穿衣服就穿衣服吧，这小和尚的一袭袈裟倒别有深意。

不能说把皇帝的小红裤衩脱掉是朱新建一个人的功劳，但是他确实开了风气。小裤衩的有无之间，实在是一种大学问。有一年看画展，所谓“新”字当头的，还用什么“文人”和“水墨”出来点缀，声势浩大，很有些江湖气。我匆匆而过，可惜许多人物画，都一个味道。对画界的事，我不想多说，不过坐实了要说有些画是学朱新建，也没什么大错。所幸画展中没有朱新建在凑热闹，真是可喜可贺。武侠小说中有一种境界，叫独孤求败，朱新建心里是怎么想的，我不知道，想来也是去之不远，对今天的画风应该有种说不出的寂寞。无可奈何花落去，我想有些人我们自然是不愿意与之为伍。现实生活中，《皇帝的新衣》仍然还在上演，大家仍然喋喋不休，继续为皇帝的新衣大唱赞歌。残酷可笑的现状却是，眼下已不是穿不穿衣服的问题，而是连皇帝都没有了。皇帝已经跑了，皇帝跑哪去了，我不明白，不知道朱新建明白不明白。

我第一篇小说中的插图，是朱新建画的。对我，这是第一次，当然记住了。在朱新建未成大名的时候，反正是经常帮人画插图，画了也就画了，不会往心上去。如今是不是悔其少作，我说不准。那天在电话里聊天，说起当年的事，都忍不住哈哈大笑。一转眼，二十多年过去了，很快要三十年，我们显然做梦也不会想到能有今天。

2005 年 3 月 30 日　河西

大桌山房

盛世玩收藏，五个字里很多意味。盛世自然不用解释，爱怎么想怎么想，一个玩字，五花八门千奇百怪。我对玩收藏一向不当回事，常有人跟我卖弄，去哪淘到什么宝贝，哪朝哪代，北京潘家园捡了个漏，南京朝天宫得了个宝，仿佛真赶上买彩票必中的盛世，到处遇上好东西。

天下哪有那么多好事，碰上这种人就想笑。我有个叫高欢的哥们，收藏丰富，拥有的好东西之多，与那些三脚猫相比，仿佛拳王泰森站在拳击场上，看一个三岁孩子挥着棉手套，天真地要跟自己叫板。

都说现如今的黄花梨按重量卖钱，和民间的俗人一样，我总忍不住要用银子来衡量事物。说老实话，直到现在，也不明白什么叫黄花梨。有一次在外地玩，到场诸位都有头有脸，突然谈起了收藏，又议论附近的古玩市场，说某家有好玩意，很多人过来淘宝捡漏。于是酒足饭饱随大流赶过去，走进一家神秘店面，溜到布帘后头，拿出了一样样小东西，其中有张小凳子，造型古朴，都说是黄花梨，就听见热热闹闹一番叫好，夸夸其谈绝对是真，一说真似乎就假不了。当场砍价，喊得高，砍得也狠。瞄一眼赶快往外走，心想这么个玩意，请回去也只能搁个花瓶，不值得一惊一乍。

高欢有张黄花梨大桌子，得十几个人才能搬得动，如果要按重量算钱，我算不过来。桌面是整张的，厚度一只手量不了。有多长不好说，就说那个宽吧，一个大男人趴上去正好。那根本不是张桌子，是东北人家的火炕，给人的感觉就是，十多张老板桌并排放，可以坐下来召开军事会议，讨论乌克兰的克里米亚前途。

始终想不明白，明朝人弄这么一张大桌子干什么。这大家伙完全邪门歪道，不符合常理。晚明人弄小品，他生未卜今生休，尊崇唐宋八大家古文，写点小文章，有张普通的写字桌足矣。唐伯虎画美女，文徵明写行书，八大山人苦苦吟诗，都不可能想到天下还会有这样的玩意儿。

反正故宫是见不到这样的大桌子，皇帝他老人家肯定不会喜欢，它更像《金瓶梅》里的物件，是小说家写出来蒙人的。然而现实生活中竟然真有，你不能不目瞪口呆。艺术高于生活，还是生活高于艺术，不好说。高欢是我几十年的老朋友，说起这大桌子也有些不明不白，它肯定是明朝的，从海外用船运过来。

高欢为大黄花梨桌子盖了个大房子，又索性造一个庄园，取名为大桌山房。还把几十年的收藏转移过来，据说当年搬家，光好东西足足装了六卡车。一转眼，认识高欢三十多年，标准的老友。这年头，套近乎称老友的很多，标准二字真不能随便用。

很多年前，在他家聊天，他突然拿出一把剪子来，要给我剪头发，为什么会有这一幕，年代太久，已记不清。或许是去理发店，看到人太多，就跑到他家吹牛去了，反正两家挨得近，一抬腿就到。他那时还跟父母住在一起，有一间自己的小房间，到处堆放着东西。必须要说明的是，那些乱七八糟的玩意儿，基本上都是有品位的文物，他的烟灰缸，他的垃圾筒，全都是艺术品，都可以拿出去拍卖。

用剪刀理发是卖弄功夫，不是那种艺术家的长发飘飘，那个可以乱来。是简简单单小平头，头发一般长的寸头，用推子推，不稀罕，他是用剪子剪，上下左右一样齐整，这就厉害了。我是不相信，他想做的就是要让我相信。一边剪，一边还跟我聊天，最后一照镜子，完活。也没弄得到处都是头发，在一个狭小的空间，谈笑间居然剪好了，我很满意。

玩艺术的人必须手巧，古来万事贵天生，熟能生巧只是一方面，他不是剃头的，或者说根本没在理发店待过。他只在照相馆工作过，我一帮朋友中，高欢是最聪慧的一个，画画、做雕塑、搞刊物、编报纸，玩过的门类太多。印象中，他似乎什么都干过，什么都能干，不怕事，敢折腾。一开始是玩油画，却为我刻过图章；养过马，想当年，他是南京最有名气的马场老板。玩艺术的人按理都该心无旁骛，专心自己的门类，就像传统基督教一样，结婚讨了老婆，就得一心一意终身厮守。高欢的人生不是这样，他的活法，是首先让自己变成艺术。

高欢有一点跟我相似，就是别人说起我们，总要跟上人连带在一起。这种捆绑让人无话可说，很不舒服。我到哪都是谁的孙子，他呢，人家要介绍，必定是谁的公子。因此这篇文章，没必要再强调高欢父亲是谁，是多著名的画家。当年我们认识，几个画画的，几个写东西的，因为家庭出身，常被讥为“没出息的八旗子弟”。别人眼里，我们都属于那种带有贬义的“二代”。谁人背后没人说，谁人背后不说人，我们好像也不在乎，当然事实上，心里还是蛮在乎的。

前天去大桌山房，高欢让我看最近画的一组画，厚厚的一大沓，是画得真好，一起去的速泰熙一边看一边赞赏。然而最让人感慨的还是他说如果老爷子还活着，能看到这些画，多好。我也是，过去很多年，写一堆书，就想如果父亲还活着，看了会多高兴。

高欢为庄园起名“大桌山房”，道理很简单，喜欢这大宝贝大桌子。不是因为黄花梨，不是因为值银子，是因为它的独一无二，因为它的霸气。所谓庄园，不是土豪豪宅，就几间平房，不过有些特色，无非是些文化。当初花了不少心血，一转眼，做了许多年庄主。

早听说有人要撵高欢走，早听说他已成了钉子户。这是个让人哭笑不得的消息，我查了网上的文章，当初十足的正面报道，言犹在耳，标题是“艺术家高欢卖掉房子在南京建博物馆”，卖掉房子是指南京的住房，博物馆就是“大桌山房”，又名“古歌博物馆”。

当时晚报文章上还有这样的煽情文字，“捐出半生收藏，在南京开建首家艺术类私人博物馆”。这全然是个义举，也是所有玩收藏的高人的必然之举。再好的东西都是身外之物，玩大了都是国家的，收藏者大不了也就是个看管人的角色。收藏家目的很简单，愿聚不愿散，百年之后，个人总会灰飞烟灭，这些宝物由于有心人的照料，才得以流传后世，传递历史的声音。因此，高欢不惜要借用“古歌”这看上去有点斯文的两个字。

然而说搬就让搬走，当初高高兴兴来，皆大欢喜，没想到说变卦就变卦，该翻脸立刻翻脸。就在庄园旁边，一家大的国际化酒店已准备动工，工人居住的活动房正源源不断搬过来。我曾跟有关领导提过这事，人家觉得这根本不是事，大局谁也不能改变，叫你走只好走，树挪死人挪活，换个地方不就行了吗。规划永远赶不上变化，谁都知道安居乐业最好，谁都知道政府最大文件中有“不折腾”三个字，在一个讲究利益最大化的时代，开发乃头等大事，发展和创新有时候会成为最大的不讲理。

留得青山在，不怕没柴烧。都说好女不愁嫁，此处不留爷，自有留爷处，但是高欢跟我同岁，毕竟也是五十好几，重新选地，重新设计，重新这重新那，想想都让人不寒而栗。秀才遇到兵，文化人遇到没文化，还能怎么办呢。

高欢妻子喻慧，是现如今南京最好的女画家之一，写文章说在庄园里种了五十棵海棠。我太太看了很吃惊，五十棵垂丝海棠，花开依旧，多么壮观的景象。我一向喜欢海棠，前几年种过两棵，没有好好照料，花开两年死了。想到高欢处于危急之中，趁火打劫之心顿生。他好东西太多，六朝的文物，唐宋元明清的国宝，不敢有觊觎之心。眼见着雨疏风骤，割他的爱挖棵海棠，巧取也罢，豪夺也罢，让他们先痛一下。

3 月 21 日下午，春分时节，在大桌山房，海棠花似开非开，高欢赠画一幅，大喜望外，这是更应该记录的一件妙事。

2014 年 3 月 22 日　南山

不谈汤国的画

这篇文章不谈汤国的画，写小说的和画画的，常有隔行如隔山的感觉。我有好几位画画的朋友，交上了朋友，不是因为他们画出了名和挣了大钱，而是早在他们出名和挣大钱之前，就是朋友。交友在前，成名在后，写文章谈到他们，虽免不了吹嘘攀附之俗，但是声明一下，仍然是必要的。

十五年前，南京聚集了一批志同道合的年轻人，都是些愣头青和急先锋，有写小说的，有画画的，鼓噪着要办一本属于自己的刊物。事隔十五年，往日的年轻人，每人的故事似乎都能写一本书。我和汤国也许是这批人中最不起眼的，记得当年为了出那本油印的刊物《人间》，我和汤国的手上推橡皮滚都推出了血泡。手上留下血泡的还有一个叫高欢的年轻人，当时出的那刊物的封面，便是高欢设计的。

十五年前，是南京的一批年轻人起步的年代。因为年轻，又赶上了解冻的时代，我们的行为十分幼稚和激进。有些事重新回忆，真不敢相信当年竟然就是我们这些人干过的，记得有一次在秦淮区文化馆，我们坐在那为文学乱吵了一气，然后便有汤国等人当众表演起新潮舞来。那时候能否跳舞尚在正经八百的讨论之中，迪斯科这词还没在中国出现，汤国等人开风气之先，很快就蹦出了一身臭汗。

画家和小说家相比，画画的身上更有艺术家气质，更浪漫，也更邪气。有一次，汤国骑车在途中与人相撞，碰撞的对象自称是南京某拳师的徒弟，言语之傲慢，气焰之嚣张，让汤国无论如何也咽不下这口气。于是大家都试了试拳头，汤国一拳出去，把对方的脸上，打出了一道划口，裂开着仿佛是一张小孩的嘴。天知道他是怎么打的，就好像用了什么暗器一样，结果只好乖乖地将人送到医院去。

汤国没上什么大学，用时髦的话来说，是自学成材。他的画室，很长时间里，只是一间靠街的小平房。那地方离我住的地方极近，没事的日子里，我便去他的画室里聊天，随意地翻他的画。他自然属于勤奋一类的，光看看他的画，就可以消磨掉许多时光，一捧出来就是厚厚的一大沓。他还是音乐发烧友，有朋友去了，便可以一边欣赏音乐，一边观看他的画。

我已经声明过了，这篇文章不谈汤国的画。很多比我更有名的人已介绍过他的画，说他画好的也不是一位两位。他的画中国人买不起，外国人却愿意掏钱。我知道他不止一次参加过什么展览，还专程去香港办过。汤国今天的名声已用不到我来替他捧场，往直里说，我也是实在不懂什么画。我写这篇文章的动机，无非是想说明一下自己拥有一位这样的朋友罢了。

江宏伟的《野草闲花》

一个画家，有时候，随手可以写出十分优美的文字。这年头提到江苏作家，常有一种人多势众的错觉。有一句话，我始终不太愿意说，其实多未必好，气势汹汹有时候只是瞎起哄，江苏作家并不像舆论赞扬的那么杰出。

江宏伟对宋画的见解，让人感动。宋画是一种极高的境界，说到它，人们很自然地就会想到宋诗，想到宋词。宋朝在军事和政治上，不是很有作为，尤其南迁以后，中国人的阳刚之气，一下子不知跑哪去了。好在艺术领域，宋人还能不同凡响，继承和发展传统方面，宋人给后人很多启示，不仅发扬光大了宋词，而且在唐诗的辉煌之后，仍然写出了属于自己的宋诗。

"诗分唐宋"，要害在于宋诗和唐诗截然不同。说江宏伟的画像宋画，不是什么表扬，好比说宋人的诗像唐诗不是夸奖。我不太懂画，犯不着装懂胡说八道。宋画表现自然的美，有自己的独特方式，而江宏伟似乎已经找到了破译的密码。"看自然仿佛在阅读宋画，读宋画仿佛在看自然"，江宏伟的努力方向，在于他能够始终琢磨宋人，这种琢磨本身就是一种艺术探索。隔着时间的薄纱，江宏伟从宋人如何表现美，如何表现自然中获得了灵感。现代艺术家的目的，不是为了单纯地学会某种方式，掌握一家的独门秘诀，而是要努力找到一条隧道，借助这条秘密的捷径，悄悄到达艺术的彼岸。

通过眼前的这本书，不仅可以直观地看到画家的画，更有趣的是还能明白无误地知道画家怎么说。言为心声，艺术的本质就是如何表达，江宏伟的文章虽然短小，却是道地的小品文风格，清新自然，富有哲理又不做作，这种文字很多作家写不出来。

李小山的箴言

李小山开一辆豪华越野车，宝马还是奔驰，搞不清楚。看人看车，什么人玩什么鸟，什么身份配什么车。能开这车，肯定是混得很牛的人。李小山学画出身，是上世纪80年代中国艺术界风云人物。什么叫风云人物，就是那种搅得画坛不得安生的家伙。

画画的款爷眼里，拿稿酬的作家都乡巴佬。李小山是不是教授我也不知道，真不知道。很多年前，他很生气地说，我们这个艺术学校现在就我和毛焰不是教授，这句话透露着狂妄和得意，反过来理解，意思是他和毛焰才配教授。

这个李小山还写小说，写长篇，一写好几部。时髦的说法叫跨界，其实是手太长，一个开着豪车在美术界呼风唤雨的人，有什么必要再到文坛上来搅和。文坛不是禁地，谁都可以来撒野，问题是态度比较可恶，因为他就是来捣蛋的，就是想证明文坛是个狗屁。

李小山很轻易地证明了自己比文坛上很多人强，强得多。他觉得这样很爽，爽就爽吧，还要逼着人表态，逼着我承认，逼着我对他的小说发表意见。我很恼火，他给我打电话时，一场好看的NBA

还剩几秒钟，绝杀还是被绝杀，心口怦怦直跳。在这节骨眼上，他来电话了，要跟你讨论文学。

我说我们搞文学的人，现如今都不谈文学。真这样，作家们碰到一起，什么话都可以说，就是不谈文学。李小山立刻生气，说这样对吗，这样当然不对。我也知道不对，但是现实总是有道理，我说你们画家碰在一起，难道都谈论绘画吗，这画怎么样，那画不怎么样。李小山怔了一下，说这倒也是。

李小山继续跟我谈他的小说，问这小说到底看过没有。他的意思显然是你若不敢跟我谈，就说明你没看。这又让我十分恼火，电视里绝杀没有成功，比赛还要打延长期，我却不得不回答咄咄逼人的追问。有一句气话差点脱口而出，经常有人送书给我，凭什么非得看，而且我也曾送书给别人，如果也像他这样追着问，像老师考学生，这叫一个什么事。

好在我是看了，之所以会看，是知道这家伙可能“查岗”。果然“查岗”来了，而且一定还要说感想，跟突击考试没任何区别。我说我这样的人，搁在你们画界，就是个死心塌地画画的，就知道埋头苦干画画，你突然送一张画来，问我这张画画得怎么样，让我发表评论，说出美术史上的意义，不是存心为难兄弟吗。我向来不是个会发声的人，你应该找那些搞文学批评的哥们，他们习惯这个，张口就来。

李小山说我就是不想找搞什么文学批评的人，他没说搞文学批评的人是狗屁，但是能够感觉到电话那头的他就是这么想的。一提起文学批评，他口气更加不屑。在他心目中，不仅当代写小说的人狗屁，搞文学批评的更加狗屁。跟李小山这样的人谈文学，我总是感到很不自在很尴尬。显然，他在文学上表现出来的热情和专注，远比文学圈子的人更强烈。

想不明白的是，既然文学这圈子如此不堪，何苦还要过来插上一脚。当然我也明白，树欲静而风不止，文坛现状确有严重问题，先天不足后天失养，不仅现在有毛病，自有新文学以来，五四新文化运动之后，每个文学时代都可以痛心疾首地指责一番，总会有着这样那样的不应该。

李小山在文学上始终是个理想主义者，这是他的可贵之处，也是他让人难受，更让他自己难受的原因。上世纪 80 年代，一篇《当代中国画之我见》石破天惊，李小山成为画坛著名的坏小子，从此玩画画的，大白天遇到了鬼，不拍他的马，也得绕着他走。

李小山或许不会承认在文坛上也有类似野心，不过若想人不知，除非己莫为，事实上他早就身体力行，已有了实际运动，正用货真价实的长篇小说表明自己的“当代中国小说之我见”。文坛是潭死水也好，是个大粪坑也好，他搬起一块块石头，非常淘气地往里扔，结果扑通几声，然后呢，什么也没有了。

这是李小山为什么要生气的缘故，好歹接连三部长篇，好歹还都有特色，偏偏文坛上没事一样。有几篇评论，有几个哥们叫好，然后呢，然后又什么也没有了。

这就是文坛，大家早已习惯。李小山不甘心，非要别人发表意见，我只能汇报，要说喜欢，喜欢小说中的非现实，喜欢关于“禽人”的描写，一个人在天上飞来飞去，这很好玩。我还喜欢吃麝香的细节，一个女人拿把金属汤匙，在男人肚脐眼里掏麝香吃，一汤匙接着一汤匙，吃得津津有味，吃到最后，把分泌麝香的肉囊拔出来，举在手上看，发现它很像平时吃的猪肚子。

一个玩画画的，天生不会缺乏想象力，当今文坛上最缺的就是想象。真要说点不足，小说中的写实部分，大约也就是李小山的软肋。我不太喜欢新闻报道上常见的那些真实和荒诞，譬如周老虎故事。

李小山将小说命名为《箴言》，封面亮光闪闪，仿佛清明烧给先人的银锭。不明白为什么要这样，自然会有道理。作为老朋友，我更愿意相信，他没安什么好心。

2014 年 4 月 4 日

徐乐乐的开脸

现在人怕已不明白SARS怎么回事，十多年前，那个学名叫“严重急性呼吸系统综合征”的非典型肺炎家喻户晓。沙士病毒成了电视主角，屏幕上全是它的报道。大街上不再熙熙攘攘，公交车是空的，商场里像荒芜沙漠。机场上的候机者全都戴着口罩，有哥们偷偷去首都会情人，后果呢，当然很严重，东窗事发，跟老婆没法交代，连带一栋大楼里的住户都被隔离。

十多年后，近乎惨痛的往事仿佛不曾存在过。只记得风声刚过去，我们跟着徐乐乐去乡下看房子，地方很远风景很好，有山也有水，价格还便宜。当时便果断拍板，决定像她一样，山洼里选个竹林深处盖栋房子。徐乐乐洋洋得意，宣布自己是带头大姐，是“毒王”，这是“非典”流行期的一个时髦词，代表着病毒源头。她最先在这有了落脚点，然后一大拨人被“传染中毒”，都跟着在这插队落户。

徐乐乐是著名画家，那些追随她一起玩乡村别墅的哥们姐们，自然会有一批也出了名的书画家。美协的朱道平主席，书协的孙晓云主席，还有南京艺术学院的江宏伟教授、方骏教授、杨志麟教授。

一时间，竹林中又有七贤，山沟里突然有了文化，我这美术界门外汉，也跟着附庸风雅，凑热闹追随其中。

可惜好景不长，春风桃李花开日，秋雨梧桐叶落时，都说这地方很漂亮，已被批准为国家三星级风景区，非常适合养老，然而画家们一个个太有钱，来得快，去得也快。新房子住了没几天，人还没老，还没退休，说走就走，说翻脸就翻脸，又花更多的钱去买更奢侈的豪宅。江宏伟率先走，紧接着，徐乐乐顾不上各位兄弟姐妹也走了。孙晓云房子空关很多日子，一年之中，无非是带条黄狗过来玩玩，最后也走了。

山还是那山，水还是那水，竹林依然是竹林，想象中的那份美好，那份可能会有的快乐，顿时不复存在。串个门去看孙晓云写字，看徐乐乐绘画，看朱道平布置园林，立刻从可能会有的现实变成了根本不现实。不是我不明白，这世界变化快，变化太快。剩下来的居民形影孤单，物是人非，房子还是那房子，人已经不是那人，风景再好又有什么意思。

有些事真要仔细想，也能够想明白。回顾大中华的优秀历史，盛唐也好，大清的康乾盛世也好，画家们日子从来没这么美好过，肯定是空前，会不会绝后，真很难说。除了画家们太有钱，徐乐乐的搬走与家中的一次失窃多少有点关系。大家都知道，乡间别墅总是空关日居多，有一次，她的房子遭窃，小毛贼破门而入，竟然将冰箱给搬走了。庞大的冰箱都能偷走，这叫一个什么事，是可忍孰不可忍。好在毛贼毕竟是毛贼，只看中了冰箱，没将墙上的三幅画偷走，他们哪会知道，徐乐乐任何一幅画都可能是套房子。

“悄悄的我走了，正如我悄悄的来”，与民国年间那位著名徐姓诗人一样，徐乐乐挥一挥衣袖，没带走一片云彩，便把我们这些追随者给扔在山沟里。她就这么被吓走了，甚至来不及去品味此地民风中还残存的淳朴。“山丹丹开花红艳艳，咱们的中央红军去了陕北”，冲这一条，带头大姐头衔已严重不称职。所幸南京郊区山都不大，水都不深，离城市也不太远。我们留下坚持“抗战”，因树为屋随遇而安，不欢迎毛贼，也不害怕小偷，反正没啥细软，更不可能有值钱字画。

南京话中有个词叫“刷刮”，意思是干脆爽快，用徐乐乐自己的解释，就是“稳、准、狠、快”的总和。很显然，这是她很喜欢的一个词，做人要刷刮，做事要刷刮，绘画更要刷刮。跟她谈话，讨论问题，经常用到的一个词是“好玩”，要不然就是“不好玩”。朱新建生前也喜欢说“刷刮”，动辄是“好玩”和“不好玩”。可惜她搬走了，刷刮也好，好玩也罢，见一面不容易，听她怎么谈绘画更不可能。能听到的传闻就是她还在画，躲在新豪宅里拼命用功，画价还在涨。有一段日子，又听说她不怎么画了，说是钱太多了，不想画了，老是挣钱挣大钱，不好玩。

偶尔在一起，感觉她总是在抽烟，在国内是这样，在国外也是这样。哈着腰，撅着嘴，垃圾筒旁边吞云吐雾。烟瘾是不是那么大不重要，重要的是旁边必须得有个垃圾筒，这样才像艺术家，这样的 pose 才好看，才酷，才值得玩味。徐乐乐永远是徐乐乐，不刷刮不好玩，就不是她。她是画人物画的，不喜欢别人为她拍照，可是她自己也许不知道，徐乐乐其实很入画，绝对属于世界名画上的人物。

今年十二月十二日，徐乐乐画展在南京隆重开幕。我人在云南丽江，来不及凑热闹捧场，只能事后补课。补课的好处是可以静下心，避开喧嚣，展览馆里慢慢品味。我不懂画，看了也就看了，不敢乱说瞎评价，反正是觉得好，觉得像徐乐乐做的事，像她画的画。

为配合这次画展，印了一本精美的画册《开脸集》，副题是“徐乐乐的功课”。看完画展，回家再翻阅画册，感慨很多。“开脸”容易解释，“功课”涵义丰富，三言两语说不清楚，无端地特别喜欢，真的很喜欢，先留着这两个字以后再细说吧。

2015 年 12 月 17 日　河西

从傅抱石看中的一方印说起

话得从许多年前说起。“文化大革命”还没开始，五十年代末六十年代初，有一位画画的美术老师想拜傅抱石为师，那年头的大画家没什么架子，见一见也不难，只要心诚，只要你脸皮厚。美术老师有了画作，便送去给傅抱石看。有一次，美术老师捧着一张得意之作去见傅抱石，傅抱石看了片刻，眼睛一阵发亮，很认真地表扬说：“这上面的一方印刻得不错。”美术老师有些尴尬，结巴了一会，支支吾吾地说这方印是自己学生的哥哥刻的。

美术老师得费些口舌，才能把刻这方印的人究竟是谁说清楚，而这个绕了个圈子的刻印人，就是我这篇文章想说的速泰熙。我刚听说到这故事的时候，心里产生了一些很奇怪的念头。事情要回头看才有趣，像傅抱石这样的大师，活着的时候，也没什么人把他的话太当真，再说，他老人家说这话之际，速泰熙正在大学里读书，学的是化学，和美术几乎没什么关系。一个学理科的大学生刻图章，至多也是玩票。速泰熙后来终于成为一个画画的，成了优秀的装帧设计家。根据结果回头看，傅抱石倒真是有一双慧眼。

速泰熙能成为今天的速泰熙，和“文化大革命”分不开。“文化大革命”有许多不好，却无形中给了一些人机会。事物往往走向反面，今日仍然能见到一些毛笔字写得不错的人，这些人的书法功底，说来可笑，得力于“文化大革命”中的抄大字报。速泰熙大学毕业，当了一名化学老师，按照他自己的回忆，本来想好好地做老师，为人师表，教育出几个科学家来。可是在轰轰烈烈的运动中，这机会等于零。他显然不是当造反派的材料：批斗别人没这心思，自己挨批斗又轮不到。闲着也是闲着，于是就画毛主席他老人家的肖像。本来以为很难画，一画就画出来了。别人看了都说好，自己也觉得奇怪，学校里有正经八百的美术老师，他画得一点儿不比那些科班出身的人差。

南京有好几个与我年龄相仿的画家，是速泰熙的学生。譬如杨志麟，速泰熙当过他的班主任。一个画家要是告诉你曾经和自己的化学老师学过画画，一定有点滑稽。但是滑稽归滑稽，却是事实。这是特殊年代里的故事，在“文化大革命”这样的风雨中，有些什么样的传奇都不为过。化学教师带出了搞美术的学生，杨志麟后来成了南京艺术学院的高才生，在北京举办的某个先锋艺术画展上，他设计的招贴画曾经名噪一时。

在画家朋友中，朱新建我认识最早也最熟悉。掰手指数数，竟然已经有二十年。我最初听见朱新建称速泰熙老师，有些吃惊。速家弟兄几个，面相都很嫩，总觉得和我岁数差不多，朱新建好歹比我大几岁，而且似乎比较牛，轻易不大会开口叫人老师。我奇怪他们的关系，问速泰熙，才知道他们之间存在着一种共同学习绘画的缘分。“共同学习”当然是速泰熙谦虚的说法。

“文化大革命”后期，速泰熙和朱新建做过一段时期的“雅贼”。他们那时候怎么结识不值得细究，应该细究的是怎么就发现围墙内的一座大楼里藏着许多画册。世界上没有无缘无故的恨，也没有无缘无故的爱，偷画册很像朱新建少年时所干勾当。他身上有名士气，喜欢好的画，见了心痒以至手痒，于是就翻墙打洞不肯学好。我想象他们两个当年合伙偷画册的旧事就想笑。想象中，身先士卒的应该是朱新建，文绉绉的速泰熙能干什么呢，至多也是忙着为朱新建托屁股，望风放哨，有人来了咳嗽一声。

最有趣的是偷了书，下回还要去还，还了再偷，偷了再还。这种行径可以写入“雅贼”列传中，所谓盗亦有道，盗未必一定坏了心术和人品。还是回到前面说过的那句话，“文化大革命”耽误了许多人，偏偏造就了速泰熙。身为化学教师的速泰熙，不用像今天的化学老师一样，为了升学率焦头烂额，他竟然有那份闲心和他的学生一起去盗画册。

盗画册的目的不是为了占有，仅仅为了临摹，难怪速泰熙说起这段历史，大有痛说革命家史之概。资料严重匮乏的年代里，他们这么做，也算是为艺术铤而走险，或者说是为了艺术而献身。很希望他们的故事中，有被捉这一段，因为非如此这般，才能增加戏剧性，可惜恰恰没有，连有惊无险都说不上。特殊的岁月里，艺术早就被人遗忘，画册躺在灰尘里睡大觉，能有个把贼光顾，真是它的幸运。

我和速泰熙结识，是一九八六年，江苏文艺出版社刚挂牌子，这之前文艺出版社只是人民出版社的一个编辑室，正是招兵买马之际。我先到几天，他来上班，我帮着搬过桌子，一来二去熟悉了。这时候的速泰熙，终于正式下海，结束漫长的玩票生涯，告别了化学老师，到出版社当美术编辑。

我们合作的第一本书是张爱玲的《小艾》。这是我着手编的第一本书，从柯灵老先生那里辗转过来的，我因为喜欢，颇想让书出得漂亮一些。八十年代中期，改革开放已经有七八个年头，但是书的封面装帧设计，总体水平还非常低，差不多清一色的中小学课本风格。低水平让速泰熙在一开始便占大便宜，他仿佛闯入了无人之境，一出手就技惊四座。速泰熙是最早把照片用到封面上的书籍装帧设计家之一。时至今日，把照片移植到书籍封面上来，不仅非常流行，而且已趋近恶俗，但是在当时，他的做法却有着革命性的意义。

记得当时花了很大的力气，我提出的要求，不只是封面要有设计，扉页、插页包括版心尺寸，都不能马虎。或许旧书看得多的缘故，脑子里总忘不了那些装帧精良的旧图书，既然是我当责任编辑，就希望能出一些和别人完全不一样的书。但是提要求容易，真做到并不容易。如果说我们合作的这本书，是江苏文艺出版社第一本全面讲究设计的书，绝对不过分。有兴趣的读者不妨找来翻一下，那年头尚未进入电脑时代，制版的难度要比今天大得多，位置的移动，尺寸的大小，墨色的深浅，在今天可能不是难事，而在当时，全是大事，非常复杂。

和速泰熙合作，结果是愉快的，不过坦白说，过程并不愉快。他是个慢性子，你急他不急，你说差不多了，他偏说不行。速泰熙给人的印象，是打个普通喷嚏也要比正常人慢半拍。我们之间有着好几年的合作历史，我既喜欢他的认真，又有些害怕他的过分。好几年前，他为我的文集设计封面，这时候，我已经离开出版社，当了专业作家，他颇感叹地说："过去合作，都是出别人的书，这次是为你出，绝对不能马虎。"

速泰熙本来不是马虎的人，再说不能马虎，其重视程度可想而知。封面上说好用照片，我这人自然条件不太好，用照片招揽读者实在勉强。他很有信心地带着儿子速加来为我拍照，拿了好几架照相机，在家里拍，上公园拍，还到那些很旧的巷子里去拍，弄得行人都停下来看，不明白我们在破乱不堪的巷子里折腾什么。拍照也慢，他慢，受罪的是我，一连好几天，我的脸部肌肉像打了麻药一样。他采取的是疲劳战术，我总是不够放松，他就过分耐心地等待，以逸待劳、守株待兔。记得最后是在我家，为了一件并不怎么可笑的小事情，我像疯子一样坐在地毯上，狂笑了十分钟，无论怎么都停不下来。我已经被折磨得受不了，终于突破极限，痛痛快快大笑起来。

有人和我谈起速泰熙得过很多奖，这年头，装帧设计方面，只要是个什么奖，通常不会缺他一份。因此常有人托我找速泰熙设计封面，理由是他乃得奖专业户，只要能通融出山，得奖就没什么问题。我对这种奔奖而去的做法，总是感到有些奇怪，你若不喜欢速泰熙的设计，要个鸟奖又有什么用处。

我觉得速泰熙有两个优点。第一是认真。也许这也算不上什么大优点，世界上很多人都认真。我不过是顽固地相信，人们通常说的好坏与否，有许多其实就是一个简单的认真问题。很多事情并不是能不能做好，而是我们究竟认真不认真。速泰熙常让人感到他过分认真，譬如他重新装修一个厨房，竟然能花上两个月的时间。如果新房子装修，倒也罢了，人已经入住，而且已经住了颇有些年头，属于重新改造之列。通常人家能马虎就马虎，能将就则将就，偏偏他会有情绪大动干戈，就在那么小小的几个平方里大兴土木。结局尽管美满，可是女主人在工程进行的两个月里，其烦恼和不方便真难以想象。

我曾将速泰熙改造过的厨房称为作品，因为是作品，他一点不会感到烦恼和痛苦，而且乐在其中。人要是讲究起来绝对没有完，用什么样的灯光，安排在什么位置，料理台多高多宽，种种一切，有的人会因此苦不堪言，有的人却其乐无穷。什么东西，一旦成为作品，结果就完全不一样。作品和产品的最大区别，首先在于认真不认真。产品是标准件，合格就行，而作品可以无穷地认真下去。速泰熙的图书装帧设计，每次似乎都有些黔驴技穷，不把自己逼得没办法绝不罢手。从图案风格到材料选择，总要花比别人多得多的时间，只要是书籍上能用的材料，都准备试一试。记得他给冯骥才设计，竟然配了个木匣子，古色古香，看了让人煞是眼红。

人生态度可以分成两种，有的人省事，有的人不怕费事。不怕费事的是苦命鬼，这种人永远不要指望他能潇洒。速泰熙在思考的时候，脸上的表情有些忧郁。忧郁是认真的结果，是给自己找痛苦，找不自在。其实为速泰熙想想，称心如意的事情真不少：个人事业一帆风顺，夫妻恩爱，家庭幸福美满。他是个儿女心肠太重的父亲，一儿一女，既漂亮又有出息。儿子在出版社，女儿在上海的东方电视台，都和美术沾着边，一个个前途无量。

速泰熙的另一大优点，是他的爱心。我曾有机会参加他女儿的婚礼，速泰熙被安排致辞，说了些什么，我全无印象，唯一能记住的，就是他脸上洋溢着的那种幸福。当时灯光闪烁，照相机摄像机都射向他，他有些窘迫地站在那，不知所措，像个大孩子一样天真。这让我想起他儿子的一次摄影展，他也是这么站着，面对来宾喜形于色，发怔，痴笑。

按照我的傻想法，认真和爱心是任何一位艺术家必须具备的两个条件。事实是，在从事艺术活动的人中，并不是什么人都认真更不是什么人都具备爱心。爱心也不是什么稀罕之物，大多数人都爱自己的子女，但是对于他所从事的艺术活动，是不是真的无条件去爱，便有些说不清楚。对于一些人来说，爱是有条件的，爱只是自恋，或者至多是自恋的放大，这些人只爱那些和他们有着直接关系的事情，爱和功利紧密相连。速泰熙的爱心十分广泛，他喜欢文物，喜欢旧的老的玩意，喜欢带有民间色彩的东西，甚至喜欢那些和艺术似乎毫不搭界的事。

记得有一年在北戴河休假，我的女儿才两岁多一点，北方天气干燥，她又不爱喝水，结果便秘，连续一个星期不拉屎。刚开始我们也不在意，后来就急了，忙得像热锅上的蚂蚁，夫妻之间互相怪来怨去，弄得当时也在北戴河度假的速泰熙一家同样不安生。事情已经过去十多年，我仍然能够记得速泰熙当时的表情，他总是细声细气地弯下腰来，问我女儿是不是拉过屎了。看得出来，我们急，他也跟着急，是真的着急。当时，他曾为我女儿拍过一张照，画面上是我妻子的背影，抱着女儿，女儿一双大大的眼睛，充满忧伤地看着镜头，煞是传神。这张照片的构图很有意思，虚实得当，多少年来，它一直放在女儿钢琴上的小镜框里。

速泰熙养了一条黑色的卷毛狗，他来我家串门，常牵着狗。我的女儿一开始很害怕，在这一点上，她完全得到我的遗传，我们都怕狗，即使是宠物狗。速泰熙的卷毛狗来了，我女儿吓得站在沙发上不敢下来。为了抵消害怕，我们便拼命讨好狗，亲昵地呼唤它的名字。渐渐熟悉了，有时候就做游戏，用链子拴着狗，让速泰熙做离开状，它急得在地毯上用爪子乱抓，仿佛世界末日来临。这时候，速泰熙特别得意，也非常孩子气，因为狗通人心，总算没辜负他对它的宠爱。

速泰熙不是个擅长讲故事的人，可是说起自己的卷毛狗，非常精彩生动，让人怎么也忘不了。

1999 年 3 月 19 日

关于速泰熙的采访

1. 您是什么时候第一次见到天人椅的，第一感觉是什么？

叶兆言：一个很偶然的机会，在餐桌上，泰春让我看他的微信，看微信上的动画。他说你看看我哥哥玩的新东西，一边说，一边笑。然后我就掏出了老花镜，兴致勃勃地看了，一边看，一边笑。老实说，我一点都不吃惊，一看就知道是泰熙的东西。我跟泰熙已经是几十年的老朋友了，他弄出一些什么新玩意，我丝毫不会吃惊，他要是弄不出一点新东西，我反倒会觉得很奇怪。

我不知道为什么叫天人椅，这个命名肯定是有用心的，故意的，而且显而易见，不深奥。见面的时候，我想问他，可是聊着聊着，就说到别的事情上去了。好像他嘀咕了一句："总要有一点什么不一样吧。"这句话也许就是最好的回答，关于天人椅，专家也许会做头头是道的解释，泰熙自己也会有意点破，我们都知道，世界上很多说明都是被逼出来的。

按照我的傻想法，这把椅子肯定不会像"天人合一"那么复杂，也不会像"天人合一"那么简单。说没那么复杂，因为不管怎么解释，它也就是一把椅子，四个脚要着地，还是要让屁股坐上去。“天人合一”说白了也就是个药引子，一个导航的指路牌，它可以引起话题，引发想象，但是太复杂就不是椅子了。当然，天人合一又不可能会那么简单，凡事只要和玄学扯在一起，不复杂也复杂了。关于天人合一，古人有古人看法，现在人有现在人的观点，儒家道家禅宗各不相同，最最重要的一点，是速泰熙有速泰熙的独到之处。

泰熙的独到之处，常常让人会心一笑，让人思考，让人拍案称绝。于无声处听惊雷，换句话说，艺术也就是他不知不觉的那声嘀咕：

“总要有一点什么不一样吧。”

2. 今年，天人椅参展威尼斯双年展。您觉得一把椅子能漂洋过海，入选世界顶级艺术设计展的价值在哪儿？

叶兆言：其实用不着漂洋过海，价值已经在那里，是泰熙的这把椅子增加了世界顶级艺术展的价值。它不过是锦上添花，泰熙兄已经一把年纪，功德早已圆满，早就有了定评，又有名又有利，算不上什么雪中送炭，他有没有这个荣誉都一样。

当然，我们是个喜欢出口转内销的国度，有了洋人肯定，有了“世界顶级”字样，起码还可以再次吓唬一下外行，吓唬吓唬那些冒充的内行。外来的和尚好念经，外国的月亮更圆，平心而论，洋大人有时候确实比中国人更识货。

3. 您和天人椅的设计者有30多年的友谊，是同事，是邻居，是志同道合的朋友，您如何评价设计者速泰熙？

叶兆言：速泰熙是个认真的人，太认真，都说世界上怕就怕认真二字，其实世界上很多人最不讲究的也是认真。现实生活中，不认真的人远比认真的人多，多得多。我们都知道，认真才能做成事情，认真才能做好事情，不过，人太认真有时候也会让别人讨厌，让别人受不了，对泰熙我不敢说讨厌一词，可是为他着急，为他摇头跺脚，不是一次两次。

他不仅认真，而且是个十足的慢性子，认真加上慢性子，基本上就永远是让他的朋友哭笑不得。我们合作过很多次，对他的态度是必须要有足够的耐心，要耐心耐心再耐心，你着急也是白着急，摇头跺脚都没用。他就是这样一个人，事无大小活无轻重，对别人是这样，对自己也是这样，什么事只要上手，只要开始做了，好像怎么也马虎不起来。

我曾经写过一篇文章，说他装修自家厨房，那种老房子中的厨房，面积很小，可是硬被他弄成了一个艺术品，好像那小厨房不是用来使用的，而是用来展览的。说到底，认真的人只会认真，永远认真，有没有意义，值得不值得，常常不在考量范围内。泰熙是学化学出身，他的所作所为，不仅是个处处都想着创新的艺术家，更像个凡事都要追求精准的科学家。

我想起了化学元素周期表，不管这世界有序还是无序，不管是否还有一些元素未被发现，它们都是一种客观存在，都已经存在于某个合适的位置上。感觉泰熙的人生，就是始终在寻找这种存在，在寻找一个最合适的位置。艺术追求有时候就是看合适不合适，合适了就好，不合适就不好，合适了就精确，就精准，艺术就是恰到好处。

泰熙涉足的领域很多，他最大的强项是设计，对各种设计总会有一些很好的想法。他的人生无非是在完成和努力要完成那些设计和想法，因此，如果不去说成功说辉煌，把获得的功名和荣誉扔得远远的，他基本上就是一个苦行者，一个成天愁眉苦脸的人。他天生是一个干活的命，认认真真，不急不慢，实实在在。他是个不折不扣的生产者，一个劳模，一个命中注定得不到休息的人。

4. 您对当下艺术界、设计界有什么看法？

叶兆言：没有，我是外行，无话可说。要有的话，以上的文字也都顺带说了。

2015年7月14日

拿到新房钥匙以后

拿新房钥匙之前，我一直不明白，为什么要花那么大力气，装潢自己的新居。不止一个人警告我，说装潢得累坏半条命。我是个禁不起惊吓的人，还没有开始着手准备装潢，已经被即将来临的工程吓得够呛。我安慰自己，家就是家，是身体的延伸，是撒尿拉屎感到最方便的地方，用不着太当回事。装潢所以觉得吃力，是有人把家当作了作品，我不是艺术家，没必要向自我挑战，和自己过不去。人贵有自知之明，不懂不要装懂，好这玩意没有底，怎么都是住人，马马虎虎装潢一下，赶快搬进去拉倒。

我有几个搞美术的朋友，拿到新房钥匙以后，首先想到的，是转嫁危机。现在流行找装潢公司，我虽是外行，对装潢公司有一种天生的不信任。装潢公司的设计，总有些批发商的味道，捧出一大沓图纸，从一开始就打算消灭你的个性。我可不愿意住标准间，既然是我的家，好歹得和别人有些不一样。

请搞美术的朋友设计，是杀鸡用牛刀。我事先并没有想到事情会那么复杂，养兵千日，用兵一时，冒冒失失地就抓差，逮住了便不撒手。首先是请两大高手会诊，运筹帷幄，纸上谈兵。“两大高手”是另一位画家朋友的戏语，他听说我找了速泰熙和杨志麟，立刻预测我会有一个很不错的结局，他说：“这两位高手出山，怕是再也没有人敢班门弄斧，给你的房子乱出主意了。”

读大学的时候，最时髦的一个词是“异化”，我没想到自己那么快就做了装潢的俘虏。我怎么想都觉得这事情并不复杂，让搞美术的朋友设计，花钱找个说得过去的工程队，请个监工，熬上两个月，水到渠成，一切都结束了。两位公务私事都很繁忙的画家，一下子就落到了我的陷阱里。速泰熙的年龄稍大一些，不好意思硬逼，能指手画脚出些点子就行。我像领导下任务一样，让杨志麟兄画图纸。杨志麟只比我大一岁，正是干大事的年龄；杨太太金磊是我大学同届不同系的同学，是个对装潢有独到见解和极度热情的女士。我蛮不讲理地利用了他们的热情，很巧妙地就将他们夫妇拖下了水。

我原先的幼稚构想和蓝图，遭到了担当新房主设计的杨志麟的迎头痛击。记得他们夫妇第一次来新房，异口同声说了许多不允许和不可以，言之确凿，不容商量。我一下子就被弄懵了，从此不敢轻易开口。装潢的不允许和不可以，有很大的学问，通过这次装潢，还真学到不少东西，大有重读研究生的感受。刚开始，什么都不懂，什么都得问，在杨志麟的严格指导下，名师出高徒，到装潢快结束时，我发现自己已经差不多可以拿学位了。

杨志麟在闲谈中，对当前装潢热中的一些常见病痛心疾首。这症状在其他艺术领域，在我们置身的文学界和美术界，同样泛滥成灾。今天很多装潢都是太过，一过就煞风景。宁愿不足，也千万不要太过分，这是个简单朴素的真理，放之四海而皆准。杨志麟对我提的两点基本要求深表赞同，认为这是他乐意为我所驱使的重要前提。我希望自己的房子，一要简单，二不要太新。杨志麟认为这很有挑战性，因为无论简单，还是不太新，都说说容易，真正做好太难。现在稍稍懂些装潢的人，都知道要简单，简单其实最不简单。至于不太新，更难把握，做旧往往比做新更复杂。

我希望自己的房子，不要让别人产生刚结婚的联想，我已经一把年纪，别让人觉得是在赶二婚的潮头。流行的装潢能不用最好不用，譬如红的或者白的榉木，譬如复合地板，譬如进口或者国产的各种墙纸墙裙，譬如那种不中不洋的多头吊灯，譬如罗马柱。我是个不流行的人，不喜欢西化，也不愿意仿古，无法想象一房雕花的红木家具，放在我新居里，会成什么样子。书成了我新居中的重要元素。一万多册图书，也许是装饰墙壁最好的材料。如果四壁都是书，虽然有些像图书馆，但是的确很符合我的理想。坐拥书城，这感觉非常良好，积财千万，无过读书。“文化大革命”中，造反派来抄家，愤愤地对父亲说：“你们家除了书，还有什么东西，老老实实交出来。”父亲事后回忆，颇有感触：百无一用是书生，我们家除了书，真没什么值钱的东西。

许多来我新居参观的人，对我的书橱赞不绝口。书橱是最简单的东西，经过高手处理，和常见的就不一样。我说不出自己的书橱好在哪里，谁要是不相信，欢迎参观，耳听是虚，眼见为实，我犯不着在这里做广告。我的书橱上下都是玻璃门，流行的书橱下半部必有一个小台阶，而且都是半截子玻璃，不是玻璃的部分，究竟藏不藏书，很可疑。我的一个朋友嗜酒如命，一排书橱的下半截放的全是酒瓶。

我的新房，最有特色的是一面青砖墙。杨志麟设计图纸的时候，有一天打电话过来，很沉重地说：“不知道你能不能接受，有面墙，要玩些花样，弄一面青砖怎么样。”

这是一着险棋。老实说，我很犹豫，好端端的墙壁，敲了，重砌。墙处于最显眼的位置，如果成功，出奇制胜，一下能给人很强烈的冲击；如果失败，连最糟糕的退路都没有。

结果还是弄了一面青砖墙，现在，这面独一无二的青砖墙，已经成了最重要的风景，谁来了，都要盯着看半天。施工时，参观者不断，因为当时还看不出效果，许多人表示怀疑，甚至嗤之以鼻。

为这面墙，花了大气力。先是寻找青砖，在南京可以找到各种规格的青砖，什么样才合适，得仔细比较。我们夫妇像捡破烂的，专找正拆房子的区域乱窜。我曾见到过民国时期的青砖，是达官贵人家的宅子，规格大小和普通砖不一样，非常细腻，很可能是进口的，最后放弃的原因，是这砖带着富贵的官气，和我的平民身份不般配。

现在的青砖，是我妻子觅来的，那是真正的民间手工老青砖，生产的年代最迟也得是晚清。因为是手工，大小不一，伤痕累累。考虑到节省空间，用切大理石的机器拦腰剖开，每加工一块工钱是五角钱，是买一块砖价钱的七倍。就像说不出书橱好在哪里一样，我仍然不知道该怎么表扬这面青砖墙，反正这墙看上去旧旧的，平和清淡，一下子就让我找到过去年代的那种感觉。用一个朋友的话来说，房子虽新，却和历史接上气了。

就这一道青砖墙，足以证明设计者的不同凡响。

怎么也没想到临了会那么认真，想简单，要花比复杂更大的力气。前后工期并不多，七个月，用了近七个立方的木料，从环保的角度看，近乎犯罪，七个立方能装一卡车。工人说装潢过无数人家，没有一家玻璃用这么多。木门和抽屉的小拉手，一共两百多粒，即使比我面积大一倍的人家，通常也超过不了这个数目。整个装潢风格不张扬，毕竟是高手的设计，猛一看，没什么特别的地方，细细品味，到处都见匠心。我现在成天听表扬，都说这房子装潢到位，清新脱俗，应该去参赛。刚开始，我还有些虚荣心，希望别人来欣赏，现在已经有些烦了，私人的空间不是样品房。我和杨志麟开玩笑，说你是画画的，是美术系的教授，一幅画能卖很多钱，装潢设计是偶尔玩玩票，一出手技惊四座，别人参观后都说以后要找杨志麟。我已经谋害了你一次，现在弄不好，还要继续谋害，真不好意思。

杨志麟为我设计房子的同时，正为上海一座高楼的八十七至八十八层出谋划策，担当艺术品布置的总设计。法国艺术总监对他的构思非常震惊，没想到中国竟然有这样的人才。说起这座高楼来头大，叫什么什么大厦，世界第三高楼，上海人今天没有不知道的。

1999年8月23日　碧树园

妙在无处可寻

读小学时，离学校不远，有个十竹斋。郭沫若题写斋名，那年头经常念叨主席诗词，都知道喜欢唱和的郭老。一直觉得这名字怪，正处于“文革”中，店铺门板一会开一会关。从外边走过，能看见挂着的字画，有人在裱画，摊大案板上一层层乱抹。

那年头，十竹斋与修自行车的车行，与卖旧货的信托商店，与沿街的小饭馆和丧葬用品店，并没太大区别。我们这些孩子不知道何为艺术，书法就是用毛笔写大字报，篆刻就是造反派的印章。几十年后，玩篆刻的孙少斌兄随手给了张名片，上面印着十竹斋字样，我的回忆立刻又回到少年。

十竹斋的历史和辉煌，曾经不比北京荣宝斋逊色。多年以来我一直懊恼，恨年少时无所事事，大好春光白白耽误，没有学习书法和篆刻。要是能到十竹斋当个学徒多好，后悔已来不及，少小不努力，老大徒伤悲。我的祖父能写一手不错的毛笔字，也能篆刻，可惜他并不赞成我们学这些。为什么这样，至今想不明白，五四一代的老文化人，都这态度，譬如鲁迅也是这么认为。

萧娴老人让少斌刻过一方“不食鱼”的闲印，正好他也不喜欢食鱼，老太太很高兴，说自己终于有了传人。生于一九四八年的少斌，“文革”那年十八岁，他的过去我不太了解，只知道从这时候开始，正经八百学习篆刻，拜师南京博物院的王敦化先生。他的学艺生涯，其实与十竹斋并无瓜葛，他这岁数，生长在红旗下，“文革”中无非当知青，进工厂，能混进了十竹斋，也是后来。

人生一世，说到幸福，莫过于年轻时喜欢，终生可以从事。就像陈丹青当年迷上画画，为了亲近艺术，可以进一家小工厂，在骨灰盒上作画。少斌年纪轻轻便与篆刻较上了劲，下乡当农民，进钢铁厂当工人，这些经历都无法阻拦求艺步伐。追求艺术的最大好处，妙在无处可寻，不仅能够忘情投入，打发无聊之人生，而且与时俱进弥觉其甘，越老辣，越能发扬光大。

“文革”耽误许多年轻人，偏偏成全了少斌。因为篆刻，因为这门手艺，他有了与别人不一样的生活。因为喜欢，因为入了门，即使在文化的大沙漠，也能不被耽误。当然，“文革”那样的灾难，有一次已足够。

少斌的刀下功夫十分了得，从艺四十余年，出神入化，达到很高境界，说称雄一方也不为过。篆刻无数，他的一本印谱，收录为宋文治父子的治印，居然有二百多方。宋氏父子都是著名画家，少斌的印和他们的画天作地合，成为南京艺坛一道风景线。人生得一知己足矣，不由地想到了老上海的篆刻名家陈巨来，他就曾为吴湖帆刻过近一百方印。

2011 年 4 月 10 日

南京的女书画家

大约二十年前，在北京一家高档酒店，有位画商神秘兮兮地问知道不知道南京有个喻慧。我回答说当然知道，画画的喻慧难道还会有第二个。画商又问知道不知道南京玩书画的很厉害，我想了想，说不知道。后来有人用同样的语气说起孙晓云，很神秘很羡慕，我装作一无所知，说真的假的，她的字那么厉害那么值钱。

再往远里说，上世纪 80 年代，有一天，对书画不甚了解的父亲很得意地告诉我，他跟徐乐乐讨了一张画。理由非常简单，都说南京年轻一茬的女画家中，她的画最有味道最有前途。父亲认识很多老画家，在他看来，自己不懂，老朋友的话总得相信。俗话说隔行如隔山，俗话又说他山之石，可以攻玉。作为一个作家，你可能会编故事，把文章写漂亮，却不一定懂书画，然而有几位画画的朋友，耳闻目睹，受其影响，也可以似是而非地说出一二。

不识庐山真面目，只缘身在此山中，要想了解南京的书画，最好是离开此地，以一个外来人的目光重新打量。南京这城市的艺术氛围，让许多从艺的同行激赏，偏偏南京自己人见奇不奇看怪不怪。事实上，只要多听听外面的议论，看一看别人的评价，就会明白什么是“一览众山小”，就会明白南京的书画水平多么不同寻常。譬如这次“与佛有因”邀请展的五位书画家，个个都是女中豪杰，一出手便知道有没有，一出手已达到绝对的高度。

我很幸运，对她们不但全部了解，起码有三位十分熟悉。不但人头熟悉，而且喜欢每一位的艺术风格。有一次跟孙晓云开玩笑，说她身上有股侠气，她很乐意，说这么夸人，比称赞字好还爽。我想这就是地道的南京女子，这五人若填写籍贯，恐怕没一个南京人，又无一例外出生在南京，成长在南京。一方水土养一方人，她们的成功显然与独特地气分不开，金陵女子非得有点侠气才行。

都说宗教催生艺术，西方有拉斐尔和米开朗基罗，中国有王维和弘一大师。不敢说此次参展的五位女书画家与佛有缘，不能因为画了几尊菩萨和罗汉，摘抄一段佛经，就自说自话认定佛教影响。知之为知之，不知道就是不知道，妄谈禅很不好，能说想说的只是，中国书画或多或少都应该有些禅意。

根据年龄，杨春华是大姐，胡宁娜是四妹，喻慧最小，徐乐乐和孙晓云同岁。她们属于同一个时代，有着相同文化背景和不一样的艺术风格，都在画界占据了重要位置，都是重量级的人物。艺高人胆大，此次联袂展出，每人的作品虽然不多，仿佛华山论剑，奇招迭出精彩纷呈，让观众眼睛为之一亮。

2012年10月5日

闲话刘恒

刘恒的本名叫刘冠军，我有一次曾问过刘恒，是不是故意起了一个皇帝的名字，因为汉文帝就叫刘恒。

刘恒写东西很玩命，有一段时间，他喜欢躲起来写东西，靠吃方便面打发写作时的饥饿。他曾经是个了不得的烟鬼，一天要抽两包烟，记得常抽的是牡丹。刘恒戒烟是个很有趣的故事。有一天，刘恒打了一个长途电话给我，先是一个劲儿地问我身体怎么样，然后告诉我，他现在的情况很不妙，胸口觉得闷，请一位气功大师看，说是他的肺里有个黑的阴影，他不太相信，去医院透视，果然是个黑影。于是紧张了，去拍片，黑影依旧。

这一下，把刘恒吓得不轻，胸口闷得更厉害，又去做进一步检查。给我打电话时，进一步检查的结果还没出来，但医生已让他做好最坏的打算。那天的电话谈了很长时间，刘恒有那么点万念俱灰，心事重重语无伦次，反反复复地要我保重，我只得在电话里笨嘴拙舌地安慰他，让他赶快戒烟。刘恒说：“操，都到了这份，烟哪还敢再抽?”终于最后的论断出来了，证明是虚惊一场，这场虚惊的好处，是刘恒真的就把香烟给戒了。

刘恒曾是一个很瘦的作家，高高的个子，一脸苦相。现在的刘恒已经开始在横里长，最直接的原因，我想大概就是因为戒了烟。我刚认识他的时候，他正在《北京文学》当小编辑，虽然已发表了成名作《狗日的粮食》，但是人还没红火起来。当时他的处境和我非常相似，都是发了些东西，稍稍有些反响，有那么几个人叫好，然而在文坛上并不走运。他向我约稿，我的稿子正好难以发表，迫不及待地就给了他。结果没多久稿子又完璧归赵退给我。退稿中夹了一封他的信，信中对我大发牢骚。这封信我至今还保留着，因为这种牢骚恰恰是我们共有的。当我们不被人承认时，除了发牢骚，还能干什么别的呢？让我感到震惊的，是刘恒在信中流露出的那股愤怒，这种愤怒只有在他那些充满杀气的小说中才能偶尔见到。

刘恒真能吃，在我熟悉的作家中，刘恒的胃口是最大的，有一年在上海嘉定开笔会，是告别宴席，丰富得让人眼花缭乱，一桌的上海人都不能吃，吃到一半，刘恒小声地对我说："兆言，怎么这桌，就咱俩在吃？"果然细腻的上海人都盯着我们看，因为我们实在太能吃了，仿佛饿了好几天。今非昔比，我自己在吃方面也堕落得细腻起来，而刘恒却胃口依旧。几个月前，王朔夫妇在一家韩国馆子里请客，我和池莉，包括王朔夫妇，都有些"细腻"，唯有刘恒像狼似的，胃口好得让人眼红。

刘恒是个实实在在的好父亲，朋友之间议论起来一致这么认为。张艺谋在安徽拍《菊豆》时，刘恒去拍摄现场闲逛路过南京，我陪他去夫子庙，玩得好端端的，刘恒突然想起儿子来。是真的想，他指着手表，告诉我他儿子现在正干什么，表情极度严肃和诚恳。他承认自己一天不见儿子心里就不踏实。

有一次我去北京，在他房里和他说着话，儿子突然蹒跚着来到我们面前，自顾自地玩着什么，刘恒立刻站起来，哈着腰，深情地看着儿子，非常肉麻地呼唤着："儿子，儿子。"他那宝贝儿子爱理不理，而刘恒却极有耐心，一声接一声喊个不歇，完全把来访的朋友置之度外，直到他妻子把孩子抱走，他才好像突然醒悟过来，不好意思地笑了笑，继续和我谈话。

刘恒身上常常会有那种过人的实在，那是一种典型的北方汉子的纯朴。记得就是那次去他家，出来时已经很晚了，他坚持要送我，结果骑了辆自行车，活生生地送了我一半的路程。从我祖父家到他家有很长的一段距离，去过北京的人都知道，那是个大得让人感到累的城市。

刘恒的红火当然跟影视分不开。这是个怪圈，刘恒常常向我抱怨，然而又陷入其中不能自拔。影视有它不可回避的超人诱惑，它深受群众喜欢，容易挣钱，而且太容易成名。人在江湖，不由自主，事实上，在大量的搞影视的青年作家中，真正像刘恒搞得这么好的也不多——刘恒除了小说写得好之外，现在已是货真价实的名编剧了，这一点已经得到影视界权威人士的承认。

闲话刘震云

我也许永远不会明白刘震云什么时候说的是真话，也永远不明白他什么时候说假话。他总是用说真话的表情说假话，用说假话的神态说真话。他是我们这茬作家中，最机智的一个人，谁要和他斗，便是找不自在。

我和刘震云第一次认识，是在一次发奖大会上。只能算认识，大家匆匆照了个面，好像话都没说。分明他的架子大，可是以后互相见了，他却先发制人贼喊捉贼，反咬一口说我的架子大。这是他惯用的伎俩。见了谁，挺客气地先喊一声老师，态度绝对诚恳。你若是不好意思接受，他会很谦虚地说：谁都可以是我的老师。你若是反过来喊他老师，他立刻严肃地问你是不是真觉得他是你的老师，如果你说是的，那么从此以后，你就真成了刘震云的学生。苏童便是经过这么一段对话，正式成为他的弟子，我们在一起说笑的时候，刘震云常常不动声色地说："对你的世侄，不用讲那么多客套。"我的世侄，自然是指苏童，由于刘震云的伎俩，我很轻易地大了苏童一辈儿。

有一次开会，我和苏童住一个房间，刘震云突然闯了进来，勒令我们在一张纸上写下自己的名字。写完了，他义正词严地宣布，这张纸将送去制版，我和苏童必须在指定的时间内，一人给他所在的报纸写一篇稿子。

隔了一段时间以后，他又慢慢悠悠地打电话给我，说我们的名字都已制好版了，就等着我们的稿子，又说人宁可失贞，不能食言，你和苏童太不像话，竟然胆敢食言。我们于是赶快为他写稿，而稿酬因为有他在里边张罗，却是那一年里我和苏童拿的千字最高的一笔，用刘震云的话就是，为哥们捞两个钱，有什么臭架子好搭的。

从刘震云打扑克的牌品上，也很能看出他性格的一方面。譬如我打牌，就是典型大爷脾气，能赢不能输，真正属于那种输不起的一类。哪怕别人故意让我几招也乐意，反正一输牌我就不想再打，连着几副臭牌，立刻溃不成军全无斗志。我的输赢全写在脸上，刘震云便太难捉摸了，他不仅胜不骄败不馁，而且根本不管别人的死活。反正和他一伙的人，都必须做好孤军作战的准备，因为他随时准备开溜，自己先当了上游再说。

我们打扑克的时候，他和王朔还有池莉老是组成京鄂联军，向江苏作家挑战，然而输的常常就是他们。我觉得其中最重要的一个原因，就是刘震云动不动就抛弃了王朔和池莉。当上游最多都是刘震云，只要能摸到一手好牌，他就很诚恳地对王朔说一声：

“对不起了王爷，寡人先走了。”

他这一溜走，剩下的保护池莉的担子，自然而然地由充满骑士精神的王朔去扛，因此王朔的下游无疑最多。做了上游的刘震云很冷静地抱着膀子，在一旁看别人垂死挣扎。

刘震云是河南人，在我的印象中，河南人身上既有帝王之气，也有土匪之气。这两股气息糅合在一起，能造出一种绝妙的人杰。刘震云身上经常体现出一种玲珑剔透的聪明来。今年在上海，一大群感觉良好的作家，纷纷被按倒在皮沙发上，接受上海电视台“今晚八时”的专题采访。

在摄影机的扫射下，大家都尴尬和紧张，振振有词同时又有些语无伦次，侈谈大作家和大作品。轮到刘震云发言，突然冒出一句语惊四座："现在就要说诸位是大作家，恐怕太早。"他的话仿佛冬天里的一大盆冷水，立刻让许多人感到突兀和不自在，尤其是让某些在场的曾经一度十分红火的老作家，因为电视台主持人正是这么向观众介绍诸位作家的。

刘震云故意让自己的话出现长时间的中断，然后轻描淡写地补了一句：

"当然，现在就说大家一定不是大作家，这话也太早。"

这是典型的刘震云式的机智，可惜电视正式播出的时候，这一段被无情地掐掉了。专题片拍了一个多小时，最让人感到开心的，就是刘震云这两句暗藏杀机和禅机的开场白。

闲话王朔

这一次按计划应该是“贩卖”范小青，可是《东方明星》的编辑告诉我，这一次是休闲专号，希望就休闲引起一番话题，让我先闲话一下王朔，因为类似“休闲”这样的字眼，好像和王朔挨得紧一些。

我想不明白休闲的本意是什么，如果就是人活得洒脱一些，自然是和王朔挨得上边了。有一次在神农架，我们各自往家挂长途电话，我说了几句话便完了，王朔一聊就是半天，起码半个小时。我没见过自费打电话，把钱如此不当回事的。有人打公家的电话也会这样，那是用公款，算不得洒脱。

王朔的洒脱是从骨子里出来的。这年头写小说，稍稍写得像些样子，不是太难地就能成为专业作家。专业作家这只铁饭碗，对于我们这些舞文弄墨的人来说，当然是个好东西。我常常想不明白，为什么是正在写东西的人，无缘捧一回铁饭碗，而许多不写东西的人，却堂而皇之煞有介事地捧着。有人说王朔现在有钱了，不在乎。我们碰到一起，有人曾和他开玩笑，说王朔你就像现在这样很好，没人管，自由自在。王朔说，你们是坐着不喊腰疼，我干吗不愿意有人管。

这是大实话。社会主义的优越性，在专业作家身上得到充分体现。我不相信如果真把专业作家的铁饭碗白送给王朔，他会拒之门外。王朔不傻，事实上，他比中国大多数作家都聪明。尽管王朔喜欢糟蹋文人，糟蹋知识分子，可不幸的是，他毕竟也是文人，也是知识分子。铁饭碗这玩意儿有时不是自己能挣来的，它得靠别人给。当作家除了认真写小说，没有别的选择机会。

在乎不在乎铁饭碗，王朔自己可以说，别人却不应该说。中国有句古话，看人挑担不吃力，不能看着王朔含辛茹苦地走了一大截，然后就得出一个辉煌的结论，光脚走路就一定比穿着鞋子好。同样的理论也被广泛用于评论那些当过右派的作家，有了一点成绩，好像还是因为被打成右派的功劳，好像几十年的苦吃下来，还得感谢自己被打成了右派。因此说王朔不捧铁饭碗写小说，就是洒脱，这话真不能赞成。毫无疑问，在中国，不捧着一个铁饭碗写小说，并不像大家想得那么休闲。

不是作家圈子里的人，可能对怎么在中国当作家不太明白。王朔的确是我们这批作家中的例外，以他的实绩，不当专业作家，实在是吃了亏了，难怪他扬言要把专业作家的铁饭碗都砸了。人家都已经吃亏了，赌赌气说说狠话还不应该。王朔的洒脱，是他没捧铁饭碗，也没把自己吓死。写小说的人，胆子都不大，许多人爱写，可绝对没胆子把铁饭碗扔了。很多业余写作的人，都向往专业作家这一职业，其实这种向往，说穿了，就是看中了手上捧着的饭碗。

绕了大半天弯子，意思很简单，要想休闲，首先得敢休闲。说实话，我对王朔，一直保留着非常好的印象。这几年，我们花着别人的钱，几乎每年都有机会小聚一下，每次见面，用范小青的话来说，就是王朔又长胖了一些，又长高了一些。这话并不仅仅是夸张，因为王朔实在童心太重，因此他给人的感觉是老在成长。和王朔打交道是一件愉快的事，只要他老兄在，只要他开口，大家便有了充分的笑的机会。王朔让大家笑，不是因为他喜欢插科打诨，而是因为他口无遮拦妙语连珠。看《编辑部的故事》的时候，我老是忍不住想到活生生的王朔，那里面的话全是他平常的胡说八道。他不是那种冷面滑稽，他说笑话时，自己也笑，而且是毫无掩饰的大笑。

有一篇采访王朔的文章说，王朔自认的强项是他善于胡说八道。真是不打自招，生活中的王朔，的确没什么正经话。不过就此认定王朔不是个认真的人，那就大错特错。许多人都不能明白王朔所说的“玩文学”的真义，结果都是不分青红皂白地乱批一通。有人专门喜欢和王朔过不去，举例来说，《爱你没商量》播放的时候，我看到不少文章挑它的刺儿，很多人也不以为然。不管别人怎么想，反正我是老老实实地把它看完了。当然有缺点，但是我想不起来同一年里，还有什么大型的电视剧比它更好。惨不忍睹的电视剧那么多，为什么非要对《爱你没商量》那么苛刻。为什么不想想《爱你没商量》当中有许多活儿做得好的地方呢？

胡说八道只是一种假象，我始终认为王朔骨子里是一个认真的人。不认真的人，根本写不好小说，而且写的小说，也不会有太多的人看。我喜欢王朔写的那篇《动物凶猛》，喜欢的原因，当然不会是因为姜文看中了它。我喜欢这篇小说，是觉得它中间有震撼人心的东西。假象往往会把很真诚的东西巧妙地包装起来，艺术的诀窍有时就在这里。

记得王朔有一次和我谈起过书面语，用纯粹的口语操作是王朔的强项，他觉得自己的作品若要走向世界，就必须同时运用非常娴熟的书面语言，因为很好的口语，一经翻译，味道就完全变了。在这次谈话后不久，我们又有机会碰到一起，他又谈到自己的写作，说写完了一句之后，后面会一下子冒出许多句式来，结果他现在的写作非常苦，因为必须苦思冥想，时时刻刻考虑自己究竟该选择哪一句。当然，所有这些，都是非常具体的写作问题，我在这里顺便提到，不过是想说明什么是“玩文学”而已。

闲话余华

每次接到余华的电话，都感到说不出的愉快。未必就有什么话要说，大家能听到对方的声音，便感到十分的亲切。他喜欢在句子中夹一两句国骂，我猜想他这么做，是情不自禁地要掩饰自己激动时的口吃。一个浙江人说普通话，很容易口吃，但是富有味道。余华的口音中，已没有浓重的浙江味，我觉得很可惜，要是他能有蒋介石那样的说话语调，就更好了。说老实话，我特别喜欢听演员在电影上模仿“蒋委员长”说话。

第一次和余华见面的经历说来最荒唐。有一位台湾人想“召见”我们，于是约好了大家在上海火车站碰头，然后一起去宾馆见客人。我和苏童一趟车，下了车，按照想象中的车次，在出站口苦等余华。事先自然是说好的，但是余华迟迟不来。我没见过余华，对他的印象，只是他送我的那本小说集上画的一张漫画。苏童是近视眼，和余华曾有一面之缘，到了火车站那样热闹的气氛中，眼睛虽然眯成了一条线，也不得不连连声明自己已记不清余华的样子。每一个形迹可疑的望着我们的人，都有可能被我们怀疑成余华。

我们当时的样子非常愚蠢。守株待兔看来已是下策，眼见着蜂拥而来的人越走越稀少，新的一班车又已经到站，便冒冒失失地在出口处喊起来。到处都是不相干的人，我们傻乎乎地喊着，每喊一声，必定有人回头看我们。折腾了好半天，终于想明白这样傻喊下去不是事。上海车站的出口颇多，什么样的可能性都有，我们从这一头喊到那一头，徒增一些噪音污染，明摆着老是这么扯着嗓子一路叫下去，联防队非出来干涉不可。

说来也巧，等我们忐忑不安地赶到宾馆时，正好在门口遇到了他，早一步晚一步都不会有这种偶然性。大家忍不住大笑一通。到了黄昏时分，我们一起离开宾馆去车站。我回南京，苏童去苏州，两人同路，余华却是孤零零地去嘉兴。车票很紧张，我和苏童因为有人做伴，不管三七二十一，买的是黄牛票，余华有些犹豫，很害怕被人坑了。这情景多少有些像余华的小说《十八岁出门远行》，胡子拉碴的余华仍然还是少年模样，他眼睁睁地将我和苏童送进了车站，然后在车站附近继续犹豫，临了便离开车站，赶到华东师大去找格非了。

正是那次去华东师大，余华不仅被格非了留下来，而且在第二天被送到了课堂上，为大学生进行文学讲座。这次讲座有关余华的一个最有趣的笑话，就是当学生们问他还会不会出现更新的作家时，余华堂而皇之地说："有我们这些作家足够了，要出那么多作家干什么？"

余华的小说以冷峻怪诞著名，但是我读他所有的小说，都感到一种浓度很纯的童真。他的为人似乎也是这样，我和余华第二次见面是在青创会上，以他的文学成就，当然应该列在浙江代表席上。我是在报到处遇到他的，他一到北京，首先去为史铁生送产于家乡的嘉兴粽子，然后才风尘仆仆赶到位于郊区的二十一世纪饭店。到了饭店之后，接待员一查名单，竟然没有他的名字。天知道是谁弄错了，反正人已经来了，当然不会让他立刻打道回府，而且说实话，浙江的青年作家，没有一个人的名气可以和余华相比。那是一个完全没有必要开的会议，他既来了，后悔也来不及，想不开也只好乖乖住下来。那次声势浩大的青创会期间，逃会者之众多，恐怕也创下了大型会议的历史记录。大家不是溜出去，就是躲在房间里睡觉。我和余华只是在一天晚上又匆匆见了一次面，就再也没见过他的影子。

余华的童真还表现在他偶然发作的犟脾气上。在海口一次热闹非凡的宴会上，吃饭前，东道主像推销产品似的，夸张地报着作家的名字。被乱加上头衔的作家们，在点到名以后，必须不能免俗地站起来出丑亮相。余华愤怒地说："真讨厌，点到我，我绝对不站。"他果然就没有站起来，大家东张西望找着人，他坐在我旁边岿然不动。东道主拿他也没办法，尴尬地胡乱拍手，弄不清哪一位就是大名鼎鼎的余华。我知道余华这么做，绝对不是要搭架子，因为我屡屡也产生这样的愤怒。吃饭就吃饭，说那么多废话干什么。东道主掏的是公家的银子，我们吃了也不领情。事实上，很多宴席都是我们陪东道主在吃，东道主大把地花公家的钱为自己摆阔，我们再为他喝彩添兴，颇有些助纣为虐。

作家中，分脑子管用和不管用的两种。有许多作家，智力上多少有些小障碍。余华显然属于脑子管用的那种，譬如他和这些年对围棋十分入迷、被誉为棋坛新秀的王干对弈，第一盘溃不成军，以至于王干立刻迫不及待地扬言，说在棋力上，余华根本不是对手。但是余华很快就找到了击溃王干的制胜法宝，经过有力的搏杀以后，他不仅小胜第二盘，而且接下来连战连胜，将傲气十足的王干一顿饱打。下围棋的棋艺自然极为重要，然而像余华这样能迅速抓住战机，找到对方的破绽，毫不留情给予重创，一定要有个很好的大脑才行。王干的棋力也许真的是高于余华，难怪事后一直感叹，他当然不服输，却不得不用电影上失败了的“国军”的话来解嘲：“不是我们无能，而是共军太狡猾。”王干的小聪明小才智，在文化人圈子里也是出了名的，不过余华似乎比他更胜了一筹。

闲话王安忆

王安忆在文坛上无疑算是一员老将了，不是因为年龄大，实在是她在文坛上出风头的日子太长。中国的青年作家中，她可能是最经得起折腾，也是最经得起挑剔的一位。当人们谈起文学的现状时，她显然不是一个可以忽视的话题。十几年前，南京的一批青年物以类聚，凑在一起搞了个同仁性质的文学刊物。因为年轻，难免气盛。加上几位写小说的，如李潮和徐乃建，当时在国内已有影响，害得我们这帮年轻人一个个都轻狂得不行，好像天下的文章就我们能写。记得那时聚在一起，常常把一些小说写得正红火的作家们，贬得一钱不值。

有一次，李潮发现了新大陆似的对我说："兆言，不得了，现在新冒出来一个女作家，比徐乃建写得更好。"

这在那个年头，是一个了不得的评价，李潮的口吻中饱含了真诚。李潮不仅告诉我，这人的小说写得好，而且说明她是谁谁谁的女儿。王安忆的母亲和我以及李潮的父亲，是同一辈作家。在不知道王安忆的时候，我就听父辈们一边喝酒，一边以论英雄的口气谈过王安忆的母亲。我想王安忆肯定有和我一样的共同点，这就是写作之初，我们总是摆脱不了是谁谁谁的小孩的注脚。我们是在上辈的树荫下开始出道的，也许今天许多人已经不知道茹志鹃这个名字，已经不知道当年让茅盾老先生盛赞的《百合花》，但是文学史上这些事全记录在案。

我发表小说虽然有十几年，但事实上一向不太注意别人的小说怎么写。偶尔读到一两篇得全国奖的作品，只是感到好笑。最初对于王安忆也一样，除了知道她是个十分红火的女作家，对她的作品所知甚少。刚开始是上大学，不是外国小说不会去读，以后又读研究生，又因为论文的缘故，不得不玩命地读中国现代文学作品。老实说，我之所以后来会特别注意她的小说，不仅仅是由于她小说写得好，而是她对我的成名起的重要作用。

作家成名可以有许多途径，有人一炮而红，还没明白文学是怎么回事，仿佛就已被全世界都知道，有的人却注定要经过一番磨难，甚至直到死后才被世人认识。我在刚开始写作的时候，曾经饱尝退稿滋味，吃尽无名作家的苦头。那时候，人虽然有几分狂傲，努力要写一些和别人不同的东西，然而稿子只要寄出去，很快就会被原稿退回。一段时间里，我非常羞于投稿，退稿弄得我信心全无，又害得我发誓要写出一鸣惊人的玩意儿来。我一边坚持不懈地写着稿子，一边做着完全不现实的成名梦。退稿只要迟回来几天，我便开始痴心地注意投稿刊物的预告，梦想着或许会在目录上突然出现我的名字。

连续五年没有发表一篇小说之后，我写了《悬挂的绿苹果》，为什么写这样一篇小说，现在已很难说清楚。也许是为了赌气，越是发表不了，我越是要写作。也许囊中羞涩，不得不考虑养家煳口，当时我和妻子的薪水加在一起还不足一百元，可爱的女儿才一岁，万一能侥幸发表就能变成钱，这是所有写小说的人无法回避的俗念头。偏偏这篇小说阴差阳错，竟然发表了出来，换了四百多块钱，我立刻毫不犹豫地搬了一台洗衣机回家。

王安忆是第一个为这篇小说叫好的女作家。有一天我去《钟山》编辑部，人们纷纷告诉我，说大名鼎鼎的王安忆写了一封信来，其中有一段专门表扬了《悬挂的绿苹果》。这封信起了一个非常重要的作用，因为那时候一个大红大紫的人的话对许多编辑有很强的说服力。人们也许未必真心喜欢这篇小说，但是王安忆说这篇小说好，别人就会真以为这篇小说不错。

我研究生毕业以后，进文艺出版社当编辑，第一次去上海组稿，便去拜访了王安忆。我没有当面向她表示谢意，想说也说不出口。反正就是胡乱聊天，既谈小说，也不谈小说，然后在她家里吃了便饭。她住的房子不大，已经照顾性地、充分地体现了一个现代上海人的居住困境。那次给我留下的最深印象，就是她有着良好的食欲，有一个好胃口是做人的福气。

一个月前，在南京举办的城市文学讨论会，最后有一顿自助餐，我因为逃会而没有去，南京作家中最能吃的费振钟，事后用吃惊的口吻告诉我，那天王安忆吃的竟然比他多得多。那是真的吃惊，费振钟用手比画着盘子尺寸，连连摇头。王安忆也许是女作家中最健康的一位，在中国女性当中，她几乎可以算是人高马大。她不是那种小家碧玉的南方女子，她的健康气息总是不停地散发出来，无论是为文还是为人，她的做派都很大气。

王安忆属于那种越写越好的女作家，女作家中很多一出手就是好文章，真正越写越好的并不多。只要放弃了追求，女作家或许更容易江郎才尽。社会有时候对于女作家是极宽容的，编辑也好，读者也好，一个不称职的女作家通常比同样的男作家更容易生存。王安忆从来也不知道满足于现在的成就，就是因为这一点，她和别的女作家相比，明显地技高一筹。她曾经是一个高产作家，这些年，她的产量似乎减少了一些，但是产品的质量却无可怀疑。

王安忆私下里说过的一段话对我很有启发。她认为优秀的作家，不是布道的牧师，也不是技艺高超的调酒师。作家是什么，也许永远也说不清。作家是疯子或被放逐者，是不同于牧师和调酒师之外的第三种人。作家将以自己独特的方式布道，他技艺高超，与世隔绝，在别人的理解或误解中得到永恒。

闲话陈村

陈村姓杨，我们常在报纸上见到这名字，只不过是一个姓杨的写小说的利用他插队时一个地名取的笔名。也许那个叫陈村的地名，将会因为一个叫陈村的作家而不朽。我知道，说某某作家不朽，可不能随口乱说。不朽是和作品紧紧相连的，作品不朽，人才能不朽。我的“专卖店”只是“出卖”朋友，并不打算讨论作品，而且也绝不做那种坐在那装腔作势打打分的评委，作为“专卖店”的老板，我仅仅说一些不关痛痒的闲话。陈村怎么说也是如今不多的好小说家之一，我不替他做广告吹捧，他一样会活得蛮好。

从第一次知道陈村，到第一次见到他，这中间几乎有十年。第一印象总是深刻的。先知道的自然是作品，自然是他那篇《当我二十二岁的时候》。我那时在大学读中文系，同学们奔走相告，说是读到了一篇好小说。我也是喊好的一位，时隔这么多年，仍然还想说一声，这篇小说真不错。有些矫情，可是在一个情感枯燥的世界上，矫情未必都是坏事。我建议如果可能，大家不妨读一下这篇十几年前的旧作品。

第一次和陈村见面，是在一条号称船上有游泳池的豪华游轮上，我们将搭乘这条船去游览即将不复存在的长江三峡。天很热，终于到了开船的时候，陈村全副武装地出现了，他一本正经地来到船舱的顶部，然后找了一张躺椅在游泳池边上坐下。那个所谓的游泳池，其实是露天的一个小池子，用来洗澡差不多，可就算是如此一个小池子，竟然也是干的，一滴水也没有。陈村坐在那儿，我一时不明白他是怎么把那么多东西捧过来的。没有用包，有茶、打火机、香烟、照相机、望远镜、录音机，好像还有什么，说是全副武装绝对不夸张。熟悉陈村的人都知道，他患有较为严重的类风湿，行动较别人要不方便得多。但是他硬是让人不可置信地把这些玩意儿都带了来。

陈村抽的是一种中外合资的香烟，味道很大，如果是在空调房间里抽，被动吸烟者一定叫苦不迭。我们向陈村走了过去，他一个人享用那么多东西太过分，于是抽烟的人便品尝他的香烟，好奇的则抢过望远镜东张西望，而我就听听他的录音机里的那盘盒带。是什么曲子已记不清了，反正我们把他的东西使用了一通，然后又笑话了他一通扬长而去。他带了那么多玩意儿到甲板上，充其量只是为我们当了一回后勤部长。船刚开，根本就没什么好风景可看，而且朋友们难得相见，有说不完的话，陈村的后勤服务颇有些吃力不讨好。

人无癖不可交，陈村至少是个有些性情的人。他的成名作《当我二十二岁的时候》，就属于温情主义作品。在现在活跃的一批作家中，他有了一个新的头衔，这就是电脑发烧友。我们通常熟悉的，只有音乐发烧友，或者音响器材发烧友，电脑发烧友这词很可能是陈村的自诩。他对电脑的迷恋在朋友中一向被传为笑谈，据我所知，江苏作家中，很少有人玩游戏机入迷，可我知道在上海的作家中，为此疯狂的就有好几位，而真正玩出境界的就数陈村。收集不同版本的电脑软件，从不同的排版系统，到令人眼花缭乱的游戏卡，对于用电脑写作的作家们来说，仅仅是设想一下，便会觉得吃错了药一样不可思议。二十兆的硬盘可以存入一个作家一辈子所能写下的任何文字，陈村最近新买的一个硬盘是一百七十兆的，这概念意味着什么，我一时也说不清楚。这应该是一个发烧友之间切磋的话题。

我听说过有一种游戏机软件如果你不停地取胜，屏幕上的美丽女郎会一件接一件脱衣服。在屏幕上还有一个假设的你，如果是你输了，一件接一件脱衣服的将是那个假设的你。你想目睹一下美丽女郎的裸体，结果一丝不挂在屏幕上大出洋相的往往是你。玩这种带有一定色情意味的软件是玩电脑的旁门左道，电脑发烧友听了也许会生气。反正读到我这篇文章的人，千万别傻乎乎地去向陈村提这类问题。

据说现在陈村经常出现在上海的电视屏幕上，对一些社会焦点问题发表自己独到的看法。他的小说之外的文章到处可见，内容也不外乎有感而发。我猜想他的不少稿酬都用在电脑“发烧”上了，“发烧”有时候也逼着人写作。我不止一次听过陈村的发言，更不止一次看过他的小文章。事实上，我印象中最初写温情主义小说的陈村，如今的声音已经变得很尖刻。也许是年龄的关系，也许是环境的压迫，陈村经常说一些自己确实生气、别人听了也不得不生气的话。他是今日文坛上不多的几个肯抡棍子打打人的作家之一。人们对打棍子常常不以为然，可是不知道作家的可爱之处，恰恰在于他敢于抨击什么。作家们变得越来越世故，不是好事。

有一次，一位很有些名气的中老年作家在会议上，不知轻重地说了许多。凡是开会，这样的场面很多，作为青年作家，我们都习惯老老实实乖乖地听着，任凭人家说什么都不吭声。唯一按捺不住的是陈村，很不客气地发了言，他直截了当说不喜欢这位作家的东西。

那位兴致勃勃的作家仿佛被泼了一盆冷水，搭讪着等待陈村关于他的下文，可是陈村侃侃而谈，故意撇开话题，根本不谈自己为什么不喜欢他。在陈村发言的十分钟里，那位尴尬的作家，一直被晾在一边受罪，直到陈村发言完毕，脸上的苦笑早已僵硬，也仍然没明白过来到底是怎么回事。

我们在一旁暗自好笑，都说陈村这小子太坏，太恶毒。有时候，对于那些大红大紫自我感觉和明星差不多似的人物，如此给他们一个警告也很痛快。

闲话格非

格非曾经写信告诉我，说小时候得过一种怪病，那就是什么水碰到身上都烫，即使是凉水也如此。优秀的医生也许能说出所以然，不过大多数医生对于这种怪病，恐怕只是和我们普通人一样，听了目瞪口呆。不是什么病医生都能看好的，有的病自然而然地就好了，说是说不清楚的。

格非写信跟我谈这些，是因为我也和过去的他一样，正被一种很怪的毛病缠身，看了好多名医生都不见效。举例来说，我和朋友一起去洗桑拿浴，朋友热得吃不消，一次次出去冲凉，可我自始至终，舍不得出汗，结果所有的热量似乎都到了头发上，摸上去烫手，和我一起去的朋友赞叹不已，连声说我是异人。当然这种异，其实是怪吓人的，格非写信给我，目的就是以身说法，用他自己的事例安慰我。

在文坛这个不大不小的圈子里，余华、格非、苏童，还有我，常常被放在一起议论。台湾出我们的书，宣传广告上也是这么写的。其实这几个人都比我小，也比我更有才华，尤其是格非，比我小了足足八岁，他成名的时候只有二十二岁。那一年他发表了中篇小说

《迷舟》，这是一部至今仍为人们津津乐道的好作品。

我最后认识的也是格非，那是去山东领奖，心仪很久，一见面就好像成了老朋友。记得是在一家很不错的宾馆大厅里，格非孤零零坐在那儿，寂寞无比。见了我们，就像是见了久别的亲人。江苏作家人多势众，出门领奖，很少孤家寡人，动辄一帮一伙，这次我之外，还有周梅森和范小青。格非见了我们，连声说总算见到你们了，又说自己人虽在上海，却是江苏镇江人，老乡见老乡，两眼泪汪汪。可怜格非坐着硬座，千里迢迢赶来的，到济南已是半夜，不忍心让东道主来接他，将就着在车站前的草地上躺了半夜。夜里凉，格非竟然没有感冒。问他为什么不买卧铺票，回答说是买不到。

在海南，《花城》的主编曾对我说过，你们这几个先锋派，没想到会这么老实。他的话当然有所指，作为主编，他肯定不止一次接待过不那么老实的作家。这年头，作家的文章不一定写得怎么样，大摆作家臭架子的，却大有人在。毫无疑问，格非的小说属于第一流，但是他从来没有架子，不仅没架子，而且没能耐，连张卧铺票都搞不到。

在一次发言中，格非很诚恳地谈到自己一年的总稿酬是多少，他觉得这个数目对于一个作家来说，已经足够，因此作家不应该为了钱而放弃写作的原则。会上和会后，大家都在议论，觉得格非太书呆子气，他所说的那点稿酬根本就不算多。人们的普遍心态，都是觉得房子永远少一间，工资永远差一级，说钱已经足够了，不是书呆子还能是什么。

格非有一块很昂贵的欧米茄手表，是老丈人出国带回来的礼物。我们曾在一家手表店做过比较，那种远不及他那块表的，也要卖好几千块钱。蓝星笔会期间，在三亚一家挺像样的宾馆里，我和王干住一个房间，格非和余华住一个房间。有一天晚上，王干和余华为谁的围棋段位高，大打出手难解难分，于是格非只能逃到我房间来。晚上临睡觉时，我这人马大哈，忘了将锁已经有些坏的门锁上，结果天快亮时，三名小偷溜了进来。我被窸窸窣窣的声音惊醒，睡意蒙眬中，还以为是格非起来上厕所，后来又以为是他在找安眠药。安眠药放在我的裤子口袋里，我转过身，刚想和他说话，却看见枕头边站着两个陌生人，没明白过来是怎么一回事，站门口的另一位已向我扑了过来，手对着我潇洒地一挥，一大团气雾劈头盖脸，我只感到眼睛疼喉咙痛，差一点窒息，看不见也说不出话。格非被我挣扎的声音惊醒，尚未坐起来，便享受了和我同样的待遇，立刻掀翻在床上。

好不容易才喘过气来，我当时就明白是遭劫了，格非以为是有人在和他开玩笑，气愤地说："太野蛮了，怎么能这样？"

这次遇险，我和格非一人损失了一块手表。我是块旧电子表，扔了可惜，被偷了也不心疼，格非可就惨了。事后，警察赶了来，是位穿便衣的局长，溜之大吉的小偷当然抓不到，我们却不得不老老实实像写小说那样，坐下来写下事实经过。很多人都跑来问我们，一边问，一边笑，不相信我和格非的遭遇会是真的，因为这件事太戏剧性了。在报上也见到过，真出在自己身上，甚至我们都有些怀疑它的真实性。那喷向我们的气雾，可能是进口货，供女子防身用的，也可能是"敌杀死"，反正那滋味不好受。

格非后来很紧张，说如果真知道是小偷，很可能出于本能，跳起来搏斗。余华曾对我说过，格非是个非常勇敢的人，他常常在街上为了打抱不平和别人动手打架。勇敢是一种本能，就像我的本能是懦弱一样，格非不会像我那样叫人抢了就抢了，他一定会奋起反击，我们显然不是那三个小偷的对手。

闲话池莉

把池莉放进我的“专卖店”“卖”一回，恐怕有些太不恭敬。池莉新近在台湾出的一本书，一小笔美元还存在我这呢，旧账未了却，我却又在这拿她换钱，真有些不仁不义。不过《东方明星》的读者仿佛很喜欢池莉这样的货色，读者喜欢，就只好委屈池莉了。况且前面出场的几位红火作家都是男的，也该有一位女将出来撑撑场子。

池莉显然是如今走红作家中，最受群众欢迎的一位。《女友》杂志搞过一次最受读者喜爱的作家调查，选十个人，排在第一位的就是池莉。《女友》发行量一百多万，它的统计数字，实在要比《小说月报》权威得多。我没看到这份名单，不过可以肯定的，就是不会有我。如果有，池莉会在说这事的时候随带通知我们。当时在场还有几位作家，池莉笑着说，我也不记得还有谁了，不过我想，你们几位大概都会有的。池莉这么说，明摆着不想让我们其中的什么人难堪。上有九头鸟，下有湖北佬，仅此一点，就可以看出池莉的狡猾，当然这完全是出于善良。

池莉是《小说月报》接连两届“百花奖”的得主，上一届是中篇头奖，这一次更牛气，是双奖，短篇得了头奖，中篇又得奖。好事都让她一个人占了，真让写小说的眼红。作家写出小说来，能有那么多人喜欢，还有什么比这更让人得意。“百花奖”不是评委开个会就能决定的，活生生地是一张张选票加起来的，想做假都难。我不否认自己对池莉的嫉妒，我想很多作家会有类似的小心眼，她几乎每篇小说都被连载，都有不同程度的巨大反响。

在一个文学被人们普遍认为是滑坡的时代里，小说能写到这份儿上，池莉算是一个好样的。走红的小说家和其他走红的明星相比，根本不能同日而语。歌星、体育明星、影星、名导演，都是大众媒介热衷要炒的话题。小说家只能在一个狭小的圈子里活动，除非小说家本人会一些小说之外的插科打诨，否则很难被大众注意。池莉已经为小说家争了脸，靠着自己的小说，毫不逊色地引人注目，这真不容易。如今这个浮夸风盛行的年代，著名两个字已变得很廉价。一篇小文章说得很好，说眼下提到著名的作家，常常是不著名的。著名只是广告，只要发表过几篇文章的人，都可以无耻地加上这一前缀。对于一个好的小说家来说，要是你的小说没人看，要是别人甚至自己仅用著名这两个字蒙人，也就太没意思了。

池莉和我同岁，都生于反右派的 1957 年。我们的经历和六十年代出生的一批新锐作家比较，都有些可供吹嘘的革命资本。池莉好像插过队，当过工人，学过医，还正儿八经地开业替别人诊治过病。当然离名医尚有好一大段距离，不过我记忆中，好像也不是简单的医务室水平，在武汉的楚天台，池莉便替我看过病，讲了一大通，头头是道。

以池莉的小聪明和能干，似乎不用去学什么医，就天生可以是医生。一个能当医生的人，又似乎天生适合当作家。作为一名女作家，池莉的小说里几乎闻不到什么脂粉气，她是新写实阵营中最具有代表性的女作家，是穆桂英式的人物。什么是新写实，众说纷纭，我也弄不太清楚，但是池莉小说中那种医生的认真和冷酷，恐怕要算是一个重要的特征。

池莉写过一篇小说《预谋杀人》，我很吃惊，她竟然能写出这种让人瞠目结舌的玩意儿。这篇小说好像是一个信号，那就是池莉不仅擅长写现代市民的生活，而且可以毫不含糊地走进历史。她不仅是一位描写琐碎事情的好手，同样适合于写高度戏剧冲突的故事。换句话说，她想怎么写，就能得心应手地怎么写。池莉在写信时，曾以戏弄的口吻说我是写作的“职业杀手”，其实这词池莉自己留着用最合适。

我想武汉人大约没有不知道池莉的。池莉是红遍全国的作家，可惜只要是作家，在全国平民百姓的心目中，说穿了也就那么回事。除了文学爱好者，很多人知道的，就是池莉如何被迫和人打官司，当然还有一个原因，是她不止一次在电视上作为名人亮过相。池莉在一篇文章中谈到的一件事很有趣，她参加一个以保护牙齿为题的电视晚会。节目是事先录好的，为了做出现场直播的效果，公布了几个热线电话，让观众有疑问打电话过去。节目播出的时候，池莉的一个邻居，捂着自己的牙，跑来借她的电话打。池莉笑着说：

“你现在打电话过去有什么用?”

被牙痛折磨得痛苦不堪的邻居说：“怎么没用，电视不是正直播着呢!”

池莉大约是花了好大的力气，才让这位执拗的邻居明白，她不是舍不得让他打电话。所谓直播，不过是为了追求一种逼真的效果。现实中的池莉面对电视上的池莉，又好气又好笑。假的东西千万不能太真，否则连真的东西都会怀疑自己是假的。池莉的邻居便是把现实中的池莉，和正在电视晚会上的池莉，当作了两个不相干的人。

我想，池莉当时恐怕也绕不清谁是真的自己了。

闲话方方

我所知道的比较活跃的青年作家中，方方似乎是第一位正经八百干刊物主编的。刚开始听说时不肯相信，以后她来电话，我以肃清流言的口吻问她，希望她能否定此事，然而方方一口承认，并且就便向我约稿。再以后见到了方方寄来的正式刊物，印刷得十分漂亮，用目前时髦的话说，是那种和国际接轨的开本，刊名也很吓唬人，叫《今日名流》，用美元买，要八块钱一本。我不是好编辑，不过毕竟吃过许多年的编稿子的饭，翻了翻方方寄来的刊物，就知道不费心是编不出来这样的刊物的。按我的想象，方方也许只挂个名，可是她在电话里郑重其事地宣布，是真的管事。

方方既然敢真的管事，不得不表示佩服。女人天生就是要创造奇迹的，方方告诉我她同时还在写长篇小说，我听了，不仅佩服，而且嫉妒。中国人这些年阴盛阳衰得厉害，最典型的莫过于运动员。当主编实在是吃苦头的事情，按说这苦差应该由大老爷们儿来干，偏偏军中无大将，于是搬出了穆桂英。男人们本来就不行，能显点本事的机会再让女人去干，结果更证明了男人的不行。

方方按说也是有来头的人，出身名门这话太俗气，当知道她是汪辟疆老先生的后人时，我便感到格外的亲切。汪老先生是我读书的那所大学中最负盛名的大教授之一，他老人家的照片，现在仍然在中文系的办公室里当招牌一样地挂着。大学时，有一次我们专程去为这些老先生扫墓，在老先生们的墓地前，我们的老师谈起先贤事迹，眼睛不停地发亮，泪水都快淌下来了。正是因为有了汪辟疆以及吴梅、胡小石、方光焘等老先生，南京大学中文系才有过可以炫耀的极其辉煌的历史。物是人非，今不如昔，我们这些当弟子的也太不争气了。

方方虽然在武汉成名，她却是出生于南京。当代有许多红火的青年作家都出生在南京，譬如王朔和王安忆。《祖父在父亲心中》是方方写的一部关于祖父和父亲两代人之间故事的小说，这样的故事我太熟悉了，读起来有一种特别的滋味。我和方方在某种意义上是属于小背景相同的一代作家，不知道她的父亲有没有真的被打成右派，反正我们之前两代知识分子的遭遇，使我们成为既有别于他们，又完全不同于他们的一代新型的文人。我们这一代是幸运的，我们能够成为作家，是天赐良机。

按说在今天的世界上，只要是写小说的，都应该算是朋友。我和方方见过四次面，以武汉和南京的距离来说，也许不能算少，可惜每次见面都是匆匆说不了几句话。前两次见面是在北京，先是领个什么奖，大家住在一个酒店里，在一张桌子上吃了几顿饭，便分手了。后来是青创会，方方好像还是湖北的领队，是正经的领导，正式开会的第二或者第三天，又是一个什么不得了的事，让她立刻回武汉。我已记不清是什么事，反正有人急急忙忙地进来喊，她十分匆忙地和我握了握手，扭头便离开了会场。当时她穿着一身黑颜色的衣服，匆匆地像一阵风。

我不知道生活中的方方是否永远匆忙。终于有机会在武汉又一次见到了方方，我曾两次有机会去过武汉，第一次说好了方方和我们参加一个会议的，房间都为她准备好了，可是最终她还是因为有别的事没来成。这情景也有些像今年南京召开的城市文学讨论会，原来说好是有她的，报纸上已事先登了她的名字，后来又是因事不能来。第二次去武汉时，我们去参加一家杂志的宴请，宴会前，在杂志社座谈，知道方方就住附近，立刻打电话让她过来。于是她终于从自己的时间里抽出身来，和大家在一起吃了一顿饭。就一顿饭的工夫，说了些什么话也记不清了。

去年春天在广州，在飞机场又遇到了方方。我们同去海南开笔会，总以为这么凑巧，肯定是同一个会议，没想到一打听，竟然是两个不同的会议。她听说我们这个会议都是些有趣的人，顿时有了投奔我们的意思。我们只是受人之邀，内心欢迎她，却做不了这个主，于是乱出主意。更滑稽的是方方人已经到了白云山机场，去海南的票仍然没有着落，慌乱中只好买黑市票。广州的黑市票也真够贵的，原来的票价不算，光手续费这一项，就要收七百元。这七百元自然是没收据，最后能不能报销也很难说，方方笑着要在场的人为她做证。其实人家真要是不肯报销，我们这群书呆子做证有屁用。

最玄的是方方跟着票贩子去拿票，钱已经给了票贩子，票贩子留了一张身份证在张欣那里。迟迟地看不见方方拿着机票过来，我们大家都很担心。这年头人心不古，那票贩子如果是个大骗子怎么办，如果间接还充当人贩子又怎么样。张欣是广州人，大家都忍不住向她打听当地的治安。据说广州的票贩子都有职业道德，我们的担心显然是多余的。登机的时间很快就到了，我们不得不检票进舱，等我们坐稳了，飞机似乎都快起飞，方方才若无其事地钻进来，她站在后排的座位前，笑着和我们打招呼。

武汉这地方大约是专门出能干的人，难怪人们要用九头鸟来形容他们。别处的女作家似乎都没有武汉的厉害。方方之外，还有一个池莉，都可以算作穆桂英似的人物。评论家提到她们，总是成双作对，方方比我和池莉大两岁，与我省的女作家黄蓓佳、范小青同年。

闲话朱苏进

朱苏进有一篇小说叫《孤独的炮手》，我很喜欢这个名字，无端地觉得用它来形容朱苏进很合适。有个朋友谈到朱苏进，说他的脑子如何发达，完全可以去总参谋部充当高级军事人才。如果有战争的话，作为小说家的朱苏进，也许会毫不含糊地成为军事家。将军是朱苏进的最好选择，其次才是当小说家。朱苏进的孤独就是这种智力原因产生的，孤独是一种被迫的姿态。他这样的人，最适合把他放在傲视群雄的位置上面，一旦在他的面前出现了真正的对手，他将变得更强大，否则就只有孤独了。

作家朋友中，朱苏进是我见到的最自信的一位。他固执己见，却又从来不显得迂腐。即使有时候难免失了一些分寸，在他身上也可能化腐朽为神奇。记得四年前，有一次我和周梅森一起拉着他买电脑，走进一家电脑店，刚进去，他的眼睛就亮了，谈了一会儿，既不讨价，也不还价，干净利索地就领头付了钱。当时店里仅两台电脑，我和朱苏进像抢什么似的，一人搬了一台回家。搬回家以后，我迫不及待地练习打字，第二天就尝试着用拼音和五笔字型交替写文章。等我写完了第一篇文章，朱苏进打电话给我，让我到他家去传授打字经验，以他对我的判断，他不相信我已经掌握了打字的技术。到了他家以后，他像老师刁难学生一样，不停地问我这个那个，把我活生生问傻了以后，才郑重其事地告诉我，键盘上所有的键有什么作用，他都研究过了。

我当时很狼狈，电脑对于我，至今仍是一台简单的打字机，稍稍复杂一些的花样，便不明白。这件事充分地体现了朱苏进的高智商，也充分说明了他这人为了追求极致，弄不好就要走极端。在没有说明书和基本的电脑知识的前提下，他竟然真研究出了键盘上许多键的作用，而这些键对于写作的人，可能永远也不会用到。

结局非常可笑，研究了一阵，他终于对台式的电脑开始反感，隔了没几天，他又很严肃地打了个电话给我，让我陪着他去店里退掉电脑，理由是从审美的角度看，台式电脑放在桌子上太大了，看着就别扭。面对着看上去别扭的东西，是不可能进行写作这样的美好活动的。写作是一件伟大的事情，不能马马虎虎，就和付钱时一样果断，他竟然坚决要求退货，即使蚀本赔些钱也在所不辞。结果，店主也为他的真诚所感动，那架台式电脑果然让他退了，现在他使用的电脑便是便携式的。

朱苏进的为人，是一种明确无误的赤裸裸式的，想什么就说什么，想什么就干什么。他的父亲是一名军医，作为军医，给儿子的教育就是不应该说假话，应该最大限度地接近科学。为医之道是掺不了假的，朱苏进谈到他性格形成的原因时说过，他所以成为今天这样一个人，首先是受了父亲的影响，其次便和他当兵的经历有关，他当的是炮兵，在测量距离上面，他必须非常准确地喊出一个数目来，否则，炮弹就会飞到它所不应该光顾的地方去了。值得提一笔的，是朱苏进对大炮有一种别样的感情，他的长篇《炮群》就是写的炮兵。他几乎是一名天生的军人，而且是天生的炮兵。大炮常常能让人联想起男人的亢奋，无论是朱苏进本人，还是他的小说，都很容易让人产生这样的联想。

聆听朱苏进在公开场合的发言是一件极有趣的事。他算不上那种有演讲才能的人，不会夸夸其谈掉书袋，也不会说一些轻薄之辞媚俗，但是他往往能用一种纯书面的语言，说出一些让人瞠目结舌的话。他的话有时仿佛就是大炮里轰出来的，听众常常被他狠狠地吓一跳。我觉得朱苏进在讲话时，有意无意地便是在等待这种效果。他慢腾腾说着，听的人不是频频点头，就得哭笑不得地摇头。朱苏进喜欢用一些辉煌的字眼，这些辉煌的字眼增加了语言的力度，力度和机智是朱苏进的看家本领。

和朱苏进打牌，有一件事总让我耿耿于怀。以我与他的计算方面功力的差异，我根本不可能成为他的对手，他当然也不屑于与我为伍。我们有机会一起打牌，通常是出去开笔会，为了解闷消磨时间。朱苏进真正喜欢的娱乐是围棋，玩扑克牌档次太低，他屈驾光临，不过是赏脸陪我等玩玩，可就是这种陪着玩，他也不肯马虎，照样揍得你鼻青脸肿。玩牌时，他端坐在你的上方，一言不发，我是急性子，常常不加掩饰地就把牌扔出去。扔出去后，他并不让你立刻把牌收回去，而是过了好一会，等你都忘了这张牌是自己走的，他才慢腾腾地问：

“该你走牌吗？”

于是我脸红着将牌收回去，收回去了之后，他面无表情地再想一会，又说：“现在你可以走了。”忍不住把牌扔出去的慌乱对我来说，是屡屡会犯的一个低级错误，尤其是在关键时刻。这种错误犯多了，便更觉得自己智力上有些问题。朱苏进的狡猾就在于通过这种打击，让你陷入混乱，然后进一步趁乱占便宜。偏偏我的弱点是一乱全乱，一手好牌突然就不知道应该怎么打下去。

和朱苏进打交道，最好要保持应有的警惕，千万别和他斗智玩小聪明。如果你是个对手，你将激发起他的激情，他因此便不会放过你。如果你不是对手，那将是自找蹂躏，朱苏进绝不会因为你愚蠢，就会手软饶了你。

闲话范小青

写作行为从本质上看，更像是女人的行为。在台湾，作家中占多数的便是女士，好端端一个大男人，成天躲在家里瞎编故事，想想也有点不好意思。因此，女人比男人更应该是个作家。

女人天生就是作家，一个女人如果真想当什么作家，写作对她来说，就不是什么难事。这几年，江苏作家的势头似乎不错，上海的李晓一次和我开玩笑，说现在的文章，有一半是你们江苏作家写的。这话当然有些夸张，但是如果继续夸张说下去的话，那么江苏的文章，又有一半是范小青写的。女人是半边天，范小青一个人就把那半边天给挺住了。

我敢说范小青的写作速度，让所有的江苏作家感到眼红。不管别人喜欢不喜欢这个比喻，我觉得作家写作就应该像自来水龙头，一拧开，就可以淌出水来。我自己就是这样，只要让我坐下来写，总能写出来。而且我始终顽固地相信，能写出来，比写得好更重要。可惜我这个龙头是小号的，拧开了，水是有的，可惜淌不多。范小青不一样，她是大号的水龙头，哗哗地淌得让人感到又恨又怕。我写一个中篇，好歹都是一个月，范小青四天便解决问题。

范小青是江苏作家中的急先锋和主力后卫，数不清的编辑来江苏组稿，我们总是让范小青打头阵，或者就是干脆往她身上推。反正除了写东西，她别的事也干不了。有的编辑对我们说："范小青已给了一篇小说了，你们也给一篇吧。"我们照例不认账，因为在速度上，我们总归是写不过范小青的。我们如果给了某刊物一篇小说，范小青不给，这是她的不对，反过来，她给了人家，就算是说好的，我们照样可以理直气壮地不认账。

作家也许真是分"天才"和"勤奋"两类人。我觉得在江苏作家中，我和范小青都属于勤奋一类的。和别人比吃苦，我们两个人大约都不会输。有一年在苏州火车站，范小青赶来送火车票，她的脸色绝对铁青，这种铁青就是写小说写的。作家的吃苦实在说不出，你看她不吃力地一篇接着一篇"炮制"小说，好像一点也不费力气，其实不知消耗了多少心血。真要有什么仪器能测量人消耗的心血的话，测量一下，保证吓人一大跳。

我是同行，所以我更知道范小青吃的苦。作家不能仅仅是写东西，也不能仅仅是空想，当一个地道的作家，就得货真价实地干活。现在叫作作家，其实根本不干活的作家太多。自己不干，别人干出来了，内心里不怀好意地嫉妒的也太多。我和范小青都是因为写得多而被誉为多产作家。多产作家有时候是个好词，很多时候却未必。不管怎么说，我都相信写得多是件好事，范小青的观点大约也会跟我一样。别人怎么想，又有什么关系呢。

范小青另一桩让人眼红的事情，是她太能喝酒。我经常有机会和她坐在一张桌子上，她虽然是苏州人，却属于那种能够大碗喝酒大块吃肉的女侠。俗话说，喝酒时，女将上场，必有妖法，因此男人通常不敢和女人斗酒。范小青就不止一次让人上过当。记得那一年在庐山，东道主号称海量，刚开始咄咄逼人，丝毫没有把范小青放在眼里。同桌的还有黄铁男，他是在西藏待过的汉子，喝酒当然也不含糊。喝了许多轮，黄铁男知道遇到高手，率先服软，找了借口，溜到别的桌子上去了。于是东道主便和范小青单打，酒究竟喝了多少，我已经记不清，一人喝了一斤大多没问题。

离开酒桌，范小青走路时已经东飘西晃，大家都说她喝醉了，她呵呵傻笑，也不否认，回到住处，倒头就睡，睡了一个小时，便爬起来找人打牌。我们在庐山那几天，因为下雨，天天打牌，一打就打到深夜，我听到打牌就头疼，范小青那天仗着喝了酒，就是不许我逃席。那天我妻子也在，出来为我说话也不行，有理无理，一定要打牌。都以为她喝醉了，结果赢的还是她，打到十一点钟的时候，东道主的酒性开始上来了，一个劲儿地吐，还接二连三地往床下跌，吓得同室的人连连出来告急。这边打牌的人，不得不及时派人去抬掉在地上的东道主。范小青好像也去慰问过一次。

范小青喝得东倒西歪，我亲眼所见，有多少次已记不清。然而真醉得大吐或者往地上跌，却从未遇到过。有一次在张家港，她和程玮住在一屋，喝了酒以后，我们正在谈话，程玮尖叫着跑到我们房间来，说范小青喝醉了，正在发酒疯。这边房间里的人连忙赶去，范小青做出睡着的样子，谁也不理，后来她自己也笑了，因为她当时很想好好地吓一吓一惊一乍的程玮，果然事遂人愿，程玮吓得不轻。当我们离去的时候，程玮还在叽里咕嘟，一口咬定范小青是真喝醉了。

酒喝多了，到底还是伤身体的。艺高人胆大，范小青自恃武艺高强，逢到喝酒，就会产生大打出手的恶念。作为朋友，我不止一次劝过她少喝一些，在这篇文章的结尾处，我还是非常真诚地表达这种愿望。

闲话苏童

苏童戴着眼镜打麻将，最能反映出他的特征。一戴上眼镜，给人的感觉是老气横秋，一本正经。这是一个小孩子在冒充大人，尤其到了摸关键的牌，他更像一位误下赌海的失足少年。麻将桌上的苏童谈不上儒雅，一输了也喜欢骂别人，当然更喜欢骂自己，然而无论怎么骂，他还是一个憨厚的男孩子的模样。

好几年前，《上海文学》的吴泽蕴来南京组稿，因为住在锁金村，离我们的距离遥远了一些，带信儿让我们去见她。我和苏童骑车去了，回来时，绕道中央门的南京商场。那时候的南京商场刚刚开业，号称本市面积第一大商场，东西多，人也多。正是通过那次逛商场，我发现苏童有很强的购物欲。那时候的苏童还谈不上大红大紫，只是一个手头不宽绰的文学编辑。他流连于电冰箱柜台，细心研究着不同的牌子，比较价格和式样。他的认真和专注给我留下了一个很深的印象。这以后，我时常在苏童的小说中，读到这种男孩子对物质世界的由衷迷恋。一双回力牌球鞋，一台老式的木壳收音机，一个装着香粉的小盒子，反映了他那种发自于内心深处的向往。

苏童最好的小说是描写少年。他文集的第二本就干脆命名为《少年血》，这是个带几分矫情，同时又带着几分童真的小说集。书的封面上，苏童写道：“我知道少年血是黏稠而富有文学意义的，我知道少年血在混乱无序的年月里如何流淌，凡是流淌的事物必有它的轨迹。”少年情结是苏童小说最重要的内容，稚朴、向往、迷恋，少年的血在血管里不安分地流淌着，所有这些都不同凡响地构筑了苏童小说中的人文景观。也正是出于这种对苏童的偏爱，我还是认为苏童的《城北地带》是本好书，而且前半部分或许比后半部分更好看。

男孩子的可爱，恰恰同女性的少女时代更具有诗意一样，这是一个会被文学所忽视的话题。当我们谈论红颜已老的时候，我们通常想到的是女性，是那些曾经如花似玉的女孩子们。苏童的小说让我们想到了男孩子的意义。女权主义者一定意识到了，人们过多地谈论女性，恰恰是因为谈论者采取了男人的视角，红颜已老明日黄花只是男人的感受，是男人的感叹，或者说是为了男人的感叹。苏童的小说无意中为女权主义的思想提供了一个可以探讨的文本，这也许是苏童的小说为什么会受到女性欢迎的原因。

苏童本人和他的小说一样，他看上去就是个大男孩子。不止一位女作家说过苏童是个很不错的男孩子。那一年开青创会，我和苏童住一个房间，有一天晚上，有个女人打电话进来，约苏童到楼下咖啡厅去坐一会儿。这是一个神秘的匿名的电话，我就听见苏童反复地问：

“你到底是谁?”

电话里的女人显然在捉弄苏童，她告诉苏童自己是谁并不重要，关键是他敢不敢下去。苏童结结巴巴地说：

“我不是怕，但我不知道这么晚了，你要找我干什么?”

电话里的笑声让我相信那女人绝不是一个人在打电话，很可能有一大帮女人，生活中，我们已经习惯男人和女人开一些这样无伤大雅的玩笑，而思想解放的女性先驱也开始拿男人当作了娱乐对象。我想苏童那天晚上，心脏一定像初恋的小男孩一样跳个不歇，挂了电话以后，他虽然若无其事地笑了，而且还骂了一句粗话，但是脸却像块红布似的不可遮挡。

我和苏童有许多一起出门的机会，安排我们住一个房间是经常的事。中国特色的笔会，说穿了就是一些不花钱的公费旅行。我最不习惯的是要记住随手带房门钥匙。宾馆里的钥匙总是附带着一块很大的塑料牌子，弄不好就不知道扔哪儿去了。按惯例钥匙都是苏童带的，他自我感觉比我更有头脑，而我也趁机落得省事，出门时大声叫着："苏童，钥匙!"他立刻跟班一样应着："知道了，没问题。"

苏童是个爱整洁的人，即使住在宾馆里，也喜欢收拾得干干净净，有一次他似乎有些忍不住了，当我声明自己最怕整理房间时，他不好意思地说："我发现你是蛮喜欢摊的。""摊"这个字在吴语中意太乱、邋遢，到处乱放东西。苏童是苏州人，这是他难得露出的几句苏州腔，当然是经过普通话修饰过的方言。

苏童的可爱之处是他保留的一些男孩子气，我们出门在外，最怕自己动手洗衣服。因为时间都不长，我不到万不得已，不换衣服。每次出门，只带一两套备用的，到笔会开到一半的时候才换上。天冷没问题，天热便有些尴尬。苏童这一点上和我一致，不过他习惯于两套衣服交替着穿。晚上要去参加舞会了，换衣服前闻一闻，哪套气味小一些，就毫不犹豫地穿哪一套。苏童的绅士风度好像也更带着一种孩子气，他现如今已经很阔了，常常会说一些让囊中羞涩的人生气的话，譬如花很多钱买了一双鞋子，然后非常矫情地说："这不贵，一点都不贵呀!"别人说这种话不可原谅，苏童说了只觉得他可爱。

去年在上海，我们从宾馆去《收获》杂志社。一辆来接的小面包车坐不下，我便带着自己和苏童的行李坐出租车去。下车时，我忙着跟熟人打招呼，结果出租车把我们的行李都带走了。这样的洋相，经常出现在我的身上，等我想到，出租车早没了影子。这时候，苏童坐的面包车姗姗来迟，大家都很着急地问他行李里有没有贵重的东西，他好像早就会料到我要出差错一样，笑着说：

"我怎么可能那么幼稚，叶兆言这人，哪能让人放心。"

果然他有一笔刚到手的稿费，数量还不小，不过是随身带着，因此安然无恙。附带说一句，那行李后来也找到了，《收获》杂志社不得不专门派人去取。

后记：不知不觉，在《东方明星》上的"兆言专卖店"里竟然卖了一年的朋友。"出卖"大红大紫头上罩着光环的朋友，是宰熟人的行径，因为熟人，一刀下去可能见红，或砍一只胳膊，或剁一条腿，挣钱是个幌子，目的是让读者看见活生生的人。老这么"卖"下去，也没意思，口袋里还有几个朋友可以卖，先留着压箱底，以后再酌情处理，1994 年晚秋。

苏童和我

苏童和我老是被捆绑在一起，《文学报》的编辑找我组稿，理由也是他们认为我写一篇苏童的印象记最合适。

苏童和我的名字被放在一起，起源于几年前省里为我们开了一次作品讨论会。在会上，到会代表纷纷捧场说好话，然后便是大谈我和苏童的不同处。这次讨论会以后，苏童和我的名字老是紧挨着，找我组稿的，无论是写信还是面谈还是在电话里交代，临了总有这么一句话："喂，跟苏童老弟也说一声，让他也给稿子。"我曾给苏童带过无数口讯，也糊里糊涂地忘了许多必须打的招呼。我收到的信上，结尾像"向嫂夫人问候"的客气话很少，然而向苏童问好的附言却太多。多了也就没用，事实上，我很少代别人向他问好，我想苏童一定也有类似的感觉。

苏童和我之间有一种荣辱与共的默契。我们的运气仿佛老是连在一起，我觉得自己常跟着他沾光。这年头作家所能得到的好事美差，有他的份，很快就会有我的一份。我们的运气也是要好一起好，要坏一起坏。

不止一个人为苏童和我的这种特殊关系打抱不平。很多人谈论苏童和我，都喜欢像发现新大陆一样地宣布："苏童和你其实不一样。"恰恰就是这句话又把我们连在一起扯半天。苏童和我的确不一样，苏童是英俊少年，我却其貌不扬。朋友们聚在一起，或是羡慕或是妒忌，当面谈论苏童的漂亮，往往变成轻松愉快的话题。按辈分说，我是五十年代出生的作家，苏童是六十年代出生的作家，我们放在一起，明摆着我有些吃亏。我这人是土包子，苏童整个是新潮青年。

苏童和我的作品更不一样。这当然是废话，没什么人说我们的作品一样，起码没有人当着我们的面说过类似的话。我不止一次被提问，无论是在大学的课堂上，还是在举办的文学讲座，经常有人很严肃地站起来，要不然就是递纸条，让我从正面回答我对苏童小说的印象。这是一个非常棘手的问题，虽然我看过苏童的大多数小说，但是三言两语就说出自己的判断，对苏童也太不负责。

我真心地喜欢苏童的小说。苏童的小说有一种当代作家很难有的气质。他的小说是透明的。记得苏童将他的第一本小说集送给我以后，连续几天晚上，我都很激动。苏童的小说喜欢在幽静淡漠中透出无限的感伤，那些简单而又富有韵味的画面，几乎无一例外都是美的挽歌。他小说中的那些女孩子都是水做的骨肉。他的故事是一种凝聚，十分巧妙地被镶嵌在一个透明的玻璃球中间，玻璃球轻轻地转动，我们阻隔在外，不能过分接近他的故事，却又不得不被他的故事所吸引。他的小说在转动的玻璃球中夸张变形，五彩缤纷幻觉无穷，因为简单，所以丰富。苏童是个漂亮的小伙子，他的小说又比他更漂亮。

印象中的朱伟

1

认识朱伟完全是很偶然的机会。有一天，一个朋友告诉我，北京来了个很有名气的编辑。我这个朋友不是搞写作的，他说的名气，是指朱伟和轰动一时的“舌苔事件”绑在了一起。马建的两篇西藏风情小说，引起藏区人民的极大不满，这是当编辑始料未及的事，然而朱伟因此便不得不引咎检讨。

最初的印象，只是南京来了个犯了错误的朱伟。我是个孤陋寡闻的人，当时并不知道朱伟是四小名编之一。而且朱伟所供职的《人民文学》，在我心目中门槛一向很高，我想见朱伟，重要的原因，说来好笑，就是想见见犯错误的人。当然，朱伟也让小天跟我打招呼，说是想和我认识一下。

第一次见面时就有苏童。我没拿朱伟当名编辑，朱伟更没有拿我和苏童当回事。当时名满京城的青年著名作家多得是，我和苏童都属于尚未出道的业余作者。那天，朱伟穿了一身黑西装，一件红格子衬衫，好像没系领带，由小天和苏童陪着，突然出现在我的陋室中。

说自己那时候的房子是陋室，绝非矫情。记不清楚是谁去买了瓜子，反正一边喝茶，一边吃瓜子，嘻嘻哈哈就算认识了。也记不清楚说了些什么，聊到快吃饭的时候，便去了储福金家。小储是江苏最早的专业作家之一，他和朱伟早就认识，朱伟一到南京，便约好了要请他吃一顿饭。

我和苏童包括小天，都不认识小储家，却都自告奋勇领朱伟去。去了，老实不客气地跟着朱伟蹭饭吃。本来只是请朱伟一个人，一下子添了三条饿汉，小储的夫人，在厨房里一定忙得焦头烂额。小储的房子当时也是够呛，大家昏天黑地地聊天，突然有了尿尿的意思，偏偏连厕所也没有，只好硬憋着。那天印象最深的就是为了文学吵架，除了小天，谁都不着边际地乱吵。主吵是朱伟和小储，这两人在一起，针尖碰麦芒，谁都觉得对方完全是错的。我和苏童跟着凑热闹，一会帮朱伟，一会帮小储。吵到临了，我和苏童也为海明威吵了起来。吃饭前吵，吃饭时吵，吃饭以后，憋着一大泡尿，还是吵。

后来我跟小天背后谈朱伟时，都觉得朱伟有些过分。不说吃人的嘴软，到人家里去吃饭，盯着主人吵，起码是不够世故。文学的事，本来就不是吵吵就能说清楚，何必那么认真。

2

我和朱伟不知不觉地就成了朋友。大家都觉得谈得拢，话越说越多，越说越投机。我们一个在南京，一个在北京，要说见面的机会也不多，然而竟然还是被我们创造了一些机会。

朱伟一直有个不小的野心，就是联合一批志同道合的编辑，办一个自己称心如意的刊物。自己办刊物没有现实性，于是我们一起编书。当时有个挺不错的想法，就是按年度出选本，完全以自己的眼光，编一本我们能看得上的书。我们打定主意要出一本权威性的选本，所谓权威，意味着将代表年度文学创作的最高水准，意味着将按照小说的本义，对每年度形成的文本进行筛选。筛选其实就是一种批判，我们将毫不含糊地舍去那些因非文学因素走红的作品。

朱伟是这些想法的策划者，我们不仅动动嘴，而且确确实实认真着手干。浏览了当时差不多所有的重要刊物，拟了粗选名单，然后集中起来讨论。朱伟始终处于一种亢奋状态，一篇一篇讨论研究，不肯有半点马虎。我们的劳动最终被证明是一种浪费，出版社最终放弃了这个看上去暂时会赔钱的选题，但是在一起白干了活，我们彼此之间有了进一步的了解。

记得当时是在沿海的一座不大不小的城市里，是炎热的夏天，我们没日没夜地讨论，聊天，下海游泳，在海滩上散步。也正是在这个夏天的海滨城市，我们一起策划了《东方纪事》的改刊。

《东方纪事》的改刊，也许是朱伟编辑生涯中最辉煌的一瞬间。从接受任务，到发出一期全新的高质量的稿子，前后只有一个月。朱伟实在是一个干活的坯子，他当编辑，真有那么点玩命。记得接受改刊的那天晚上，我们整整聊了一夜，从栏目设计到具体如何拉稿，都一一做了最细致的安排。事实上，改刊后的《东方纪事》，前前后后就他一个人在忙。第一期改刊的《东方纪事》，稿源主要来自北京，也就是说，都是朱伟马不停蹄奔来的。譬如黄子平兄的稿子，黄子平住在北大，为了他的稿子，朱伟前后去了三趟。从朱伟的住处到黄子平家，花费的时间差不多等于北京到天津的时间。

许多人都还能记得改刊的《东方纪事》，因为那上面的确有不少很值得一看的好稿子。《东方纪事》的改刊是个浪漫主义的故事。轰轰烈烈的改刊，不到一年，便以停刊而告结束，而这种停刊，又是早就可以预料到的。

3

朱伟的毛病就在于他的书呆子脾气。他对文学过于斤斤计较。他常常在该随和的时候，不随和。对于不喜欢的作家，朱伟给人的印象是近于冷酷。他常常流露出谁不怎么样，谁不行了的主观判断。直抒己见自然无可非议，可在一个讲究中庸之道的国度里，朱伟这样做，很容易被人不理解。而且朱伟一向喜新厌旧，他对新进作家的兴趣，远远大于成名作家。不管别人怎么看，我印象中的朱伟，是为数不多的无视名家权威的编辑之一。

在我的朋友中，有两个人，可以称得上是编痴。一是小天，另外一个，就是朱伟。这两个人，如果不让他们尽心尽意地当编辑，就像不让职业运动员上场参加比赛一样，要多难过有多难过。和这两个人做对的最好办法，就是剥夺他们当编辑的权利。同时我也坚信，只要放开手让他们干，什么样的刊物，他们都能办好。

一个编辑的辉煌业绩，向来都是被忽略不计的。尽管可以用“为他人作嫁衣裳”自嘲，然而任何一个好编辑，心中又免不了有一份委屈。作为获奖作者的责任编辑，朱伟可算是大名鼎鼎。新文学时期的成名作家的成名作，有不少都是出自朱伟之手。如果要设伯乐奖，不给朱伟发一个，便显得太不公平。

好编辑都想当伯乐。朱伟乐于当一个好编辑、大编辑，说穿了不过是一种伯乐情结。我为朱伟感到悲哀的，是很多人一旦成了名，大红大紫，就再也不把朱伟放在眼里。我想朱伟永远会有两种悲哀，一是成名作家忘恩负义，不理他了；一是成名作家没有后劲，东西越写越差。这两种悲哀放大了说，又是所有好编辑的悲哀。

写一个熟悉的朋友，并不是件容易事。一时间，思绪万千，觉得朱伟有太多的事可以写，真动起笔，又不知从何说起。他读了许多书，喜欢音乐，喜欢到了愿意编音乐字典的地步，最近又迷上了古人的饮食。他喜欢把自己当作一个有文化有教养的上等人，谈不上潦倒，更谈不上得意。可是我印象最深的，仍然还是最适合当编辑，当一个能为所欲为的编辑。熟悉的朋友，都遗憾他近来无所作为，然而我却相信百足之虫死而不僵，瘦死的骆驼比马大，卧龙就算是躺在那，也还是一条龙，他不过是枕戈待旦，一有机会，便会驰骋文坛，重振雄风。

快枪手荆歌

江苏作协到日子就要对圈养的作家们进行清算，每人交代一番自己的工作，评功摆好。轮到荆歌发言表态，大家忍不住都笑，因为他作品数量最多，一汇报就一长串。要说谁最对得起作家协会的那份薪水，荆歌当仁不让。发表小说没有核心期刊这一说，他的长篇中篇短篇，都登在大名鼎鼎的刊物上，别人早心知肚明，偏偏他还要再唠叨一遍，大家除了笑，剩下的就是嫉妒了。

荆歌长年生活在吴江，印象中，他去作协的次数，与我差不多。就冲这一条，不给他在南京安排套住房，有些对不住他。当然这话只能说着玩玩，现如今专业作家像过街老鼠，像大老板包养的二奶，网络上人人皆曰可杀，社会上志士恨不能取缔。再也不会有公家分配房子的好事，荆歌比我和苏童混进专业作家队伍晚，一失足，千古恨。他没有失足，只是晚一步，房改已结束，黄花菜早凉了。

有一年在香港街头买皮鞋，他买了双与我款式完全一样的鞋。买就买吧，买了以后，一边试鞋，一边笑嘻嘻说："不好意思，以后你要穿这双皮鞋的话，我就不穿了，两人穿同样的鞋，总不太合适。"穿共同式样的皮鞋，本来没什么不可以，又不比写文章雷同，更不像喜欢同一个女人。我知道他这是开玩笑，摆噱头，便有意刁难，说这确实不太好玩，可不能因为我穿了这鞋，还要专门打电话通知你。他说那怎么办，我说好办，以后你到南京来，不要穿这双皮鞋。

以后他来南京，穿没穿这双鞋我没留心。只知道他三番五次说我霸道，好像还写了文章，说我不许他穿那双皮鞋。荆歌的油腔滑调，不仅表现在生活中，还发表在文章里。有一阵子他写专栏，挨个“出卖”江苏作家，“卖”了还不过瘾，竟然公开威胁，说以后一个个说话都给我留点神，你们现在是和专栏作家说话，一举一动，都可能写进文章。别的作家若不服气，当然也可以写文章调侃，但他既然是快枪手，想在文字上讨便宜，无疑是找不自在，你枪还没有拔出来，他子弹已经打到你脑门上了。

这些年，荆歌创作数量暴多，笑傲文坛，活得潇洒滋润，充分体现了一个快枪手的本色。我一向赞成作家多写，越多越好，多多益善。当作家，没什么比能写出来更痛快，更爽，但是自己写痛快了，写爽了，别人未必乐意。江苏作家因为多产让人羡慕，也因为多产遭人非议。我是过来人，是受害者，被指着脊梁骨骂过，对此深有体会。通常情况下，一个作家对别人如何羡慕并不太往心里去，倒是对别人的非议会耿耿于怀。苏童曾把多产比喻为绿帽子，由此可见也受过害，并且对这头衔深恶痛绝。

文坛上的很多话题，与读不读作品没什么关系，说喜欢凭印象，动不动瞎说八道。譬如一个流行观点，写多了就意味着不是精品，多了就是粗制滥造。我一直想不明白这问题，为什么多了一定不好，多了就跟招谁惹谁一样。巴尔扎克可以多写，托尔斯泰可以多写，为什么中国作家就不能。

2005年3月12日　河西

羡慕的一个朋友

也是因为快过年，突然想到了远在深圳的李潮。我的童年十分寂寞，朋友不多，能记住的更不多。从开始记事，我就认识李潮。我们曾经是最好的兄弟，他一直是我非常羡慕的人。

很多理由可以让人羡慕这个李潮，首先是羡慕他们家的热闹，李潮有个非常和谐美满的家，从旁观者的眼睛看，他们家是最民主的，一家人挤在一间不大的屋子里，充满欢声笑语。我印象中，李潮的外公外婆始终像孩子一样天真，他父母也永远童心犹存。

小时候，我没地方可去，常跑到他们家玩。一个漂亮的小学女同学，住在这院子的同一栋楼上，那年头，男生女生不说话，每次去李潮家，见到那位女生，我心头就会咚咚乱跳。

李潮的父亲是作家方之，是我父亲最铁的哥们。他们的命运紧密连在一起，一起被打右派，一起平反。我当年并不太相信这个戴着深度眼镜，长相有些奇怪的人就是作家。如果有人问我，父亲最好的朋友是谁，我会毫不犹豫地说出方之。很长一段时间，父亲一直为不能像方之那样全家下放感到遗憾。他相信不能享受同等待遇，是因为自己的罪行比方之更为严重。与父亲的想法不同，我感到悲哀的只是，轰轰烈烈的下放，让我失去了儿时的唯一好友。

下放中断了我和李潮的联系，但是对他的羡慕，却一如既往。有一年，父亲的一个朋友过来闲聊，谈到了在苏北农村读书的李潮，说他现在能写一手好字。再以后，又听说他去了广播站，舞文弄墨，已是个能写漂亮文章的才子。

我从不掩饰自己对李潮的羡慕，他曾经是江苏甚至全国最优秀的青年作家。也许他并不知道自己当年的才名有多大，对我的刺激有多深。才华横溢这样的词汇，用在他身上，绝不过分。说老实话，如果没有李潮，我很可能不会想到写作，更不会成为作家。我不明白他最后为什么放弃了写作，毫无疑问，他显然要比我更有才华。我只能这么想，一个人的终极选择，总是有他的特定道理。

时至今日，我对李潮的羡慕仍然不减。我羡慕他能选择毅然离开南京，人挪活，树挪死，想到自己最后将要没出息地老死在一个城市里，真是有些不甘心。十多年前，李潮撇下老母去深圳打拼，刚去那几年，回来过春节，我们还能见到，胡乱地说些什么。后来就很长时间不会面，偶尔能听到一些传闻，都是说他现在如何了不得。

七十年代末八十年代初，我和李潮成天泡在一起，是地道的文学青年，像童年一样亲密无间。我们是感觉良好的大学生，指点江山，激扬文字，什么人都不放在眼里。那日子如今回想起来，恍如隔世，说给别人听都不相信。

2006 年 1 月 4 日

张生的小说

最近和一个弄书法的朋友聊天，问起当代书法，朋友有一句很歹毒的话，说是五十岁以上没有好东西。我着实吃了一惊，按传统的观念，生姜老的辣，文物越古越值钱，玩书法犹如老中医坐台，脸上没有时间皱纹，头上没有岁月白发，总让人心里不是很踏实。

我这位朋友也算是位书法界的人物，他得出这番结论的理由，是烦那些一把年纪的书法家，动不动就说年轻一代传统功力不够，临碑摹贴的火候不到。他认定这是蒙外行的鬼话，因为只要看看如今新华书店的碑帖之多，想想过去找一个好字贴之难，就没有理由认定今天的年轻人会没有传统。过去写字的有很多都靠一两本碑帖起家，他们根本就没什么选择的机会，所谓传统，也就是这一两本碑帖的功力。

这显然是一个偏执的观点。我又想起一个老作家谈当代青年作家的小说，除了强调没有生活之外，大意也是年青一代作家不读书，不认真读书，传统的底蕴不足，出了一两本小册子，就自以为是，从此不知天高地厚。他坚决反对以进化论的观点来谈论文学，既然他们这一代并不比更老的一代出色，简单得出结论，非要说年轻一代就会更好，无疑是欺人之谈。事实上，有一把年纪的人都可能说类似的话，高尔基表述过这样的观点，鲁迅好像也说过，即使他们自己不说，别人还会借他们的嘴说。在有把年纪的作家眼里，写作这行当虽然不是文物和老中医，毕竟也不是坐台小姐，年轻漂亮就能当饭吃。

我总是提醒自己不要打击一大片，不要卷入到打群架的行列中。而且我的身份本来就暧昧，搁谁那边都很多余，对于老作家来说，我的资历还浅，属于青年作家，对于真正的青年作家来说，我又太老，应该属于过了气的一辈人。因此难免不了世故，少年气盛和倚老卖老，与我都没关系。世故之外，我很少看那些与自己无关的当代作品，知之为知之，不知道就不应该瞎说八道。在过去的几天里，我一直在看张生的两部小说集，看了，忍不住便要说几句话。

首先，之所以会看这两本书，是因为多年以前，南京大学的丁帆老师要搞一个访谈，谈什么已经没有一点印象，只记得喊了个学生在整理，然后弄出一些文字来发表。我觉得很对不住那个学生，逮住机会和他聊了几句，说什么也记不清了，勉强记住的几句话，是他很兴奋地告诉我，说南大的学生中现在颇有几个能写东西。这番话后来真有了正果，当代年轻的一茬作家中，好几位都出生在南大，这些人的名字我一下子报不全，反正是个很不错的阵容。在这个阵容中，有一个叫张生的作家，刊物上老见到这名字，终于有一天，我意外地获悉张生就是上面提到的那学生。

或许这就是缘分，张生的小说让我有了充分理解的机会，虽然只读两部小说集远远不够，毕竟是我第一次如此认真地对待一位年轻作家。作为同行，简单说好说坏都是不慎重的，评论术语对于我来说又太陌生，要谈也只能谈一些题外的话。我喜欢张生小说中流露出的那种书卷气，这种气息在中国的前辈作家中很难看到。也许我的观点是错误的，我始终觉得书卷气是传统的一部分，读张生的小说，有时候感到他似乎比老作家们更传统。

传统是一个很世故很广泛的东西，以书法论，它不是一两本碑帖，而是包含书法史上的一切优秀作品。传统不是一两个作家，一两种主义和潮流，年轻一代作家的幸运在于他们可以浏览了一大堆作品以后，挑一两本自己喜欢的碑帖进行临摹。选碑帖是一件愉快的事情，临碑帖同样是一种享受，值得指出的是，临摹并不是什么坏事，大作家小作家都离不开临摹。太阳底下无新事，临摹不仅可以告诉我们怎么写，还可以告诉我们怎么读。怎么读有时候甚至比怎么写更重要，在临碑摹帖之外，还要读碑帖。没有临摹就没有创新，不读碑帖便很难开阔眼界。换句话说，在张生的小说中，我既看到了临碑帖的功夫，也看到了读碑帖的修养。

面对缺乏生活这类指责，年轻一代的作家只好自认倒霉，什么叫生活，永远也说不清。生活无处不在，何必行千里，自然生远心。深入生活根本不是个问题，问题是张生以后还会怎么写。在张生已有的小说中，已经表现出了对临过的碑帖的厌倦，这种厌倦是文学发展的动力，也是进一步提高的可能。临摹是为了摆脱碑帖的束缚，没有这种束缚，我们不会写作，不摆脱这种束缚，我们便不可能真正写好。

或许这才是最值得庆幸的，在我读过的两本小说中，张生的每一笔都有来头，都能想到某种文本，但是并没有大师嫡系的习气。这是非常可贵的地方，张生显然已明白唯我独尊是小说的大忌，以某某传人自居是最大的可笑，因此他虽然是弟子，却更像是叛徒。

2000年12月5日

陶文瑜的诗

陶文瑜的诗，让人想起了戴望舒的《雨巷》。光阴荏苒，很多人都已不知道戴望舒，他被人们忘得差不多了。书上一本正经地介绍说，这位诗人曾经很著名，是象征派的代表诗人，其实，就是在他最红火的年头，知道他的人并不多，了解他的人更少。戴望舒一生写了很多诗，翻译了很多诗，他的翻译诗完全可以当作创作来欣赏。可惜大家只记得《雨巷》，只记得撑着油纸伞梦一般的姑娘，只记得那姑娘太息般的眼光，丁香般的凄婉和惆怅。

一个好诗人，能有首诗让人惦记，已经很不错。不想用好诗人来夸奖陶文瑜，我是个不懂诗的书呆子，不懂诗的人照例不配谈诗歌，不懂就不应该胡说八道。诗和男人眼中的女人漂亮不漂亮，女人心目中的男人负责任不负责任一样，并没有什么死板规定。情人眼里会出西施，猪八戒吃人参果，你觉得陶文瑜的诗可以读，能让人产生些美好联想，有些依依不舍的惦记，这就行了，足够了。

陶文瑜生活在今日的苏州。这年头，寂寥迷茫的雨巷，早没有了愁怨的蛛网，时髦姑娘也再不打油布伞。公共汽车像无人领养的宠物，穿街而过，把不知所措的我们搬来搬去，像翻日历一样。以往的历史，仿佛一个个与我们毫不相干的陌生女人，悄然而至，飘然而去。这是个不解风情的城市，老式和新式的诗人守在空屋子里，把自己制成了蝴蝶一样的标本，战栗的翅膀在晴空万里中翻飞，然后戛然而止。

陶文瑜有一手现代人很少擅长的毛笔字功夫，难免恃才矜己。艺高人胆大，有本事的才子，想不卖弄也难。他喜欢在宣纸上写诗，当然用毛笔，是行楷，加上红印。写信也是如此，在给我的来函上，随手写下自己的电子邮箱，一连串英文字母，就好像一个穿唐装的成功人士，突然系了根刺眼的领带。诗人都是些有毛病的人，在电脑时代，在灯红酒绿的商业潮流面前，他的一举一动、一言一行，都显出了一些格格不入，显得多少有些可笑。

选择当诗人，说穿了，就是自觉或不自觉地选择一种生活方式。诗给了人们一种观察世界的独特目光，有了这种目光，日常平庸的生活，外部世界的五光十色，便有了全新的意义。诗让我们看到了看不到的东西，让疲惫不堪的心灵，因此感到充实，感到肆无忌惮，感到阳光照进了茂密的树林。诗是一块敲门砖，或许它根本就砸不开现实世界坚实又无情的大门，但是有了这么一块砖头在手，咚咚的敲门声，便变得孔武有力起来。

我们像贴在电线杆上的
寻人启事
等待着找到别人或者
让别人找到自己

体会诗歌，就是体会落叶归根，陶文瑜的诗，让我欲说还休。

2006 年 9 月 22 日

庆贺陈村搬家

朋友看到我喜气洋洋，问遇到什么好事。回答说陈村搬新居了，朋友觉得奇怪，说又不是你乔迁，手舞足蹈干什么。我仍然喜气洋洋，人是有感情的动物，要高兴，拦不住，不高兴，也拦不住。陈村来信说："我已搬家，像你说的，有了阳光，再到上海就来看看我的书房吧。"读了这信，高兴得热泪盈眶，真想立刻打电话去庆贺。这年头，感动一词已麻木，让人得意忘形的事实在不多，不容易。

古人祝贺别人升官或者迁居，常用到"莺迁"这个字眼。"指日莺迁，临风雀跃"，真是现成的好句子。如果陈村升官，我同样会高兴，而且心为之动。学而优则仕，陈村若为官，肯定比很多人都强。说不定还会关照弟兄们，顺手给个提携机会。这年头，能有什么比当官更快乐，一人得道，鸡犬升天。陈村或许也希望我捞个一官半职，这种心情是看别人发财，自己忍不住心动，心动当不了真，男人见了美女都会心动。心动和感动不一样，心动有好的一面，也有不好的一面，其中可能藏着私心，可能是嫉妒，可能是贪婪。王朔有一篇小说名叫《玩的就是心跳》，心跳有时候并不好玩。我们已经上岁数，心不该乱跳。

我为陈村搬家感动，原因非常单纯，想到从此他可以生活在阳光中，此情此景，心头立刻就暖洋洋起来。多年前，写过一篇文章，投稿给本地一家报纸，几经周转，终于发表出来，其中一句话的后半截却被删了，原来的意思难免歪曲，我的原话是：

> 谁都不愿意住没阳光的房子，然而，没阳光的房子永远有人住。

上半句是门脸，下半句才是要害。不能因为要安定团结，要表现大好的形势，就一刀斩断是非根，将好端端的句子给阉割。“安得广厦千万间，大庇天下寒士俱欢颜”，享受不到阳光的人，按理都应该被关注。我不想说因为陈村身体不太好，行动不便，是一个非常著名的作家，就一定应该住在有太阳的房子里，这种霸道的口气我说不出来。

以私交而论，我甚至觉得陈村应该享受更好的豪宅，帝王将相，宁有种乎，凭什么他就不能居住。当然，事情不是我这样的文人说了算。“何时眼前突兀见此屋，吾庐独破受冻死亦足”。我可没有杜甫他老人家的境界，我们只是些俗人，不过因为朋友搬新居而高兴，并且希望别人也能分享这种喜悦，希望别人都像陈村一样，住阳光灿烂的房子，充分享受阳光。

2002年12月29日　河西

在先锋书店喝茶

钱晓华在南大读书的时候，常到家里来做客，我们算是校友，他年轻，对人客气，我仗着是学长，就不客气。有什么事，他喜欢商量，说是向我请教，其实心里早有算盘。譬如说要办一家书店，问我怎么样怎么样，我提供不了什么好主意，只是不愿意扫他的兴。街面上书店已经很多，而且根据历史经验，办书店大都不赚钱，要赚也是微利。好在反正年轻，什么都是干，吃点苦头也无妨，他是文化人，想到混浊的商海里插上一脚，不办书店，还能干什么。

结果出乎预料，先只是一个小门面，地点在城南，有点影响，后来就闹大了，搬到南大的校门口，门面仍然小，却是曲径通幽，里面大厅豁然开朗，富丽堂皇。论雅，论品种齐全，论装潢讲究，南京个体书店中间，先锋书店大概数一数二，我这人虽然孤陋寡闻，本地外埠的个体书店见过不少，能折腾到这一步的，真还不多。

去先锋书店喝茶，似乎是钱晓华的创举，他生长在茅山脚下，对茶道情有独钟，自己善饮，以己度人，于是猜想别人也会喜欢。书店选书，可能是个浪漫的过程，一边挑选，一边喝茶，别有一番情调。记得开始创办书店，钱晓华曾很傲气地说，自己比别人懂书，知道文化人喜欢什么书，因为他就是个不折不扣的文化人。这种话，只有书呆子才能说出口，事实证明说得不错。

书店作为文人聚会的地方，历史上便有来头。二三十年代，日本人内山完造在上海开书店，有头有脸的文化名人，不敢不去光顾。先锋书店在南京文化人中，已有广泛影响，其中大学生最多，在校门口走几步路就到。玩书的人也喜欢，想要什么书找不到，去先锋书店碰运气，往往带着意外惊喜而归。熟人在那儿碰面，书友在那儿聊天，都很平常。品茶论书，难免文化人酸气，然而既然到处铜臭，有些迂腐穷酸，也没有什么不好。

在先锋书店喝茶，不收费，又是钱晓华书呆子气的地方。开书店，不想多赚钱不对，也维持不下去，钱晓华自有钱晓华的妙招。既然去先锋书店，喝那么好的茶，又看那么多的好书，不随手带几本走，书店主人无所谓，关键是对不起自己。

1999 年 10 月 15 日　河西

处 境

人总是生活在不同的处境中，鸟喜欢树林，鱼游在深渊，不同处境，便有了不同的景观。有一年在上海，我和苏童还有余华去见一位台湾人，从宾馆里出来，迎面碰见一位衣冠楚楚的中年人。他很理直气壮地扯住了我们，从上衣口袋里掏出蓝色塑料封面的工作证，自称钱包被小偷偷了，希望我们帮助帮助他。我和余华不约而同地把难题推给了苏童，苏童掏出了皮夹子，给了几张零钱，没想到那人很不满意，揪住苏童不放，一定要他皮夹里的大票子。苏童当时很狼狈，连声说这钱自己还要用，于是在我和余华的笑声中，苏童像贼似地逃之夭夭。

这个自称丢了钱包的家伙，在我们走之后，肯定故伎重演，守株待兔等候下一位从宾馆里出来的好心人。这年头好心人不多，这家伙未必就能靠此雕虫小技发大财。其实一开始就知道怎么一回事，早明白这不过是乞丐中的骗术。这以后，在南京状元楼宾馆召开城市文学讨论会，会议期间，几个人溜出去上厕所，苏童为报当年在上海的一箭之仇，草草地完事了，对站在厕所里的侍应生大喊：“喂，你们后面几位，付小费。”我和孙甘露走在最后，顿时就脸红了。那个侍应生微笑着看我们，我们哭笑不得，眼睛竟不敢正视，因为实在不知道该如何付小费，不知道应该付多少，付多了心疼，付少了让人笑话。离开厕所以后，孙甘露一边摇头，一边说被苏童陷害了。可以想象那侍应生正用失望和鄙视的目光，瞪着我们可怜巴巴的背影。

类似尴尬处境，生活中经常会碰到。我们常常觉得自己是个人物，有机会出入高档宾馆，却不曾料到这地方本来不是我们应该待的，动不动就会出洋相。肉食者鄙，上等人屡屡会遭到下等公民的捉弄，我们如果远离了上等人环境，便会远离这种麻烦。有钱人以为自己口袋里有了钱，可是为了保住面子，最容易丢的也就是面子。我赞成公共厕所收费，明码标价，价格高一些也不妨，但是对那种箩筐放几张大票子，放几张美元或者法郎吓唬人的公共厕所，原则上敬而远之，能躲则躲。真憋不住了，干脆做出老子和你一样的穷无赖样，因为法律并没有规定必须付小费。

在公园里，尤其在那些情侣出没的地方，会遇上大煞风景的微笑服务。有一种乞丐，手上拿着几张钞票，面额越来越大，这也是讲究经济效益的一种表现，悄悄掩到你面前，手伸过来乞讨，通常是一言不发。这是一场心理攻坚战，从表面上看乞丐似乎处于下风，但是反败为胜却是常事。很多意志不坚定的人，在这种微笑的冷面杀手面前，不得不心甘情愿掏出钱来。对于那些情侣来说，在你心爱的人面前太吝啬了，总是有损自己的形象。如果你这时候带着孩子，表现得没有同情心，那么平时对孩子灌输的爱的教育便等于零。在乞丐面前，脸红的注定是施主你自己。

道高一尺，魔高一丈。人心不古了，乞丐不像乞丐，施主有时也会不像施主。如今乞丐的伎俩高明，施主的铁石心肠也跟着厉害。在公共场所，一些衣着十分时髦的女郎，会很勇敢地训斥乞丐，全不顾是否该做出些淑女的样子来。一些父母在孩子面前表现也是如此，好像平时让人欺负够了，总算逮住了一个恃强凌弱的机会。有时候我会有一个截然相反同时又很滑稽的念头，这就是我们的乞丐和施主都堪称一流。我们的处境，偏偏就出这样的一些奇人。外国有种专门培养乞丐的学校，教学生如何获得别人的同情，由此可见，乞丐完全有必要建立一个世界性的组织。这种专门学校还应该到中国来聘请教授，中国的乞丐一定能培养出高徒，而学生最好也到中国来实习，若能打动这里的施主的心，在国外乞讨根本不会成问题。

后　　记

过去许多天一直在编辑这套散文，南京的梅雨季节很难受，断断续续总是下雨，湿度太大，好像一伸手，用劲一拧，都能挤出水来。然而编书的日子十分愉快，辛苦并快乐，有点像秋天收获劳动成果。

居然写了那么多散文，还只是其中小部分，有很多书版权没到期。我已经习惯被当作小说家，写散文一直很业余。二十多年前，出版第一本散文集《流浪之夜》，当时写了序，现在重新翻出来，同样意思似乎可以再表达一遍。

这是我的第一本散文集，写序的时候，情不自禁老要想起明朝张岱《夜航船序》中一段话：

> 昔有一僧人，与一士子同宿夜航船。士子高谈阔论，僧畏慑，拳足而寝。僧人听其语有破绽，乃曰："请问相公，澹台灭明是一个人，是两个人？"士子曰："是两个人。"僧曰："这等尧舜是一个人两个人？"士子曰："自然是一个人！"僧乃笑

曰：“这等说起来，且待小僧伸伸脚。”

我总觉得写散文难免作高谈阔论状，而其中破绽岂止一二。写文章的人，卖几个破绽出去，其实是件好事。因为即使好的散文家，也不应该光想着让读者“拳足而寝”。阅读应该是件愉快的事，能让读者会心一笑，伸伸腿，何乐不为。

中国散文的地位向来不低，好散文也比好小说多得多。当作家，有纯粹的散文家，譬如周作人，譬如丰子恺，写小说的就不敢，多少要弄些散文出来凑数，仿佛不出散文集就不能算文人。近来已出现了“小说家的散文”一词，但是小说家写散文，好比票友下海，毕竟旁门左道。

散文对于我，只是小说之余的一种消遣。写小说好比抽大烟，不写小说，散文便成了一支聊以解闷的香烟。散文和小说一样，都是心灵的声音。我不敢说自己的散文写得好，自谦的话已经说了许多，想说的，不过是告诉读者，我写散文的态度是认真的。好不好，水平问题；认真不认真，态度问题。

二十多年后，散文对我来说，不再是聊以解闷的香烟，而是左手和右手，说不清楚哪只手更重要。不止一位读者说过，更喜欢我的随笔和散文，因此关于这套书，首先想说的一句广告词就是，专为喜欢我小说之外作品的读者定制。其次，特别想强调时间的重要，此次编辑，为增补写作日期花费很大精力，许多文章已过时，因为篇尾的时间痕迹，又一次复活，又一次把我们拉回到当年岁月。年代太久远，部分文章的时间节点没无法恢复，原汁原味打了些折扣，在此向读者表示抱歉。第三，五本书大致分为“自传”“亲友”“见闻”“阅读”“杂感”，侧重点有所不同。

写作和阅读都是缘分，感谢能见到以上文字的读者。散文的要义是形散神不散，单篇文章如此，一本书一套也应该这样。说话容易做事难，只能尽力而为。读者看出破绽，发现不当之处，不妨再次伸伸腿，敬请会心一笑。

2016年7月1日清晨　河西